Andreas Schäfer

Mainhattan Ice

Andreas Schäfer

Mainhattan,
den 19.05.2005

SOCIETÄTSVERLAG

Schutzumschlaggestaltung: Societäts-Verlag,
Stephanie Schmidt
Satz: Societäts-Verlag, Nina Fischer
Herstellung: Bercker Graphischer Betrieb, Kevelaer
Printed in Germany 2005

ISBN 3-7973-0932-5

Für Iris,

mein strahlender Stern
in klarer Winternacht

Prolog

Er sah konzentriert durch das Zielfernrohr seines Präzisionsgewehrs auf das baufällige Haus mit den roten Ziegeln. Die ehemals weiße Farbe der Fassade war schon lange abgeblättert, die Einschusslöcher im Putz neben den blinden, teilweise zersplitterten Fenstern zeugten von lange zurückliegendem, massivem Sperrfeuer. Er lag auf dem Bauch, auf einer Anhöhe, etwa dreihundert Meter Luftlinie von dem Dorf entfernt, das mit einem knappen Dutzend baufälligen Ruinen diese Bezeichnung gar nicht mehr verdient hatte. Die Sicht war heute phantastisch und er legte den Kolben des Gewehres neben sich, so dass der auf dem Dreibein ruhende Lauf in den blauen Himmel über diesem sonnigen Tal des Kosovo zeigte. Das baufällige Haus unten im Tal gehörte zu einer Ansammlung von einem knappen Dutzend gleichartiger Ruinen, in denen manchmal nur noch einige streunende Hunde zu sehen waren. Er verkniff sich eine Zigarette, um nicht seinen Standort zu verraten und ließ die satten grünen Wälder rechts und links des Tales auf sich wirken, bis er endlich das entfernte Brummen wahrnahm. Hinter einer Biegung der Talsohle, von der ein Feldweg zu dem namenlosen Dorf führte, sah er eine Staubwolke durch die flirrende Mittagshitze empor steigen. In dieser Wolke waren die ersten Umrisse eines schwarzen Geländewagens zu erkennen. Er zog den Kolben des Präzisionsgewehres wieder eng an seine Schulter. Langsam nahm er die baufällige Hütte im Zentrum des ehemaligen Dorfes ins Visier und die Eingangstür erschien klar im Fadenkreuz seines Zielfernrohres. Optimal. Dann legte er den Gewehrkolben wieder ab und blickte das Tal hinunter. Die Wagenkolonne bestand aus sechs nagelneuen Jeep Grand Cherokees, alle schwarz lackiert, mit verspiegelten, schwarzen Scheiben. Sie preschten den unbefestigten Feldweg von der Talsenke her kommend in Richtung des verfallenen Dorfes und zogen dichte Staubfahnen hinter sich her. Er hatte noch einmal die Windgeschwindigkeit und die Entfernung zur Hütte gemessen, schließlich blieb ihm nur ein Schuss und der musste sitzen. Doch es war fast windstill und auf diese Entfernung hatte er bisher immer getroffen. Als die Jeeps das Zentrum des Dorfes erreichten und im Halbkreis vor dem Haus hielten, visierte er das baufällige Anwesen wieder durch sein Zielfernrohr an und atmete langsam ein und aus. Die Türen der Jeeps gingen auf und sie stiegen aus. Sie waren alle schwarz gekleidet, trugen lange Ledermäntel und schwarze Spiegelbrillen. Die schwarzen Haare waren kurz rasiert und die Maschinenpistolen lagen lässig wie Spielzeuge in ihren Händen, als sie jeweils zu dritt aus einem Jeep sprangen, während die Fahrer sitzen blieben. Nur aus dem Cherokee, der direkt vor dem baufälligen Haus im Zentrum stand, war bislang noch niemand ausgestiegen. Sie stellten sich im Halbkreis um diesen Jeep und sicherten in alle Richtungen. Doch er war zu weit entfernt und gut getarnt, ihn würden sie nicht einmal mit einem Fernglas sehen können. Die Beifahrertür des Jeeps vor dem Haus schwang langsam auf. Sie streckten sich wie Marionetten in ihren Ledermänteln und nahmen mit ihren Maschinenpistolen Haltung an, als der Beifahrer langsam ausstieg. Die traurige Melodie des Volksliedes über die Schlacht vom Amselfeld drang wieder in sein Bewusstsein, wie immer in diesen Situationen. Er visierte die Hauseingangstür durch das Zielfernrohr an und ließ langsam seinen Atem fließen.

❄

Das flatternde Rotorengeräusch des Bundeswehrhubschraubers war unter seinem Helm mittlerweile in ein sattes Brummen übergegangen und Rainer Arndt sah zu seinem Teamleiter Norbert Vogt hinüber. Der saß neben ihm auf der Rückbank des Hubschraubers und trug wie er den gleichen Fliegerhelm und einen dunkelgrünen Einsatzanzug der Hessischen Polizei. Vogt grinste zu Arndt rüber, der sein Grinsen erwiderte und dann zwischen den beiden Bundeswehrpiloten vor ihnen auf die unter ihnen liegende Senke blickte. Das malerische Tal war von satten grünen Wäldern eingefasst, die sich wie ein flauschiger Teppich an die steilen Berghänge schmiegten. Rainer Arndt dachte an seinen Teampartner bei der Frankfurter Polizei, Thomas Bach, und dessen Bedenken, als er ihm offenbarte, sich für eine UN Mission im Kosovo zu bewerben. Doch Rainer verscheuchte diese Bedenken und versuchte sich auf den bevorstehenden Einsatz zu konzentrieren. Über die Kopfhörer des Helmes hörte er die Funksprüche der Aufklärungstrupps und der Spezialeinheiten in englischer Sprache. Die Aufklärer meldeten, die Wagenkolonne sei jetzt kurz vor diesem kleinen ehemaligen Dorf, dessen Satellitenbilder er heute früh das erste Mal gesehen hatte. Arndt holte tief Luft und hoffte, dass sie ihn dieses Mal erwischen und endlich aus dem Verkehr ziehen könnten. Die Meldungen im Funk überschlugen sich, als der Bundeswehrhubschrauber in Richtung der Staubwolke flog, durch die man schemenhaft einige Hütten erkennen konnte. Der Pilot hielt die Maschine etwa zehn Meter in der Luft und als dann endlich auf englisch die Meldung „Areal geklärt" kam, setzte er den Hubschrauber sanft auf einer Wiese etwa dreihundert Meter vor dem Dorf ab. Rainer Arndt und Norbert Vogt nahmen ihre Helme ab und setzten die hellblauen Barette der Vereinten Nationen auf. Dann zogen sie ihre Maschinenpistolen aus den Halterungen neben der Rücksitzbank, luden durch und stiegen unter den ausdrehenden Rotoren aus dem Hubschrauber. Als sie den Feldweg hinaufgingen und die Ruinen des Dorfes erreichten, hatten sich die Staubfahnen verzogen. Die anderen Hubschrauber, von denen sich die Spezialeinheiten abgeseilt hatten, waren mittlerweile weitergeflogen und kreisten über dem Tal. Ein halbes Dutzend schwarze Jeeps standen im Halbkreis mitten in dem kleinen Dorf. Daneben lagen schwarzgekleidete Männer im Staub, auf denen die ebenso schwarzgekleideten Männer des polnischen Spezialeinsatzkommandos knieten. Die kurzen Kommandos wurden nur durch das Knacken von Funkgeräten unterbrochen. Die Scheiben der Jeeps waren größtenteils geborsten, die Fahrertüren von großkalibrigen Geschossen durchsiebt. Arndt und sein Teamleiter Vogt gingen auf das baufällige Haus zu, um das sich die Jeeps im Halbkreis gruppierten. Die Eingangstür war geöffnet, rechts und links davon standen zwei der polnischen Elitepolizisten mit Maschinenpistolen im Anschlag. Einer der beiden, der Einheitsführer, wies mit einer Hand auf die offenstehende Eingangstür. Rainer Arndt wusste, dass die Hütte gesichert war und schickte ein Stoßgebet zum Himmel. Er hoffte, dass die Fahndung nun endlich vorbei war und ging hinter Vogt in das baufällige Haus.

❄

Er verbiss sich noch einmal einen Fluch und sah durch das Zielfernrohr, wie die beiden UN Polizisten das baufällige Haus betraten. Verflucht, ein oder zwei Sekunden hatten ihm noch gefehlt, als die Hubschrauber wie Hornissen auftauchten und das Feuergefecht losbrach. Der gerade ausgestiegene Beifahrer ging blitzartig hinter dem Jeep in Deckung und die Leibwächter hatten sofort aus allen Rohren gefeuert. Dann hatte ihm die gigantische Staubwolke für ein paar Minuten die Sicht verdeckt. Als er wieder klar sehen konnte, war alles vorbei, die Leibwächter waren überwältigt und lagen im Staub. Aber der Beifahrer, der Boss, war nirgends zu finden. Er sah sofort, dass die Eingangstür zu dem Haus offen stand, und ihm wurde klar, dass er es wieder geschafft haben musste. Dann zählte er die gefangenen Leibwächter durch und bemerkte, dass drei fehlten. Sie mussten in das baufällige Haus geflüchtet sein. Er unterdrückte seinen Zorn und versuchte ruhig zu atmen. Die Chance war vertan und das melancholische Volkslied von der Schlacht am Amselfeld verklang in seinen Ohren.

❄

Das Labor lag im Keller und wurde durch ein paar nackte Glühbirnen in ein unwirklich gelbes Licht getaucht. Der Raum maß etwa acht mal sechs Meter, die Grundfläche des Hauses. Drei Tische mit Glaskolben, Bunsenbrennern und anderem Laborzubehör standen quer im Raum verteilt und erinnerten Rainer sofort an einen Fernsehbericht über ein Drogenlabor in den USA. Er sah die sorgenvolle Miene Norbert Vogts, der auch vom Polizeipräsidium Frankfurt am Main in den Kosovo abgeordnet worden war. Vogt nahm sein Funkgerät herunter, seine Miene schien im gelben Kunstlicht der Deckenbeleuchtung noch unnatürlicher als sonst. „Er ist nicht dabei. Verdammt, nach der letzten Meldung muss er hier ins Haus geflüchtet sein. Das darf doch nicht war sein!“, stieß Vogt gepresst hervor.

Zwei der polnischen Elitepolizisten standen mit unbewegten Mienen inmitten des Raumes, die Waffen gesenkt, während sich ihr Einheitsführer aufmerksam in dem Labor umsah. Rainer trat an einen der Tische heran, auf dem mehrere Dutzend prall gefüllte Plastikbeutel lagen. Als er sich herunterbeugte, erkannte er, dass die kleineren Beutel mit weißen Kristallen gefüllt waren, er schätzte das Gewicht auf jeweils ein Pfund. In den anderen Plastikbeuteln befanden sich weiße Tabletten, auf denen das Symbol eines Eisberges geprägt war. Arndt nahm einen der Beutel mit den weißen Kristallen hoch, hielt ihn gegen das gelbe Kunstlicht und pfiff durch die Zähne.

„He, was haben wir denn da“, meinte Vogt hinter seinem Rücken und Rainer drehte sich um. Doch er sah, dass sein Chef nicht mit ihm sprach, sondern vor einer in der Kellerwand verborgenen Tür stand. „Hier ist er abgehauen", meinte Vogt resigniert, während die Spezialeinsatzkräfte die Tür sicherten. Er hob sein Funkgerät und gab die Meldung über den Geheimgang an die Hubschrauber weiter. Dann fiel sein Blick auf Rainer, der ihm einen der Plastikbeutel zuwarf. Vogt fing ihn mit einer Hand auf, hielt ihn gegen das Licht und pfiff durch die Zähne. „Amphetamin?", meinte er und warf Arndt einen fragenden Blick zu. Rainer nickte: „Ja, kristallines Methamphetamin, hochkonzentriertes Speed, genug um eine Metropole für Wochen zu versorgen."

„Schon mal so eine Menge gesehen?", fragte Vogt.

„Nur in einem Fernsehbericht aus den USA", erwiderte Rainer, „weißt du, wie sie es dort nennen?"

„Nein, schieß los", gab Vogt zurück.

Rainer sah gedankenverloren zur Geheimtür in der Kellerwand und fragte sich, warum er ihnen immer wieder durch die Lappen ging. Dann gab er sich einen Ruck und sah seinen Teamleiter ernst an: „Ice, in den Staaten nennen sie es Ice."

Kapitel 1

Graue Wolken hingen an diesem Wintermorgen über Frankfurt und Rainer hielt mit unserem BMW an der roten Ampel, direkt neben unserem neuen Polizeipräsidium. Wir hatten gerade die Tiefgarage verlassen und fuhren in Richtung Niederrad, zu einem „Hochhausspringer". Der Querverkehr auf der Miquelallee rauschte an uns vorbei und ich sah zu den Wolkenkratzern meiner Heimatstadt, wie immer, wenn wir vom Präsidium in Richtung Innenstadt fuhren. Die grauen, schweren Wolken schienen sich wie dicke Badeschwämme zwischen Commerzbank und Maintower zu quetschen und ich versuchte meinen aufkommenden Blues zu verscheuchen. „Was haben wir bis jetzt?", fragte ich meinen alten und neuen Teampartner und sah zu ihm hinüber. Er war sehr schmal geworden, seit er vor zwei Monaten von seinem UN-Einsatz im Kosovo zurückgekommen war. In den ersten Wochen beunruhigte mich sein gehetzter Blick, die Augen, die keine Ruhe fanden und immer noch von dem ungeheuren Stress zeugten. Doch zum Glück war er bald wieder ruhiger geworden und wirkte mittlerweile fast ausgeglichen. Es lag wahrscheinlich daran, dass er jetzt „seine Sahneschnitte", wie er seine langjährige Freundin Susi nannte, wieder regelmäßig in die Arme schließen konnte. Susi arbeitete als Krankenschwester in der Uniklinik und die beiden waren, so lange ich denken konnte, ein Herz und eine Seele. Die Ampel wurde grün und Rainer fuhr in Richtung Innenstadt weiter. „Vor einer halben Stunde hat sich eine Frau beim Notruf gemeldet. Sie wollte einkaufen gehen und hatte gerade das Hochhaus verlassen, in dem sie wohnt. Plötzlich hörte sie einen langgezogenen Schrei. Als sie sich umdrehte, schlug hinter ihr jemand auf dem Vorplatz des Hochhauses auf. Der Notarztwagen und die Kollegen vom Zehnten Revier sind vor Ort. Der Notarzt hat den Tod festgestellt", fasste Rainer zusammen.

„Steht schon fest, wer es ist?“, meinte ich.

„Nein, eine männliche Person, mehr bis jetzt noch nicht, sie haben uns sofort verständigt“, brummte Rainer, nahm die nächste Ampel bei Orange, bog nach rechts ab und überquerte die Kreuzung. Ich machte es mir im Beifahrersitz bequem und sah nach rechts zu einem ehemaligen Hauptquartier der US Army, in das mittlerweile die Universität eingezogen war. Im letzten Sommer war ich in der Mittagspause mal über den Campus gelaufen, hatte in der Mensa einen Cappuccino getrunken und dann in der Sommersonne das neue, moderne Flair der Uni genossen. Rainer überholte einen Linienbus und fuhr weiter in Richtung Alte Oper. Leichter Nieselregen setzte ein und ich fragte mich, ob dieses depressive Winterwetter wieder einmal einer der Gründe war, dass sich jemand das Leben genommen hatte.

Es hatte aufgehört zu regnen und von Westen setzte starker Wind ein. Der Vorplatz des Hochhauses am Niederräder Mainufer war mit einem rot-weißen Plastikband abgegrenzt, das zwischen Laternen und Abfallkörben gespannt war. Einige Jugendliche mit Fahrrädern und noch etwa ein Dutzend weitere Schaulustige standen daneben. Ich wunderte mich noch, warum die Jugendlichen nicht in der Schule waren, aber dann fiel mein Blick auf den mit einer weißen Plastikplane verhüllten menschlichen Körper. Eine Kollegin stand mit einer Kladde an dem Plastikband und wir stellten uns gegenseitig vor. Dann fasste sie kurz und knapp den Vorfall zusammen: „Frau Heinze hat gegen 9.20 Uhr das Haus verlassen, als hinter ihr eine Person auf dem Vorplatz aufschlug. Kurz vorher hat sie noch einen Schrei gehört. Sie liegt jetzt im Notarztwagen und bekommt eine Spritze. Die Sache hat sie ziemlich mitgenommen.“ Die Kollegin sah mich aufmerksam an und ich nickte. Die dunklen Haare trug sie zu einem Pferdeschwanz gebunden, der hinter der weißen Schirmmütze auf ihre schwarze Lederjacke fiel. Ich bemerkte den abwesenden Blick in ihren braunen Augen und lächelte ihr zu. „Stehen die Personalien schon fest?“ Sie legte den Kopf zur Seite und verzog den Mund: „Na ja, bevor wir den Toten abgedeckt haben, hat einer von den Jungs gemeint, das sei der Richie“, meinte sie und nickte zu den Jugendlichen mit den Fahrrädern hinüber. Mein Blick fiel auf einen etwa zehnjährigen Jungen mit einem silbernen Mountainbike, der uns aufmerksam betrachtete.

„Das war der mit dem silbernen Fahrrad, Malte Sommerfeld, seine Personalien und die von Frau Heinze habe ich aufgenommen“, meinte sie noch, als ich ihr zunickte und mich dann Rainer zuwandte: „Schaust du dir bitte den Toten an, ich unterhalte mich mit dem Jungen.“ Er nickte und wandte sich ab. Ich ging auf den Jungen zu, zeigte ihm meine Kripomarke und stellte mich vor: „Ich bin Thomas Bach vom K 11, wir müssen uns mal alleine unterhalten. Lass uns ein paar Meter gehen“, meinte ich zu ihm. Er hatte eine dunkelblonde Wuschelfrisur, ein blasses Gesicht und blickte mich aus wachen blauen Augen aufmerksam an. „Okay, wenn es denn sein muss.“ Er stellte sein Fahrrad auf den Ständer, warf seinen Kumpels einen wissenden Blick zu und wir liefen in Richtung eines Parkdecks, so dass uns niemand hören konnte.

„Wie heißt du denn?“, fragte ich ihn.

„Malte Sommerfeld.“ Er steckte seine Hände in die Tasche seiner roten Daunenjacke und blickte mich weiter aufmerksam an.

„Du kennst den Toten?“, fragte ich.

„Das habe ich nicht gesagt, ich habe der Kollegin nur gesagt, das könnte der Richie sein“, meinte er vorsichtig.

„Wer ist Richie?“

„Na der Richie aus dem achten Stock, der Richard Wittmann, hier aus unserem Haus“, erwiderte er. Ich bückte mich und war jetzt auf Augenhöhe mit ihm: „Wie kommst du denn darauf, dass es der Richie sein könnte?“ Er verzog die Lippen, grinste dann verschämt und meinte: „Na so eine geile Baseballjacke und die Doc Martens Stiefel und all die anderen teuren Klamotten, die kann sich hier nur einer jede Woche leisten“, meinte er und sah dann zu dem abgedeckten Körper hinüber. Der Neid in seinem Tonfall war nicht zu überhören. Ich folgte seinem Blick und sah, wie Rainer gerade ein Paar Plastikhandschuhe anzog, um den Toten zu durchsuchen. „Gut, Malte, vielleicht habe ich noch ein paar Fragen, wo wohnst du denn hier?“

„Im dritten Stock.“

„Okay, dank dir, ich melde mich vielleicht noch mal“.

Im Aufzug stank es nach einer Mischung aus Grünkohl und Hundekot. Rainer verdrehte die Augen und ich drückte den Knopf für das achte Stockwerk. Die Tür schloss sich quietschend und der Lift setzte sich ruckelnd in Bewegung. Mein Teampartner hielt einen Klarsichtbeutel mit einem Schlüsselbund hoch und zog sich dann reflexartig den Saum des blauen Plastikhandschuhs über sein Handgelenk. Diese Geste fiel mir erst seit kurzem bei ihm auf. Eine Übersprungshandlung, dachte ich sofort. Seitdem er wieder aus dem Kosovo zurück war, achtete ich noch mehr auf solche Dinge, wahrscheinlich, weil ich mir doch immer mal wieder Sorgen um ihn machte. Er schien meine Gedanken lesen zu können, schwenkte den Schlüsselbund und grinste: „Dann spielen wir wieder mal die Hunderttausend-Mark-Show.“ Das war immer sein Standardspruch, wenn wir eine Wohnung mit einem Schlüssel lokalisieren mussten. Außer dem Schlüsselbund hatte Rainer nichts bei dem Toten gefunden. Der Aufzug kam ruckelnd zum Stehen. Die Tür ging auf und entließ uns endlich aus dem penetranten Gestank. Wir drückten die zweite Tür auf, betraten einen dunklen Gang und ich drückte den schwach glimmenden Lichtschalter rechts neben dem Aufzug. Eine Neonröhre spendete flackerndes Weißlicht und wir schauten uns um. Der graue Linoleumboden hob sich kaum noch von der ehemals hell angelegten, schmierigen Wand ab. An den Wohnungstüren gab es weder Klingel noch Namensschilder, so dass wir den Schlüssel an der nächsten Tür ausprobierten. Aber erst an der dritten Tür hatten wir Glück. Der Schlüssel passte, Rainer schloss auf und drückte die Tür beiseite, während ich mir auch ein Paar der blauen Plastikhandschuhe überzog. „Polizei, ist jemand zu Hause?", rief Rainer in den Flur und ging gleich weiter, als ob er gar nicht damit rechnete, dass jemand antworten würde. Ich folgte ihm. Ein starker Luftzug blies mir entgegen und riss mir beinahe die Wohnungstür aus der Hand. Ich drückte sie ins Schloss und ging weiter. Von dem schmalen Flur ging es gleich rechts hinter der Wohnungstür zu einem winzigen Bad ab, gegenüber hingen einige Baseballjacken an einer Garderobe. Hinter der Garderobe stand ein Schuhschrank, darüber hing eine Magnetwand vor einer weißen Raufasertapete. Rainer blieb stehen und blickte auf ein Farbfoto, das zwischen Werbezetteln für Fast Food hing. Es zeigte einen jungen Mann mit dunklen Haaren und eine schlanke, junge Frau mit blondem Pagenschnitt am Mainufer vor der Hochhauskulisse Frankfurts. Rainer sah das Foto prüfend an und nickte dann: „Er ist es, hier sind wir wirklich richtig." Der Flur führte nach drei Metern direkt ins Wohnzimmer. Auch hier waren die Wände weiß angelegt, der braune Teppichboden war relativ neu, die helle Schrankwand links von uns und die beige Couchgarnitur gegenüber am offenstehenden Fenster ebenso. Rainer ging zum Fenster, stellte sich neben die Couch und beugte sich durch das offenstehende Fenster, um nach unten zu sehen. Ich wusste aufgrund des Zuschnitts und der Lage der Wohnung, dass dieses Fenster zum Vorplatz des Hochhauses führen musste, und Rainer nickte mir zur Bestätigung zu. „Ja das passt, der Vorplatz liegt direkt unter dem Fenster." Er drückte es vorsichtig zu, ohne die Couch oder die Fensterbank zu berühren, während ich noch an der Wohnzimmertür stand und mir einen Überblick verschaffte. Rechts neben dem Fenster stand ein Computer auf einem Schreibtisch, eingeschaltet, auf dem Bildschirm lief ein Schonprogramm mit blauem Meerwasser. Rechts davon stand ein Bücherregal. Gegenüber des Regals, an der Wand links, stand ein Fernseher auf einem Videoschrank. In diesem Schrank lagen lose DVD's auf einem dazugehörigen Spieler, im Fach darunter stand ein Videorekorder. Links davon konnte man eine kleine Küchenzeile hinter einem Durchbruch in der Wand sehen. Ich ging hinüber und warf einen Blick hinein. Auch die Küche war Baumarktklasse, ein Tisch stand am Fenster, darauf ein Satz unbenutztes Geschirr und eine Kaffeetasse. Ich drehte mich wieder um und sah Rainer am Computer stehen. Er nahm ein Blatt Papier, das auf der Tastatur lag, las kurz darüber und hielt es dann mit spitzen Fingern hoch. „Ein Abschiedsbrief", brummte Rainer und fing an vorzulesen: „Es ist kalt, eiskalt, die Straßen sind grau und der Himmel auch, ich starre dich an, du bist es bald auch; es ist kalt, eiskalt, ich bin es bald auch, dann für immer frei und sage dieser Scheißwelt jetzt endlich good bye ... Richie ..." Der Text kam mir sofort bekannt vor und dann fiel mir dieser Rapsong ein. „Eiskalt, dieser neue Rapsong und Chartstürmer", kam mir Rainer zuvor. Das Lied lief derzeit im Radio auf und ab und bis jetzt hatte ich mir die Worte nie richtig bewusst gemacht. Rainer legte das Blatt zur Seite, beugte sich über den Computer und tippte die Maus an. Das Meerwasser des Bildschirmschoners verschwand und der Text von dem Abschiedsbrief erschien auf dem Monitor: „Es ist kalt, eiskalt ..." Rainer erhob sich und sah sich im Wohnzimmer um. Auf dem Couchtisch vor dem Fernseher lag ein aufgeschlagenes Fernsehprogramm und eine Fernbedienung. Nirgendwo waren Hinweise zu erkennen, dass noch jemand in dem Appartement wohnte. Ich ging noch einmal zu dem Fernseher hinüber, während Rainer laut weiterdachte: „Der Text des Abschiedsbriefes ist zwar geklaut, mit diesen Zitaten aus dem Rapsong ...“, meinte er nachdenklich, „... aber trotzdem ziemlich deutlich ...“, vollendete ich seine mutmaßlichen Gedanken und ließ meinen Blick noch einmal durchs Wohnzimmer schweifen. Rechts vom Fenster stand der Schreibtisch mit Computer und Bücherregal, vor dem Fenster das helle Sofa mit dem Couchtisch, links davon an der Wand zur Küche der Fernseher auf dem Videoschrank. Auf dem Fernseher stand ein getrockneter Strauß roter Rosen in einer rotbraunen Tonvase und mein Blick blieb schließlich daran hängen. Ich fand, dass der Strauß irgendwie nicht so recht in diese nüchterne Baumarktausstellung passte. Deshalb ging ich hinüber und sah mir die Vase näher an, als mir ein schwarzer Umschlag auffiel, der darunter herauslugte. Ich hatte noch meine Einweghandschuhe an und zog ihn deshalb gleich mit spitzen Fingern unter der Vase hervor. Dann nahm ich die Karte aus dem unverschlossenen Umschlag. Es war einer dieser Grußkarten zum Aufklappen, mit dem Foto einer Winterlandschaft vorne drauf. Ich schlug sie auf und las die handgeschriebenen Zeilen: „Richie, Du bist so kalt, eiskalt, ...“. Es war der traurige, tragisch formulierte Schlussstrich unter eine Beziehung, die wohl einmal leidenschaftlich gewesen sein mochte, aber nun endgültig zerbrochen war. Der Abschiedsbrief war also auch eine traurige Parabel auf diese Kündigung der Beziehung. Die Unterschrift lautete: „Jenny“, das Datum war nur wenige Tage alt. Mir fiel sofort das Foto an der Pinwand ein. Ich ging wieder in den Flur zurück, nahm das Foto mit dem Paar am Mainufer von der Wand ab und drehte es um. „Dear Richie, I love you, Jenny ...“ stand handgeschrieben auf der Rückseite. Die gleiche Handschrift wie auf der Winterkarte, nur war das Foto mit Sicherheit schon im Sommer aufgenommen worden. „Seine Freundin hat mit ihm Schluss gemacht“, meinte ich, während ich zu Rainer ins Wohnzimmer zurückging und ihm dann die Karte und das Foto hinhielt. Er beachtete mich nicht, sah weiter aus dem Fenster in den grauen, verregneten Himmel und nickte dann geistesabwesend. „Ja, das macht Sinn, das kann der letzte Kick gewesen sein, wie oft an so einem grauen Wintertag." Er seufzte kurz und als er mich wieder so geistesabwesend ansah, schoss mir durch den Kopf, dass er mir nur selten von den Schattenseiten seiner Zeit im Kosovo erzählte. Wir waren seit über zehn Jahren Teampartner und hatten miteinander schon mehr Zeit verbacht, als er mit seiner langjährigen Freundin oder ich mit meiner Tochter Sandra. Ich sah Sandra nur jedes zweite Wochenende und verscheuchte den Gedanken an unseren geplatzten Urlaub von letzter Woche.

„Okay, Rainer, wir haben den Abschiedsbrief, wir haben ein Motiv für den Suizid, der objektive Befund passt, lass uns mal nach Adressen suchen", fasste ich zusammen, um die Melancholie der Situation zu unterbrechen. Der Rest war Routine. Zuerst würden wir den Nachlass sichern und die nächsten Angehörigen verständigen. Wir mussten ihnen die Todesnachricht überbringen und sie die Formalitäten der Beerdigung regeln lassen. Dann blieb uns noch der Schreibkram und in ein paar Wochen würde schon wieder jemand in diese Wohnung einziehen ohne jemals zu erfahren, was sich hier für ein Beziehungsdrama abgespielt hatte.

„Ich sehe mal nach seinem Ausweis", meinte Rainer, wandte sich ab und ging auf die Schrankwand zu. Mein Blick fiel auf den Computer, der Bildschirmschoner sprang wieder an und ich sah wieder das klare, blaue Meerwasser. Ich wusste nicht warum oder was es war, doch plötzlich schien es, als wenn sich etwas in meinem Magen drehen würde. Es war wie ein Ziehen in der Bauchgegend, dieses undefinierbare, aber doch sichere Gefühl, dass hier irgendetwas nicht stimmte. Plötzlich rauschte das Blut in meinen Ohren, wie zur Bestätigung, dass in diesem

Mosaik einige Teilchen nicht passten. Das Bild war nicht geschlossen, es erschien mir nur so und jetzt musste ich nach dem falschen Puzzleteilchen suchen. Rainer kramte in einer Schublade des Wohnzimmerschrankes, ich blendete ihn in Gedanken aus, verließ mich auf mein Bauchgefühl und betrat die Küche. Ich knipste das Licht an. Sie war recht aufgeräumt, auf dem Tisch am Fenster standen ein Gedeck mit Kaffeetasse, Teller und Brotmesser. Links davon der Kühlschrank mit Küchenzeile. Das Geschirr lag sauber neben dem Spülbecken, die Kaffeemaschine stand direkt daneben, dahinter der Toaster, der mir vorher nicht aufgefallen war. Ich trat ein Schritt näher und langsam fügten sich die Mosaikteilchen zusammen. Der Stecker des Toasters war noch in der Steckdose, zwei leicht gebräunte Toasts lugten oben heraus und schienen mich förmlich anzuspringen. Der schwenkbare Filterbecher der Kaffeemaschine stand leicht offen, darüber lugte der Rand einer braunen Filtertüte heraus. Auf dem gespülten Geschirr glitzerten noch Wassertropfen. Es nahm Konturen an, das Mosaik, und ich schwenkte den Filterbecher der Kaffeemaschine auf. Die braune Filtertüte klebte angefeuchtet im Becher, gemahlener Kaffee war bereits brühfertig eingefüllt, der Wasserstand im Plastikreservoir auf Maximum. „Rainer?", fragte ich und erkannte meine Stimme kaum wieder. Ich räusperte mich, schluckte und rief ihn dann noch einmal: „Rainer?"

„Ja, was gibt's?", meinte er und dann hörte ich seine Schritte hinter mir.

„Hast du dir beim Frühstück schon einmal überlegt, ob du dich nicht lieber umbringst?"

Ich drehte mich um und er sah mich entgeistert an. Dann sah ich den Personalausweis in seinen Händen, den er vermutlich in der Schrankwand gefunden hatte. Ich zeigte unbeirrt auf die Spüle: „Der Frühstückstisch ist gedeckt, das Geschirr ist gespült, die Toasts sind fertig, die Kaffeemaschine gefüllt und muss nur noch eingeschaltet werden …“ Ich ließ meine Überlegung eine Weile im Raum stehen und fuhr dann fort: „… und dann kommt er auf die Idee, sich doch lieber umzubringen, schreibt einen Abschiedsbrief und springt in den Tod?“ Rainer zuckte mit den Schultern.

„Irgendwas stimmt hier nicht“, meinte ich. „Wie alt ist er denn?“

„Einundzwanzig“, erwiderte Rainer, sah auf den Ausweis und fuhr fort: „Laut den Papieren im Wohnzimmerschrank studiert er hier an der Uni Jura und stammt aus dem Ruhrgebiet.“

„Kein übler Lebensstandard für einen Studenten“, brummte ich, dachte an die teuren Baseballjacken in der Garderobe und an die Worte des Nachbarjungen: „… all die anderen teuren Klamotten, die kann sich hier nur einer jede Woche leisten …“

„Mit Aktien scheint er auch zu spekulieren“, fuhr Rainer fort: „und zwar im fünfstelligen Bereich.“

„Wo hat der so viel Kohle her?“

„Vielleicht der gelernte Sohn aus gutem Hause?“, versuchte Rainer eine Erklärung abzugeben, aber ich ließ mich nicht beirren. „Lass uns mal schauen, was wir noch so finden, mir langt das hier irgendwie nicht“, erwiderte ich und ließ meinen Blick weiter in der Küche schweifen.

„Wenn du meinst, dann sehen wir aber gleich richtig nach“, lenkte Rainer ein. In solchen Fällen gab es bei uns keine langen Diskussionen, wir verließen uns auf den Instinkt des anderen und das hatte uns schon oft den Durchbruch gebracht. Zwar hatten wir bisher noch keinen konkreten Anhaltspunkt, der gegen Selbstmord sprach, und es passte eigentlich alles zusammen, aber ich wollte nicht glauben, dass jemand sein Frühstück vorbereitet und dann eben mal so in den Tod springt. Irgendetwas passte hier nicht ins Bild.

Wir machten uns an die Arbeit und durchsuchten die Wohnung spurenschonend, aber gründlich. Ich fing mit der Küche an, Rainer machte im Wohnzimmer weiter und sichtete die Papiere und die Unterlagen aus dem Wohnzimmerschrank von Richard Wittmann. Nachdem ich mit der Küche fertig war, nahm ich mir das Badezimmer vor. Ich knipste das Licht an und quetschte mich zwischen Tür und Waschbecken in das fensterlose Bad. Links hinter dem Waschbekken stand eine Waschmaschine, rechts in der Ecke war die Duschkabine und davor die Toilette. Ich arbeitete mich im Uhrzeigersinn vor, forstete den Spiegelschrank über dem Waschbecken durch, zog dann die Hosen, Unterwäsche und Hemden aus der Waschmaschine, sah in jede Tasche und warf sie dann wieder hinein. Dann fiel mein Blick auf den gekachelten Sockel der Duschkabine. Die weißen, marmorierten Kacheln des Sockels waren mit weißem Silikon verfugt. Mein Blick blieb unter dem Übergang vom gekachelten Sockel zur Duschkabine hängen. Hier erschienen die weißen Fugen heller als sonst. Ich bückte mich, zog eine Minitaschenlampe aus meiner Jackentasche, drehte sie an und hielt sie schräg gegen die oberen marmorierten Kacheln des Sockels, um sie näher zu betrachten. Zwei der etwa handtellergroßen Kacheln erschienen im Seitenlicht heller als die anderen, die Fugen an den jeweiligen Rändern ebenso, wie als wären sie erst vor kurzem erneuert worden. Ein Versteck, schoss es mir sofort durch den Kopf. Er hat die Kacheln erst später eingesetzt und neu verfugt, daher wirkten sie heller als die anderen. Dann beschlich mich leise die Ahnung, dass wir hier vor der Lösung standen. Ich ging in die Knie, drehte das Taschenlampenlicht meiner robusten Mini Maglite aus, nahm sie mit der Unterseite wie einen Stempel in die geschlossene Faust und zerschlug mit einem Hieb eine der hellen Kacheln.

❄

Er wich einem Fahrradfahrer aus, der eine Ampel bei rot nahm, schaltete einen Gang herunter und fuhr dann über die Friedensbrücke in Richtung Innenstadt. Der Messeturm mit der Pyramidenspitze erhob sich majestätisch zwischen den dunklen Wolken auf der anderen Mainseite über dem Bahnhofsgebiet. Er warf einen Blick nach rechts und sah ein Frachtschiff den Main abwärts fahren. Dann nahm er eine Musikkassette aus der Innentasche seiner Lederjacke und schob sie in den Rekorder im Armaturenbrett. Sofort erfüllte die Melodie des Volksliedes über die Schlacht am Amselfeld das Innere des schweren Geländewagens. Er sah in den Innenspiegel, bemerkte, dass sich die ersten grauen Strähnen in sein schwarzes Haar mischten und dann traf sich sein Blick im Innenspiegel. Die Melodie verstärkte wie immer seine Melancholie, er sah wieder nach vorne auf die Straße und sang den Refrain leise mit. Sein Puls war noch nicht einmal hochgegangen, als er ihn mit einem Karateschlag auf die Halsschlagader gefällt hatte, den kleinen, oberschlauen Studenten. Er musste innerlich grinsen, als er ihn bewusstlos vor der Couch liegen sah. Dann dachte er mit Genugtuung an diese Karte von seiner Exfreundin, die er ihm schon einmal gezeigt und wieder zu seinem Blumenstrauß gelegt hatte. Und er musste wieder grinsen, als er sich heute mit der Karte an den Computer setzte, nachdem er ihn niedergeschlagen hatte. Die paar Zeilen waren schnell geschrieben, auch wenn die Plastikhandschuhe etwas unbequem waren. Dann hatte er das Blatt ausgedruckt und auf die Tastatur gelegt. Die Karte mit der Winterlandschaft hatte er in den schwarzen Umschlag zurückgesteckt und unter die Tonvase gelegt. Sollten die Bullen doch selbst drauf kommen, das ließ den „Selbstmord“ nur realistischer erscheinen. Alles andere wäre ihm zu offensichtlich gewesen. Er überquerte die erste Kreuzung hinter der Friedensbrücke und hielt an der nächsten Ampel neben dem mächtigen, neuen ovalen Gebäude, das ihm wie eine moderne Wiedergeburt des römischen Kolosseum erschien. Es setzte wieder ein leichter Nieselregen ein, so wie vorhin, als er das Fenster geöffnet, den bewusstlosen Körper hochgehoben, ihn mit dem Kopf zuerst hinausgeworfen und einen markerschütternden Schrei ausgestoßen hatte. Der Nieselregen hatte ihm dann noch einmal ins Gesicht geweht, fast wie ein Echo seines Schreies, als er einen letzten Blick durch das offenstehende Fenster zu den grauen Wolken über der Mainmetropole geworfen hatte. Die Melodie des Volksliedes klang aus und er dachte an damals, an jenen Tag, als diese Melodie gespielt wurde und er das erste Mal in seinem Leben jemand umgebracht hatte. Die Ampel wurde grün, riss ihn aus seinen Gedanken, und dann gab er Gas und fuhr weiter in Richtung Hauptbahnhof.

❄

Die Kachel zersplitterte mit einem hellen Klirren und beide Hälften fielen nach Innen in einen dunklen Hohlraum. Mit einem weiteren Hieb zersprang die nächste Kachel und fiel ebenfalls in ein paar Teilen in das gähnend schwarze Loch. Ich drehte meine Minitaschenlampe wieder an, beugte mich vor und richtete den hellen Strahl in den Hohlraum hinter den Kacheln. Er fiel auf die Splitter der marmorierten Kacheln, auf Baustaub, auf das graue Plastik eines Abflussrohres und auf ein knappes halbes Dutzend Plastikbeutel, die direkt hinter dem Abflussrohr gestapelt waren.

„Alles klar?“, meldetet sich Rainer irgendwo hinter mir, wahrscheinlich durch das Klirren alarmiert.

„Ich denke schon“, brummte ich, griff durch die Öffnung in das Innere des Sockels und zog einen der Plastikbeutel heraus.

Ich drehte mich halb um und hielt ihn triumphierend Rainer hin, der mittlerweile in der Badezimmertür stand. „Na, Partner, was hältst du davon?“, meinte ich weiter triumphierend, wohlwissend, dass es sich bei den weißen Kristallen in dem Plastikbeutel um synthetische Drogen handeln musste. „Unser Student hat seinen luxuriösen Lebensunterhalt offenbar durch einen kleinen, aber schwunghaften Drogenhandel finanziert“, meinte ich sarkastisch, „oder wie erklärst du dir das kleine Vorratslager hier unter der Dusche?“ Ich wartete erst gar nicht auf seine Antwort und warf ihm den Beutel zu, den er mit einer Hand fing. Dann griff ich noch einmal in den Hohlraum unter der Duschkabine, zog noch einen weiteren Plastikbeutel hinter dem Rohr hervor, warf einen schnellen Blick darauf und erkannte etwa ein Pfund Ecstasytabletten. Alle waren versehen mit dem Symbol eines Eisbergs. Mein Blick blieb darauf hängen, ich drehte mich in meinem Kniestand um und ließ die Tabletten in dem Beutel durch meine Hände kreisen.

„Thommy?“, brummte Rainer.

„Ja?“, gab ich nachdenklich zurück, weiter den Plastikbeutel mit den Eisbergtabletten in der Hand drehend. Die Bilder aus der Wohnung liefen wie in einem Film an mir vorbei. Eine kleine Wohnung im Hochhaus einer Vorstadtsiedlung, neu eingerichtet, zwar nicht superteuer, aber trotzdem nicht schlecht. Die Magnetwand mit den Fotos einer neuen Liebe, die zwar leidenschaftlich, aber scheinbar recht kurz gewesen war. Der traurige Abschiedsbrief seiner Freundin, die übernommenen Metaphern eines aktuellen Rapsongs der eine „eiskalte“ Lebensführung zum Ideal stilisierte. „Es ist kalt, eiskalt ...“ schlich sich der Refrain wieder in mein Bewusstsein. Der Abschiedsbrief, geschrieben auf dem Computer. Und jetzt hielt ich einen Beutel mit einem Pfund Ecstasytabletten in der Hand, mit dessen Gegenwert eine Student locker seinen monatlichen Unterhalt finanzieren konnte.

„Thommy?“, meinte Rainer noch einmal.

„Ja?“, meldete ich mich langsam aus meinen Gedanken zurück.

„Ich hab das schon einmal gesehen.“

„Und?“, gab ich zurück, ohne dass seine Worte wirklich zu mir gedrungen wären. Ich fragte mich, ob er wirklich selbst gesprungen war.

„Vor ein paar Monaten im Kosovo.“

„Was?“ Jetzt hatte er wirklich meine Aufmerksamkeit. Ich sah zu ihm rüber und er hielt den Beutel mit den weißen Kristallen hoch.

„Im Kosovo, in einem kleinen Bergdorf“, brummte er weiter und ich richtete mich auf.

„Komm erzähl schon, lass dich nicht so lange bitten“, meinte ich ungeduldig.

„Wir hatten einen Hinweis auf das Versteck eines hochkarätigen albanischen Drogenhändlers“, meinte er und jetzt merkte ich, dass seine Gedanken abschweiften und er einen abwesenden Blick annahm: „Er sollte sich an diesem Tag in diesem Bergdorf aufhalten.“ Rainer holte kurz Luft und fuhr dann fort: „Die KFOR hat Satellitenbilder besorgt, wir haben dann Spähtrupps entsandt und mit Spezialeinheiten zugeschlagen.“

„Und?“, unterbrach ich ihn.

„Wir kamen zu spät“, gab er zurück und fuhr dann fort: „Er muss wohl kurz vorher eingetroffen sein, seine Leibwächter haben wir noch gekriegt, aber für ihn waren wir einen Tick zu spät. Einige Tage später hieß es, dass ihn irgendeine konkurrierende Gruppe noch am selben Tag erledigen wollte.“ Er sah sich noch einmal den Plastikbeutel mit den Kristallen an und meinte dann weiter: „Noch ein paar Tage später hieß es dann, er sei verpfiffen worden, und dass wir ihn aus dem Weg schaffen sollten …“ Er ließ die letzten Worte im Raum hängen, ich wusste natürlich, dass die Story noch nicht zu Ende war. „Und weiter?“, wiederholte ich mich.

„Tja“, meinte er und hob den Plastikbeutel mit den weißen Kristallen hoch, den ich ihm zugeworfen hatte. „Wer da unten wen umlegen will oder wer wen verpfiffen hat, ist eigentlich egal. Aber das hier, genau das gleiche Zeug, die gleichen Plastikbeutel haben wir in einem Drogenlabor in seinem Versteck gefunden, unten im Keller neben einen Geheimgang, durch den er abgehauen ist.“

„Und was ist damit?“, meinte ich und warf ihm den Beutel mit den Ecstasytabletten zu. Er fing diesen Beutel mit der anderen Hand auf, hielt die beiden neben einander und nickte: „Ja, ganz sicher, hundert Prozent, das gleiche Zeug. Weiß-kristallines Methamphetamin, abgepackt in Plastikbeuteln zu jeweils einem Pfund und die gleiche Menge an Ecstasytabletten, jede einzelne mit dem gleichen Symbol des Eisberges.“

Ich war baff.

„Ganz sicher“, nickte Rainer. „Das Zeug ist aus der gleichen Produktion aus diesem kleinen Bergdorf im Kosovo.“ Und ich wusste plötzlich, dass meine Zweifel an Richard Wittmanns Tod berechtigt waren und wir mit diesem Fall ganz am Anfang standen.

❄

Die kleine Seitenstraße lag neben der sogenannten „Fressgass“, einer Fußgängerzone zwischen der Alten Oper, Goethestraße und der Hauptwache. Selbst in diesen tristen Wintertagen drängten sich hier, an der angesagtesten Flaniermeile der Bankmetropole, mittags die neuesten Sportwagen und Luxuslimousinen um die nächsten Parkplätze. Das Restaurant war eine Mischung aus Cocktaillounge und Coffee Bar. Nachmittags traf dort auch die Elite der Neufrankfurter, gut gekleidet, zumeist in teuren Lederjacken ein. Für diese solariengebräunten Arbeitslosen bestand das größte Problem darin, keinen Strafzettel für ihren Porsche im Halteverbot zu bekommen, weil sie das Kleingeld für das nahegelegene Parkhaus nicht berappen wollten. Er setzte sich an einen der Tische und wusste, dass er in seinem passenden Outfit hier nicht besonders auffiel. Die kurze Strecke von dem Appartement bis hierher konnte er ihm locker hinterherfahren ohne aufzufallen und es war klar, dass er wieder in seine Stammkneipe zum Lunch kommen würde. Er hatte ihn überholt, eine Abkürzung genommen, sofort einen Parkplatz gefunden und sich einen Tisch in der Ecke ausgesucht, wo er einen guten Blick auf die ganze Bar hatte. Es war noch etwas früh, aber vorne links am Eingang saßen schon zwei Girls, vermutlich Studentinnen, die sich angeregt bei einem Kaffee unterhielten. Die eine war blond und dürr und hatte einen Kurzhaarschnitt. Sie trug eine orangefarbene Skijacke und blaue, enge Röhrenjeans. Die andere hatte lange dunkle Haare und ein klassisches, orientalisches Profil. Sie trug einen beigefarbenen Sweater und einen cremefarbenen Minirock. Ein paar Tische weiter rechts saßen zwei breitschultrige, kurzgeschorene Ochsen in Lederjacken, die sich jeder an einem winzigen Wasser mit Zitronenschale festhielten. Vermutlich die Bodyguards des arroganten Schnösel im italienischen Maßanzug, der an dem Tisch nebenan saß, ab und zu an einem Espresso nippte und sich jede halbe Minute die Pomade in seinen schwarzglänzenden Haaren zurückschmierte. Der arrogante Schnösel erinnerte ihn an diesen amerikanischen Schauspieler. Wie hieß der Hollywoodstar noch einmal? Dann kam er, wie üblich ohne Bodyguard, aus Richtung der Ausfahrt des Parkhauses. Seine graue Wollmütze mit dem Label eines amerikanischen Turnschuhherstellers saß etwas schief, darunter grinste er breit mit seinem schmal rasierten Backenbart in die Runde und präsentierte den albernen Brilli auf seinem Eckzahn. Die blaue Baseballjacke mit den weißen Armen war etwas zu weit geraten, die schwarze Hose mit weitem Schlag ebenso. Aber die blonde, dürre Studentin sprang sofort auf und begrüßte ihn mit einem Bussi. Er langte ihr währenddessen fest ans Hinterteil in ihrer knappen Röhrenjeans, bevor er sie mit einem Kopfnicken entließ und zu dem Schnösel im Maßanzug rüberging. Der blieb sitzen, sah noch eine Spur arroganter hoch und wies mit einem Fingerschnippen auf den Korbsessel neben sich. Jetzt sah er sich den Typ im Anzug noch einmal genauer an, als der seine dunkle Sonnenbrille herunternahm und den anderen mit einem stechenden Blick fixierte. Er traf sich also mit dem Anzugtyp. Und der musste ihm wohl einiges zu sagen haben, sonst würde er nicht so spuren. Ja, Al Pacino, dieser pomadige Schnösel erinnerte ihn an Al Pacino, in einer seiner besten Rollen. Leider saß er etwas zu weit weg, deswegen konnte er nicht verstehen, worüber die beiden sich unterhielten. Er hob wieder seine Sportzeitung, damit die beiden Ochsen am Nachbartisch nicht auf ihn aufmerksam wurden und vertiefte sich zum Schein in die Pferdewetten. Er wusste mittlerweile genug über ihn, es war eigentlich nur noch eine Frage der Zeit und des Ortes. Al Pacino, sein neuer Freund im Maßanzug, war heute interessanter, insbesondere die Tatsache, dass er zwei Bodyguards im Schlepptau hatte. Irgendwie spürte er, dass ihn dieser Typ noch ein Stück weiterbringen würde. Er musste jetzt aber etwas vorsichtiger vorgehen, auch wenn die zwei Ochsen eher den Eindruck von kompletten Trotteln machten. Der Schnösel hob den Zeigefinger wie zur Ermahnung, und der ach so eiskalte Rapper mit seiner Idiotenmütze sah schuldbeflissen, wie ein Schulkind, unter sich. Dann fiel ihm wieder der Song ein, den die Wollmütze im Radio stotterte: „Es ist kalt, eiskalt …“ Er dachte an diesen Refrain, den er auch in Richies Abschiedsbrief verewigte und an das leblose, unschuldige Studentengesicht, als er ihn hochgehoben und aus dem Fenster geworfen hatte.

Kapitel 2

Der Besprechungsraum der Drogenfahnder lag in einem der oberen Stockwerke unseres neuen Polizeipräsidiums. Durch die Fensterfront sah man auf ein Abbruchgrundstück, wo gerade Baggerarbeiten im Gange waren. Links von der Fensterfront stand ein Kaffeeautomat, daneben ein Bistrotisch. Ich musste grinsen, weil mich der Automat an eine österreichische Serie mit trotteligen Mordermittlern erinnerte, die vor langer Zeit im Fernsehen lief. Die dunklen Wolken über dem Norden der Stadt ließen wieder Dauerregen befürchten und meine Stimmung war nicht viel besser. Vor einigen Stunden hatten wir die Spurensicherung angefordert und die Wohnung als Tatort übergeben. Der Leichnam Richard Wittmanns wurde in die Pathologie gebracht und wir fuhren mit einigen Kartons mit Wittmanns persönlichen Unterlagen ins Präsidium zurück. Rainer hatte zuerst die Plastikbeutel beim Erkennungsdienst untersuchen lassen, doch wir wurden enttäuscht. Keine Fingerspuren, die uns zu den Lieferanten oder Produzenten der Drogen führen konnten. Rainer stellte den Karton mit den Beuteln auf einen der vier Tische, die im Rechteck zusammengestellt worden waren, nahm dann jeweils einen Plastikbeutel mit Amphetamin und Ecstasypillen aus dem Karton und legte sie auf die Tischplatte. Die Kollegen vom Rauschgiftkommissariat kamen herein und wir stellten uns gegenseitig vor, sofern wir uns noch nicht kannten. Stefan und Sabine, die beiden anderen in unserem Team, setzten sich ebenfalls und Steve, einer der Drogenfahnder, verteilte Tassen und schenkte Kaffee aus. Dann kam Robert Ulrich herein, den seine Kollegen schon vor zwanzig Jahren wegen seiner äußerlichen und der Namensähnlichkeit mit einem Fernsehdetektiv „Vegas“ getauft hatten. Er gab jedem die Hand und setzte sich neben mich. Die Gespräche verstummten, die Feuerzeuge klickten und dann hatte er die volle Aufmerksamkeit. Neben Ulrich, als Kommissariatsleiter zuständig für den Straßenhandel illegaler Drogen, und seinem Ermittlungsgruppenleiter Steve Hermann saßen noch Udo und Jürgen, zwei weitere Drogenfahnder von der gemeinsamen Ermittlungsgruppe Rauschgift, mit am Tisch. Robert „Vegas" Ulrich zündete sich eine Zigarette an, zeigte auf die beiden Beutel und sah fragend zu mir rüber. Ich schüttelte den Kopf: „Keine Prints auf den Beuteln."

„Okay", meinte er, nahm einen Zug von seiner Zigarette und zog die beiden Plastikbeutel, die Rainer auf den Tisch gelegt hatte, zu sich herüber. Die Aufmerksamkeit richtete sich ganz auf den Chef der Drogenfahnder, der den Beutel mit den Eisbergtabletten kurz ansah und dann Steve zuschob. Der warf nur einen Blick drauf und nickte. Ich wartete einen Moment und dann begann Steve mit seinem Kurzvortrag: „Seit etwa einem halben Jahr haben wir vermehrt Sicherstellungen von Methamphetamin, auch Crystal oder Ice genannt. Meistens im Umfeld von Nachtclubs und Discos, alles kleine Mengen, höchstens mal ein paar Gramm. Die Käufer, bei denen wir den Stoff sicherstellen konnten, schweigen. Aufgrund der geringen Mengen konnten wir keinen in Haft bekommen. Fest steht, dass das Zeug relativ neu da ist und beides so hochkonzentriert, wie wir es bisher noch nicht hatten. Die Ecstasytabletten mit dem Eisberglogo haben wir in einem Fall zusammen mit Ice sichergestellt." Steve nahm den Beutel mit den Pillen, lehnte sich in seinem Stuhl zurück und spielte mit dem Plastikbeutel. Dann sah er hoch und blickte mich direkt an: „Und zwar bei einem Drogentoten. Vor drei Wochen ist ein Teenager nach einer durchgemachten Nacht vor einer Technodisco in der Innenstadt zusammengebrochen. Kreislaufkollaps. Sie haben noch versucht, ihn in der Uniklinik wiederzubeleben. Er starb jedoch kurz darauf an einem Herzstillstand. Die Obduktion ergab, dass er eine Überdosis Ice genommen hatte. Wir stehen aber noch am Anfang und laufen trotz aller Anstrengungen wie gegen eine Mauer des Schweigens."

„Aus welchen Verhältnissen kam der Tote?", hakte ich nach.

„Aus sogenanntem ‚guten Hause'", meldete sich Robert zu Wort, nahm einen tiefen Zug seiner Zigarette und fuhr fort: „Er ging hier in Frankfurt auf ein renommiertes Gymnasium im Westend, in der Nähe unseres alten Polizeipräsidiums. Der Vater ist Banker, die Mutter hat mehrere Bekleidungsgeschäfte in der Innenstadt. Sie haben nichts bemerkt, seine Freunde schweigen und ..." Er nahm noch einen Zug, sah in die Runde und nickte dann Steve zu, der fortfuhr: „Wir haben in seinem Handy die Nummer von einem mutmaßlichen Dealer gefunden. Die Personalien des Anschlussinhabers sind falsch, die Person existiert nicht. Der Telefonladen, in dem dieses Handy gekauft wurde, ist eines unserer schwarzen Schafe." Es war eine der üblichen Maschen, sich Handys bei bekannten Telefonläden zu besorgen, die eine Registrierung der Käufer lasch handhabten.

„Wir überwachen den Anschluss und haben einen unserer Scheinaufkäufer an den Dealer herangeführt. Für morgen ist ein Geschäft vereinbart", beendete Steve seinen Vortrag. Ich nahm einen Schluck von meinem schwarzen Kaffee, spürte kurz den immer wiederkehrenden Druck im Magen und verscheuchte das Verlangen nach einer Zigarette. Dann nickte ich Rainer zu, der sich über den Tisch beugte und beide Plastikbeutel zu sich heranzog: „Heute morgen ist der Student Richard Wittmann aus seinem Appartement im achten Stock eines Hochhauses in Niederrad gestürzt. Es sah zunächst nach Suizid aus, aber wir haben in einem Versteck im Bad diese Beutel sichergestellt." Er hielt die beiden Plastikbeutel hoch und nickte in Richtung des Kartons mitten auf dem Tisch, „Nach dem Abschiedsbrief stellte sich die Trennung von seiner Freundin zunächst als Motiv dar, nur ...", ließ er die letzten Worte im verqualmten Raum hängen, und ich fuhr fort: „… Nur konnten wir auf dem Abschiedsbrief nicht einmal seine eigenen Fingerspuren finden." Rainer hatte neben den Beuteln auch das Blatt Papier mit den angeblich letzten Zeilen Wittmanns beim Erkennungsdienst auf Fingerspuren untersuchen lassen. Auch auf dem Schreiben ließ sich nicht eine einzige Fingerspur finden. „Da es völlig unwahrscheinlich ist, dass er seinen Abschiedsbrief mit Handschuhen aus seinem Drucker genommen hat, muss es jemand anderes gewesen sein …", fuhr ich fort, „… und zwar jemand, der Grund genug hatte, keine Fingerspuren zu hinterlassen." Ich drehte die Kaffeetasse mit dem Wappen der Hessischen Polizei in meinen Händen und hatte weiterhin die volle Aufmerksamkeit der Kollegen. „Aufgrund des objektiven Tatbefundes gehen wir derzeit davon aus, dass er einen Bekannten in seine Wohnung gelassen hat. Der hat ihn überwältigt und aus dem Fenster geworfen. Der Abschiedsbrief mit den Bezügen zur Trennung von seiner Freundin, den der mutmaßliche Täter verfasst hat, zeugt von Detailwissen aus dem persönlichen Umfeld des Toten. Das Motiv ist bisher unklar, aber diese Plastikbeutel mit Ice und Ecstasy in seinem Bad könnten ein Motiv begründen."

Dann sah ich zu Rainer hinüber, der mit seinem Vortrag fortfuhr: „Im letzten Sommer haben wir in einem Bergdorf am Rand des Kosovo ein Drogenlabor ausgehoben und eine größere Menge Methamphetamin und Ecstasy sichergestellt." Die Aktion hatte sich mittlerweile herumgesprochen und die meisten Kollegen wussten, dass Rainer fast ein Jahr im Kosovo abgeordnet war. Er hatte die volle Aufmerksamkeit und sprach langsam weiter: „Im Rahmen der Aktion konnte ein hochrangiger albanischer Drogenhändler flüchten. Der im Kosovo sichergestellte Stoff stimmt mit der Verpackung, dem Erscheinungsbild und insbesondere mit dem Eisberglogo auf den Pillen mit denen überein, die wir heute im Bad des Toten fanden." Immer wieder drang der Refrain des Rapsongs durch mein Unterbewusstsein. „Damit haben wir konkrete Hinweise für einen Einfuhrschmuggel von nicht geringen Mengen Methamphetamin und Ecstasy aus dem Kosovo nach Deutschland.“ Rainer blickte zu Udo und Jürgen von der gemeinsamen Ermittlungsgruppe Rauschgift hinüber, jener Einheit, in der Drogen- und Zollfahnder gemeinsam gegen Einfuhrschmuggler ermittelten. Sie nickten und Rainer fuhr fort: „Der Student Richard Wittmann, ein mutmaßlicher Empfänger dieses Stoffs, wird umgebracht, der Täter aus seinem Umfeld stellt den Mord als Suizid dar. Das Motiv? Streitigkeiten um Absatzmärkte? Offene Rechnungen?“, fasste Rainer die Fragen zusammen, die mir seit Stunden durch den Kopf gingen.

„Der Dealer, dessen Handy ihr geschaltet habt, gibt es dazu vielleicht nähere Erkenntnisse?“, fragte ich nach und sah zu Steve hinüber. Er streckte sich in seinem Stuhl, strich sich über seinen blonden Bürstenhaarschnitt und kratzte sich dann im Genick. „Wie schon gesagt, über den Anschlussinhaber kommen wir nicht weiter. Wir konnten ihn bisher nicht identifizieren, aber er hat mehrere andere Anrufe getätigt. Unter anderem hat er auch mit einem stadtbekannten Rapper aus Niederrad telefoniert.“ Die Zeilen des Abschiedsbriefes und der Rapsong fielen mir sofort wieder ein: „Es ist kalt, eiskalt …“ und jedem am Tisch war klar, wer damit gemeint war.

„Der Inhalt war relativ unverfänglich, aber irgendwie stinkt es trotzdem“, meinte Steve und schüttelte den Kopf.

„Um was ging es genau?“, hakte ich nach.

„Ein Darlehen, der Dealer hat ihn um einen Kredit angehauen und der Rapper hat ihn vertröstet. Das war das einzige Gespräch zwischen den beiden. Wir hören ihn jetzt seit einer Woche ab und konnten dann einen unserer Scheinaufkäufer an ihn heranführen. Für morgen ist ein Treffen ausgemacht. Das ‚Ice‘ und die Eisbergpillen sind schon bestellt.“ Ich sah zu Rainer hinüber. Steve beugte sich vor und nahm den Beutel mit den Eisbergpillen hoch. „Wenn unser Mann genau diese Pillen liefert, dann haben wir eine Verbindung zu eurem Toten. Dann haben sie die gleiche Quelle."

„Wann hattet ihr den letzten Kontakt?"

„Gestern Abend, so gegen zehn. Er will sich morgen wieder melden. Der Treff ist für dreizehn Uhr geplant", fuhr Steve fort. Seine Worte hingen noch im qualmgeschwängerten Raum, dann meinte Robert kurz und bündig: „Dann lasst ihn uns morgen holen."

Dauerregen klatschte gegen die Fensterscheibe meines Büros, ich sah hinunter auf den bunten Lindwurm des Feierabendverkehrs auf der Eschersheimer Landstraße und ließ mich dann in meinen Rollsessel fallen. Ich nahm meinen vierten Kaffee und ignorierte das Stechen in meiner Magengegend. Ich zog den veilchenfarbenen Briefumschlag aus dem Karton, lehnte mich in meinem Rollsessel zurück und schlug die Beine übereinander. Ich nahm einen weiteren Schluck von dem heißen, schwarzen Gebräu und sah kurz auf die Uhr. Viertel nach Drei Uhr nachmittags. Wir hatten nachher noch einen Obduktionstermin im Institut für Rechtsmedizin. Ich hatte vorhin dort angerufen und die Chefpathologin, Dr. Sarah Born, erreicht. Sie hatte heute Nachmittag noch Zeit und ich erreichte kurz darauf auch die Staatsanwältin wegen des Obduktionstermins. Ich war brennend auf die Geheimnisse gespannt, die uns Richard Wittmann vielleicht noch mitteilen konnte. Doch jetzt nahm ich gierig noch einen Schluck von meinem starken Gebräu, stellte die Tasse wieder auf den Schreibtisch und fingerte den Brief aus dem veilchenfarbenen Umschlag. Für eine Sekunde beschlich mich die Scham eines ertappten Voyeurs, der in die intimsten Bereiche anderer eindringt, doch ich verscheuchte dieses Gefühl, weil ich nur allzu gut wusste, dass dieses Eindringen in die Privatsphäre anderer in vielen Fällen die Vorraussetzung für die Klärung eines Tötungsdeliktes war. Ich nahm das ebenfalls veilchenblaue Blatt heraus, roch den Blumenduft und fing an zu lesen. „Lieber Richie, ich weiß gar nicht wie ich es dir sagen soll …“ Ich verspürte sofort das Verlangen, sie kennen zu lernen. Ihre Sprache zeugte von Empathie, von Verständnis, von einer ungeheuren Ehrlichkeit und einer aufrichtigen Liebe, so dass meine Gedanken wieder abschweiften und ich sofort an meinen ruhenden Pol dachte. Ich konnte die aufkommenden Gedanken an Ute nicht verscheuchen, an ihr herzliches Lachen und ihren klugen Blick, ihre natürliche Art, mit Menschen umzugehen und ihr grenzenloses Verständnis für meine Probleme. Ich faltete das Blatt zusammen und steckte es in den Umschlag zurück. Dann warf ich ihn in den Karton und zog mein Handy aus der Innentasche meiner Daunenjacke.

Sie ging nach vier Ruftönen ran: „Ute Link, Frankfurter Express, was kann ich für Sie tun?“ Ich verstellte meine Stimme und imitierte einen tiefen Bariton mit osteuropäischem Akzent: „Ich habe Informationen für Sie, eine große Sache, ich muss mich mit Ihnen treffen!“ Ihr glockenhelles Lachen ließ meine Charade wie Speiseeis in der Mittagshitze schmelzen. „Na Thommy, hast du wieder mal nix zu tun?“, konterte sie.

„Hallo, mein Schatz“, gab ich zurück, leicht angenervt, dass sie nicht so einfach auf meine Scherze reinfiel. „Hast du Lust, dich heute Abend mit mir zu treffen?“

„Klar, ich habe meine Story bald fertig und kann schon früher Schluss machen, wenn nicht noch irgendwelche Morde dazwischenkommen …?“, ließ sie im Raum hängen.

„Da kann ich dich beruhigen“, lachte ich, froh darüber, dass wir unsere gegenseitigen Nachrichtensperren schon am Anfang unserer Beziehung geklärt hatten.

„Wann und wo?“, fragte sie. Ich überlegte kurz und meinte dann spontan: „Vielleicht trinken wir erst mal einen Cocktail in der Bar am Eschenheimer Turm, da ist heute Happy Hour.“

„Okay, ich freu mich. Alles okay mit dir?“ Wie immer hatte sie eine sehr feine Antenne für meine Stimmungslagen. „Ja, alles okay“, meinte ich mit belegter Stimme.

„Na bis dann, um sieben, in unserer Bar, mach's gut Schatz!“, beendete sie das Gespräch und so wie immer, hatte sie das letzte Wort. Ich drückte die Offtaste, und in diesem Moment kam Rainer durch meine offenstehende Bürotür und hielt mir einige Computerausdrucke hin. Ich steckte mein Handy weg, nahm die Ausdrucke und überflog sie, während er sich in den Rollsessel neben mir hinsetzte, auf dem sonst Zeugen oder Beschuldigte Platz nahmen. Die Internetrecherchen zu „Ice Joe“ zeigten Ausdrucke seiner Website, aktuelle Termine und Kritiken aus einschlägigen, renommierten Musikzeitschriften und Frankfurter Szenemagazinen. Ein Artikel war angestrichen, ein Auftritt von ihm für heute abend war darin angekündigt: „Ice Joe After Work!“ Daneben war die Adresse einer Cocktailbar im Bankenviertel der Innenstadt verzeichnet. Ich dachte an mein Treffen mit Ute zur selben Zeit, ganz in der Nähe, und sah dann zu Rainer rüber.

„Er kam vor zwei Jahren aus dem Nichts“, fing Rainer an zu dozieren und legte seinen rechten Zeigefinger an seine Schläfe, wie immer, wenn er auf Hochtouren lief. „Eine kleine Nummer aus dem Nichts, ehemaliger Leadsänger der Frankfurter Rapgruppe ‚South Side Boyz‘, die Gewalt und Drogenhandel und alle anderen möglichen Rechtsbrüche verherrlichen.“ Er beugte sich vor, stützte seine Ellenbogen auf den Tisch und sah mich ernst an. „Du wirst es nicht glauben, er hat im ersten Jahr eine halbe Million gemacht, nach einem Jahr stieg er bei der Gruppe aus und hat im zweiten Jahr mindestens das Doppelte eingefahren.“ Ich wusste, dass Rainer streng gläubig war, ich hatte Achtung vor seiner christlichen Lebensanschauung und wünschte mir manchmal das Vertrauen, dass er in unseren höchsten Richter hatte. „Warum ruft ein Dealer, der Speed und

Ecstasy an Kinder verkauft, bei einem Rapstar an und bittet ihn um Kredit?", brachte ich das Problem auf den Punkt, gerade als Stefan und Sabine in mein Büro kamen. Stefan war Anfang Dreißig, trug wie immer einen edlen Anzug und zeigte sein strahlendes Zahnpastalächeln. Er war bis vor kurzem mein Teampartner, während Rainer im Kosovo seinen Dienst schob. Wir hatten uns trotz anfänglicher Schwierigkeiten zusammengerauft und schließlich einen Serienmörder zur Strecke gebracht, der mir einige Albträume beschert hatte.

„Setzt euch", meinte ich und Stefan und Sabine nahmen sich jeweils einen der Stühle, die links neben meiner Bürotür standen. Die beiden waren das zweite Team in unserer Mordkommission. Sabine trug wie immer Blue Jeans und ein Sweat-Shirt. Sie war etwas jünger als Stefan, aber er konnte ihr hinsichtlich Cleverness und Empathie absolut nicht das Wasser reichen. Sabine hatte damals den entscheidenden Hinweis vor der Festnahme des Serienmörders gegeben und ich hatte sie vom Kriminaldauerdienst abgeworben. Sie schlug die Beine übereinander und meinte kurz und prägnant: „Wann holen wir uns den kleinen Penner?" Ich wusste, sie meinte „Ice Joe", meine letzte Frage war ihr nicht entgangen und ich hatte sie bei der Besprechung mit den Drogenfahndern eine Weile beobachtet. Ich mochte ihre Art, die Dinge auf den Punkt zu bringen, musste sie aber zeitweise in ihrem Eifer bremsen, um Ermittlungsergebnisse nicht vorzeitig zu gefährden. Ich sah zu Rainer hinüber und zog dann die Linie klar: „Wir warten erst morgen den Deal mit dem Scheinaufkäufer ab." Dann fuhr ich fort und nahm Stefan und Sabine in die Pflicht: „Ihr beiden nehmt euch die Kartons vor und stöbert nach Spuren im Umfeld Richard Wittmanns. Ich möchte, dass ihr die Verständigungen der Angehörigen durchführt und das Umfeld auflistet. Wichtig ist die Identifizierung seiner Ex-Freundin." Ich zog einen der Kartons zu mir hin, nahm das oben liegende Foto von Richard und seiner Freundin am Mainufer heraus und gab es Sabine. „Sabine, wenn ihr sie identifiziert habt, vielleicht kannst du einen Draht zu ihr kriegen, wir müssen wissen, wer warum Schluss gemacht hat und wer alles davon wusste", gab ich die Marschrichtung vor. Sie nickten beide, wohl wissend, dass der unbekannte Täter das Detailwissen der Trennung für den gefälschten Abschiedsbrief benutzt hatte. „Morgen nach dem Deal sehen wir weiter", meinte ich nachdenklich und hoffte, dass uns die Zusammenarbeit mit den Drogenfahndern einen Durchbruch bescheren würde.

Die Villa lag an der Kennedyallee, im Stadtteil Sachsenhausen, unweit der Universitätskliniken. Rainer parkte unseren BMW, wir stiegen aus und gingen langsam die Ausfahrt vor dem Rolltor im Kellergeschoss des Instituts für Rechtsmedizin hinunter. Wie oft war ich schon die Ausfahrt hinuntergelaufen, um den eisigen, sterilen Keller zu betreten? Das erste Mal war ich hier vor über zwanzig Jahren, als ich noch beim vierten Revier Streife fuhr und wir die besoffenen Autofahrer dem Arzt in einem anderen Seitentrakt des Kellers zur Blutentnahme zuführten. Ich folgte Rainer durch die Tür. Wir kannten den Weg und betraten kurz darauf den hellerleuchteten Obduktionssaal. Staatsanwältin Diana Fischer war schon mit Dr. Sarah Born im Gespräch vertieft. Beide begrüßten uns mit einem Lächeln: „Hallo Thommy, hallo Rainer, wie geht's?", meinte Sarah. Wir kannten uns schon viele Jahre.

„Hallo Sarah", antworteten wir beide und begrüßten auch die Staatsanwältin, mit der ich letzten Sommer schon mal einen Fall geklärt hatte. Eine Beziehungstat, relativ klar. Ich war gespannt, ob sie sich heute unserer Theorie anschließen würde. Staatsanwältin Fischer war etwa so groß wie ich, Anfang Dreißig, hatte dunkle, schulterlange Haare und wirkte mit ihrer randlosen Brille auf den ersten Blick ein bisschen wie eine Gymnasiallehrerin auf mich. Harry, Sarahs Assistent, sah hoch, wir begrüßten uns ebenfalls. Dann fuhr Harry fort, die sterilisierten, chirurgischen Sektionsinstrumente an einen Ständer direkt neben dem stählernen Tisch zu hängen, auf dem sich die Umrisse eines menschlichen Körpers unter einem weißen Laken abzeichneten. Ich lächelte Sarah weiter an, während Rainer sich mit der Staatsanwältin näher bekannt machte.

„Na, wen habt ihr denn heute mitgebracht?“, meinte die Pathologin und lächelte zurück, während ich mich fragte, wo sie immer wieder ihre gute Laune hernahm. Wir waren beide im gleichen Alter, also Mitte Vierzig. Ihre schwarzen Haare trug sie mittlerweile ziemlich kurz. Im Gegensatz zu mir hatten sich noch keine grauen Haare bei ihr eingeschlichen, wahrscheinlich weil sie ihre nachtönte. Früher hatte sie mich immer an eine Frankfurter Fernsehkommissarin erinnert, die mit ihrem wesentlich jüngeren Assistenten kokettierte. Rainer und die Staatsanwältin sahen jetzt ebenfalls zu mir herüber. „Richard Wittmann, ein Student. Wahrscheinlich vorgetäuschter Suizid. Wir nehmen an, dass ihn jemand aus seinem Appartement im achten Stock geschmissen hat“, fasste ich unsere Hypothese zusammen. Sie nahm ein Paar Gummihandschuhe aus dem Spender neben dem Waschbecken. Harry hatte mittlerweile eine Digitalkamera aufgeklappt und begann zu filmen, während sich Sarah die Gummihandschuhe überzog und das Datum, die Sektionsnummer und die persönlichen Daten von einem Täfelchen am Stahltisch vorlas. Sie zog das weiße Laken vom Leichnam Richard Wittmanns und begann mit ihrem Job. Ich wusste, ihr konnte niemand etwas vormachen. Sie hatte schon etliche Geheimnisse enthüllt, die sonst einige unserer Kunden mit ins Grab genommen hätten. Sie fing mit einer gründlichen Spurensuche am Schädel an. Harry trat näher und filmte im Detail, wie sie den Kopf des Toten drehte und näher untersuchte. Rainer und ich sahen uns an und hofften, dass sie Ansätze für verwertbare Spuren finden konnte. Wir verfolgten weiter die Obduktion, ich sah dann aber zu Rainer rüber und mir fiel wieder auf, dass er im Kosovo ziemlich gealtert war. Die Falten um die Augen, das schmale Gesicht. Ja, ich meinte sogar, dass sich seine Geheimratsecken, die den dunkelblonden Bürstenhaarschnitt begrenzten, im letzten Jahr weiter ausgeprägt hatten. Mehr als zehn Jahre waren wir Teampartner beim K 11, hatten beide unsere persönlichen Krisen durchgestanden und uns immer wieder gegenseitig aufgerichtet. Meine Gedanken schweiften ab und ich dachte an den Serienmörder zurück, der vor über zehn Jahren Prostituierte auf dem Strich im Bahnhofsgebiet aufnahm und umbrachte. Wir jagten ihn wie besessen, fuhren monatelang durch das Rotlichtviertel der Mainmetropole und konnten ihn schließlich festnehmen, ein Einsatz, der uns als Team richtig zusammengeschweißt hatte. Das war die Zeit, als ich kaum noch zu Hause war, und mich Angie, meine Exfrau, mit unserer gemeinsamen Tochter Sandra verließ. Seitdem lebte Sandra bei Angie und ich sah sie nur jedes zweite Wochenende. Ich war Single, bis ich Ute kennen lernte.

„Zwei parallele Suffusionen, leicht eingetrocknet, linksseitig des Kehlkopfes, quer über die Halsschlagader verlaufend", drang Sarahs Stimme in meine Gedanken und ich blickte auf. Ich fragte mich sofort, warum uns das nicht aufgefallen war. Wir traten näher und betrachteten uns die beiden rötlichen, leicht eingetrockneten Streifen, die nebeneinander am Hals des Toten verliefen. Wahrscheinlich waren sie uns unter dem Kragen des grauen Pullovers gar nicht aufgefallen, aber sie waren deutlich zu sehen. Zwei hellrote, nebeneinander liegende, leicht eingetrocknete Blutergüsse auf der linken Halsseite, zwischen Kehlkopf und Schlüsselbein. Die Pathologin drückte leicht das Gewebe neben den Blutergüssen ein, nickte zufrieden und hob dann die Hand hoch, wie ein Regisseur beim Schnitt.

Harry nahm die Digicam zur Unterbrechung herunter. Sarah richtete sich auf und wir hörten ihr gespannt zu.

„… Blutergüsse bilden sich als Folge stumpfer Gewalt zu Lebzeiten sowohl in der zweiten Hauthauptschicht als auch in den Gefäßen des Unterhautgewebes. Die Eintrocknungen sprechen für eine vitale Entstehung. Ein Bluterguss in einem Halsmuskel entsteht postmortal praktisch niemals. Es sei denn, diese Verletzung wäre bei dem Aufschlag entstanden." Ich sah Rainer an, der den Kopf schüttelte: „Aufgrund des objektiven Tatortbefundes können wir das mit hoher Wahrscheinlichkeit ausschließen."

„Also entstanden diese Blutunterlaufungen mit hoher Wahrscheinlichkeit vital", stellte Sarah fest.

„Das heißt, diese Blutergüsse müssen dem Opfer zuvor beigebracht worden sein", brachte es Rainer auf den Punkt. Ich sah zur Staatsanwältin hinüber, die ihre Brille zurechtrückte und jetzt näher trat.

„Richtig", nickte sie und fuhr fort: „Blutverschiebungen, die sich als parallele Streifen darstellen, können beispielsweise durch den Druck eines auftreffenden Stockes entstehen, durch den die sich bildenden Blutergüsse sowie die Gewebsflüssigkeit rechts- und linksseitig des Druckmittelpunktes verschoben werden."

„Also könnte ihn jemand mit einem Stock auf den Hals geschlagen haben, bevor er verstarb?", hakte ich nach.

„Nicht zwangsweise mit einem Stock, aber …", ließ sie ihre Überlegungen im Raum stehen.

„Was könnte noch passiert sein?", fragte Rainer.

„Jungs, das ist euer Job, fürs Spekulieren werdet ihr bezahlt, nicht ich", lachte sie laut. Ich wusste, dass sie eine mögliche Antwort schon parat hatte, uns aber weiter zappeln lassen wollte. Daher ließ ich mich auf das Spiel ein, und suchte nach einer Erklärung, als Rainer bereits einwarf: „Ein Handkantenschlag beispielsweise direkt auf die Halsschlagader?"

„Durchaus, das wäre theoretisch möglich“, meinte sie und lächelte wie ein kleiner Schelm und dann sah ich Rainer Wittmann in seinem Appartement vor mir, wie er die Wohnungstür öffnete und jemanden hereinließ. Wie er den Bekannten begrüßte, der ihn dann mit einem Handkantenschlag fällte. Ich sah zu Staatsanwältin Fischer hinüber, die mir zunickte. Auch sie war jetzt wohl von einem Tötungsdelikt überzeugt.

„Dann dürfte der Täter höchstwahrscheinlich Kampfsportkenntnisse haben“, drangen Rainers Worte zu mir und mir schwante, mit was für einem kaltblütigem Killer wir es zu tun hatten.

Der Wind wehte eisig vom Opernplatz herüber, als wir die Straße überquerten und weiter Richtung Bankenviertel liefen. Ich schlug den Kragen meiner Daunenjacke hoch und lächelte Ute zu. Sie trug eine bunte Skijacke und ein blaues Stirnband unter ihren schulterlangen, rotbraunen Haaren. Die grünen Augen blitzten mich wissend an, und sie drehte in Richtung der Geschäftsmeile in der Goethestraße ab, doch ich zog sie weiter: „Komm Schatz, ein anderes Mal, es ist so kalt, lass uns lieber noch etwas trinken gehen.“ Wir hatten unseren ersten Drink in der Bar am Eschenheimer Turm genommen und ich steuerte auf direktem Weg das Bankenviertel am Eurotower an. Sie lachte noch einmal, ließ sich von mir weiterziehen und wir gingen an einer Sushibar vorbei. Ich ahnte schon, was jetzt kommen würde.

„Lass uns doch mal wieder Sushi essen, Thommy ...“ Ich warf einen Blick in den Laden, in dem man an der kreisförmigen Theke wie an einer Spielzeugeisenbahn auf dem Präsentierteller saß und die Sushiplatten auf einem Laufband vorbeizuckelten.

„Tut mir leid, aber heute nicht, lass uns doch erst noch mal etwas trinken“, gab ich zurück und zog sie weiter. Vor uns erhoben sich die erleuchteten Türme von Maintower und Eurotheum, einem der modernen Appartementhochhäuser, die während der letzten Jahren in bester Lage emporwuchsen.

„Wo willst du eigentlich hin, du hast doch was Bestimmtes vor, oder?"

Ich hatte ihr bisher noch nichts von der After Work Party erzählt, wollte sie überraschen. Oder ich redete mir das vielmehr ein. Auch wenn ich mir in den letzten Jahren immer wieder vorgenommen hatte, zum Feierabend abzuschalten, fiel ich oft genug in den alten Trott zurück. Ich wollte Ice Joe live sehen, mir einen Eindruck von ihm verschaffen, bevor wir ihn uns vornahmen. Sein Auftritt heute Abend war ein passender Anlass und ich wollte ein Gespür für ihn und sein Umfeld bekommen.

„Du, lass uns doch heute mal was ganz anderes machen", fing ich an und sie lachte wieder.

„Wie kommt's?"

„Ich hab heute einen Artikel über Ice Joe, diesen Rapstar gelesen, der tritt hier um die Ecke auf, den möchte ich mir mal ansehen", meinte ich, ohne zu lügen, aber auch nicht ganz ehrlich.

„Seit wann stehst du denn auf Rap?" Ich konnte ihr nichts vormachen, wir hatten beide den gleichen Musikgeschmack. Schließlich waren wir uns bei meinem Lieblingsblues von Gary Moore das erste Mal näher gekommen. Der freche Ausdruck in ihren grünen Augen war einem sprühenden Interesse gewichen und ich merkte sofort, wie ihr journalistischer Instinkt ansprang.

„Ich hab gedacht, ich könnte dich mal spontan überraschen …", gab ich scheinbar gleichgültig zurück.

„Du kannst ruhig viel öfter mal wieder spontan werden", raunte sie, blieb stehen und zog mich blitzartig an sie heran. Ich suchte in ihren strahlenden Augen nach dem Grund, warum sie sich mit meiner Antwort zufrieden gab, aber dann trafen sich unsere Lippen und ich hoffte, dass sie mich nicht wie immer einwickeln würde.

Die Cocktailbar war bis zum letzten Tisch besetzt. Ich sah durch die Glasfassade nach draußen. Vor der Bar standen immer noch einige Gäste Schlange, Taxis hielten im Sekundentakt in zweiter Reihe und ich fragte mich, warum diese nüchterne Bar so „in" war. Ute und ich hatten unsere Jacken an der Garderobe neben den Toiletten aufgehängt und standen jetzt mit einem „Mainhattan Sour" an der Theke. Ich ließ erst die Eiswürfel in meinem Cocktailglas und dann meinen Blick kreisen. Die Gespräche wurden durch gedämpfte Backgroundmusik unterlegt, die Stimmung war gelöst. An der Theke neben uns drängten sich gutgekleidete Erfolgreiche ab Dreißig, ebenso wie an den Tischen neben dem Eingang. Die Barkeeper hatten alle Hände voll zu tun und ich versuchte mich der Illusion hinzugeben, entspannt zu sein. Zum Glück war der „Mainhattan Sour" gut gemischt und der Alkohol tat seine Wirkung. Neben uns wurden zwei Plätze an der Bar frei, wir setzten uns auf die Barhocker und in diesem Moment wurde die Backgroundmusik durch die ersten Klänge des Dauerbrenners aus dem Radio abgelöst. Ich hatte ihn zunächst nicht gesehen, er kam aus dem hinteren Bereich der Theke und stand dann plötzlich zwischen den Barkeepern. Die weiße Wollmütze saß etwas schief, die blaue Baseballjacke mit den weißen Ärmeln war ihm mindestens zwei Nummern zu groß, genauso wie die Jeans mit dem superweiten Schlag. Das unauffällige Gesicht passte nicht zu dem Backenbart und dem Grinsen, als er zur ersten Strophe ansetzte. Während seine Linke das Mikro hielt, stieß die Rechte immer wieder in die Luft, wie die jubelnde Faust eines berühmten Tennisstars. Die Meute tobte und röhrte mit. Der Text beschrieb das Ende eines abtrünnigen kleinen Dealers, der sich im Drogenkampf des Großstadtdschungels selbstständig machte, seinen Chef verprellte und schließlich vor seiner Exekution in jedem Refrain verhöhnt wurde: „Es ist kalt, eiskalt, die Straßen sind grau und der Himmel auch, ich starre dich an, du bist es bald auch." Ice Joe stand jetzt hinter der Theke in unserer Höhe, ich sah ihm direkt in die Augen und bemerkte das fanatische Leuchten in seinem Blick und dann drang wieder der letzte Satz des Refrains in mein Bewusstsein: „... ich starre dich an, du bist es bald auch ..." Die Assoziationen kamen über mich wie die Teile eines Puzzles, das vor mir lag, sich aber nicht zusammenfügen lassen wollte.

Und dann fiel mir etwas anderes auf. Ich wusste zuerst nicht, was es war, aber dann sah ich den Typ mit der dunklen Lederjacke gegenüber. Die Gäste sangen mit und schwenkten ihre Drinks, aber er saß regungslos dabei, nippte an seinem Glas und sah sich die Show ziemlich teilnahmslos an. Er war so um die Vierzig, recht unauffällig, und ich meinte, einen melancholischen, traurigen Zug um seine Augen zu erkennen. Er stellte sein Glas hin und schenkte sich aus einer kleinen grünen Flasche Mineralwasser nach. Ich wunderte mich, war er doch einer der wenigen, die hier Wasser tranken, da fiel mein Blick wieder auf Ice Joe. Die Bilder von heute zogen an meinem inneren Auge vorbei. Die Beutel mit Ice aus der Wohnung Richard Wittmanns, sein zerschmetterter Körper auf dem Stahltisch in der Pathologie, die Worte von Steve, dem Drogenfahnder: „... aber irgendwie stinkt es trotzdem ...". Und dann fragte ich mich, ob der Rapsong nicht ein Drehbuch war und Richard Wittmann ein Statist, ob „Eiskalt" nicht die sich selbst erfüllende Prophezeiung eines gestörten Psychopathen war, ob der Abschiedsbrief nicht die zynische Parabel auf ein weggeworfenes Leben beschrieb, ja, ob Richard Wittmann nach Drehbuch umgebracht wurde. Ich nahm den letzten Schluck von meinem Drink, als die Akkorde ausklangen und die hörige Menge dem Jungstar frenetisch zujubelte.

❄

Er nahm einen Schluck von seinem Mineralwasser, goss sich dann noch einmal nach und ließ die Show weiter auf sich wirken. Das Kindergesicht stotterte weiter und er wunderte sich ernsthaft, wie sie ihm so zujubeln konnten. Die Verkäufe würden explodieren, wenn es bald soweit war. Eigentlich müsste er Prozente von dem Manager verlangen. Er sah dann noch einmal zu dem Typ gegenüber, der ihn vorhin so angestarrt hatte. Eigentlich passte der mit seiner Freundin gar nicht hier herein, so wenig wie er selbst. Er war im gleichen Alter, also etwa Mitte Vierzig, hatte eine athletische Figur und in seine kurzgeschnittenen, dunklen Haare mischten sich die ersten grauen Strähnen. Seine Freundin bestellte mit einem Handzeichen noch zwei Drinks beim Barkeeper und er versuchte, nicht allzu auffällig hinüberzusehen. Er kam zu dem Entschluss, dass es bald passieren musste, er hatte ihn schließlich bis ins letzte Detail studiert, den „eiskalten Star“, kannte seine Lebensgewohnheiten, seine Bindungen, Kontakte und so weiter und so fort. Eigentlich wollte er sich Zeit für ihn nehmen, aber es musste jetzt doch schnell gehen. Er war zu berühmt und in der Öffentlichkeit selten allein. Seine Schlagzeilen würde er bekommen, der Rapstar, da war er sich sicher. Nur würde er sie nicht mehr lesen können.

Kapitel 3

Der weiße VW stand direkt vor den erleuchteten Fenstern der Sparkasse, mit der Fahrertür zum Eingang geparkt. Im Fahrzeug saß niemand, das konnte ich trotz der Dunkelheit sofort erkennen, und im nächsten Augenblick kam er aus dem Eingangsbereich der Bank. Er trug eine dunkle Sturmhaube, eine schwarze Daunenjacke, Blue Jeans, das registrierte ich in Sekundenbruchteilen. Er lief sofort zur Fahrertür des VW.

„Halt Polizei!", rief Rainer laut. Der Bankräuber blieb stehen und drehte den Kopf unter der dunklen Sturmhaube zu uns. Dann zog er die rechte Hand aus seiner Jackentasche und ich sah die schwarze Automatikpistole langsam hochkommen. Das Adrenalin schoss mir ins Blut und meine Erinnerungen kehrten in Zeitlupe zurück. Ich sah ihn wieder vor mir, wie er damals mit dem Messer in der Hand auf mich zukam und ich meine Pistole hob und abdrückte. So wie jetzt. Ich schoss zwei, drei Mal, auf seiner Jacke erschienen rote Punkte, doch es setzte keine Trefferwirkung ein. Er schoss ebenfalls, zwei, drei Mal. Links neben mir knallte es auch und ich nahm wie durch einen Nebel wahr, wie die Patronenhülsen aus Rainers Sig auf dem Boden neben mir vorbeirollten. Der Bankräuber hatte sich hinter der Motorhaube des VW abgeduckt und schoss weiter auf uns. Wir hatten keine Deckung weit und breit, ich schoss und ging zur Seite. Pulverdampf waberte über der Motorhaube und ich konnte seine schwarze Sturmhaube schemenhaft durch die Rauchschwaden erkennen. Ich visierte ihn über Kimme und Korn an und gab einen Präzisionsschuss auf seinen Kopf ab. Auf der schwarzen Sturmhaube erschien ein kreisrunder, roter Fleck und dann stand die Zeit plötzlich still.

„Feuer einstellen!", kam das Kommando von Jürgen, unserem Schießausbilder. Die Anlage erstrahlte plötzlich in gleißendem Licht, wir entspannten unsere Waffen und steckten sie in die

Holster zurück. Der Übungsfilm mit der Sparkasse und dem Bankräuber auf der Papierleinwand vor uns stand immer noch still. Der Wirkungstreffer in der Sturmhaube des Bankräubers war weiter durch einen roten Punkt markiert. Ich nahm Gehörschutz und Schutzbrille ab und wir hörten uns Jürgens Analyse an.

„Das war schon ganz ordentlich, die Kommunikation unter euch könnte noch besser werden, aber das war im Grunde schon okay." Er führte noch ein paar Details aus und ich merkte, wie sich meine Spannung wieder löste. Minuten später standen wir in einer neonerleuchteten Nische neben dem Flur und zerlegten unsere Pistolen zum Waffenreinigen. Das neue Ausbildungszentrum der Frankfurter Polizei war in einem Untergeschoss des Präsidiums untergebracht und setzte bundesweit neue Maßstäbe in der Weiterbildung. Die praktische Ausbildung in einer originalgetreu nachgebauten Straße mit Kneipe und Sparkasse und insbesondere das interaktive Agieren im Schießkino hatte bei uns das langjährige, praxisfremde Scheibenschießen abgelöst. Ich gab etwas Waffenöl in das abmontierte Rohr meiner Dienstpistole und nahm eine der Stahlbürsten aus der Reinigungskiste.

„Und was meinst du, wie sollen wir ihn angehen, den kleinen Rapper?", fragte Rainer und zog seinen Verschluss vom Griffstück. Ich hatte ihm schon vor unserer Schießausbildung von Ice Joe's Auftritt gestern Abend erzählt.

„Ich weiß nicht, ich kann mir immer noch kein richtiges Bild von ihm machen", gab ich während unseres kleinen Brainstormings zurück und zog die Stahlbürste durch das eingeölte Rohr.

„Hast du dir einmal den Text von ‚Eiskalt' genau durchgelesen?", fragte mein Teampartner weiter und ich merkte, dass er die gleichen Parallelen bemerkt hatte.

„Ich weiß", gab ich zurück und rekapitulierte noch einmal unsere bisherigen Erkenntnisse: „Ein Dealer wird, vermutlich von einem Bekannten, aus seiner Hochhauswohnung geworfen, die Tat als Suizid dargestellt. Ein anderer Drogenhändler, der das gleiche Ice und die gleichen Pillen vertreibt, haut den Rapstar Ice Joe um einen Kredit an.“ Ich legte die Stahlbürste beiseite und griff nach einem Lappen. „Dieser Rapstar glorifiziert in seinem neuesten Lied nach amerikanischem Hip Hop-Vorbild das großstädtische Gangsterleben und lässt in seinem Song einen abtrünnigen Drogendealer ‚Eiskalt‘ umlegen“, fasste ich zusammen.

„Da liegt es nahe, dass das Ice aus der gleichen Quelle stammt und der angebliche Selbstmord eine Abstrafungsaktion an dem abtrünnigen Dealer war, die zur Abschreckung in seinem Rapsong angedroht wurde“, sprach Rainer meine Gedanken aus.

„Eine sich selbst erfüllende Prophezeiung. Aber warum so umständlich, was steckt wirklich dahinter?“, hakte ich weiter nach, obwohl ich eigentlich schon selbst eine Antwort parat hatte. Doch ich wollte Rainers Meinung ungeschminkt hören.

„Was dahinter steckt?“, stellte er in den Raum und holte dann zu einer seiner Reden aus: „Der wahre Erfolgsmechanismus unserer multikriminellen Ellenbogengesellschaft, nämlich der brutal vorgelebte Sozialdarwinismus des modernen Proletariats“, führte Rainer philosophisch-drastisch aus und brachte damit auch meine Überlegungen auf den Punkt. Ich wusste nur zu gut, wie viele Opfer der Verteilungskämpfe um Drogen auf den Stahltischen im Keller der Pathologie gelandet waren. Rainer wischte mit einem eingeölten Lappen über seinen abmontierten Verschluss und fuhr bedächtig fort: „Ice Joe zieht die Fäden im Handel mit Ice und ‚Eisbergpillen‘, hat sogar seinen Künstlernamen seinen Produkten angepasst. In seinem Song droht er Abweichlern den Tod an, dadurch hält er seine Jungs bei der Stange. Als Richie Wittmann sich von ihm abwendet, lässt er ihn umbringen und setzt bei seinen anderen Jungs ein Zeichen, dass sein Rap keine leere Drohung war. Er hält sie damit durch

Abschreckung bei der Stange", fasste Rainer seine These zum Mord an Wittmann zusammen. Ich hatte schon gestern Abend die gleichen Gedanken gehabt, aber irgendetwas fehlte mir noch an diesem Mosaik.

„Was guckst du, ich gebe dir krass auf die Fresse!", blaffte Rainer, grinste und äffte damit einen Komiker nach, der den Slang unseres Großstadtklientels täuschend echt porträtierte. Er hatte Recht: Androhung, Abschreckung, Abstrafung, das waren die abgestuften Elemente, war die zielführende Essenz des Sozialdarwinismus, mit dem sich hier die erfolgreichen Gruppen vom Balkan und vom Bosporus im Nachtleben durchgesetzt hatten. Ich nickte und musste immer wieder daran denken, wie sich Rainer doch verändert hatte, seitdem er aus dem Kosovo zurückgekommen war. Seit Jahren hatte ich ihn schließlich immer wieder für seinen tiefen Glauben und sein Gottvertrauen beneidet, aber nach seiner UN Tour auf dem Balkan äußerte er sich immer drastischer. Wir waren zwar oft gleicher Meinung, aber in all den Jahren, die wir zusammen durchgestanden hatten, war er eigentlich bisher immer derjenige gewesen, der den gemäßigten Standpunkt vertreten hatte, während ich die Sachverhalte knallhart auf den Punkt gebracht hatte. Ich seufzte innerlich und versuchte, die aufkommenden Bedenken zu verdrängen, dass er sich innerhalb von Monaten so drastisch verändert hatte.

„Lass uns heute Mittag weitersehen", meinte Rainer und legte seinen Verschluss beiseite.

„Ja", gab ich zurück und dachte an den bevorstehenden Einsatz mit den Drogenfahndern.

„Mal sehen, was für ein ‚Eisverkäufer' heute Mittag erscheint, der kann uns bestimmt mehr über unseren Rapstar erzählen", sagte Rainer und ich hoffte, dass er Recht behalten würde.

Der Fußballplatz lag zwischen einer Wohnsiedlung und einer Schrebergartenkolonie. In dieser Siedlung hatten vor Jahren überwiegend Pensionäre, Eisenbahner und Chemiefacharbeiter der Höchstwerke gewohnt, bis die soziale Struktur in den Neunziger Jahren kippte und Sozialhilfeempfänger und Flüchtlinge aus Jugoslawien in die Wohnungen der verstorbenen Rentner einzogen. Damals hatte die Stadt Frankfurt im sozialen Wohnungsbau noch das Konzept der „sozialen Durchmischung" favorisiert, das aber letztendlich viele intakte Familien ins Umland abwandern und die sozialen Brennpunkte nur noch kritischer werden ließ. Im Sommer drückten sich jetzt hier die aus der Innenstadt verdrängten Gruppen von Crackkonsumenten und nordafrikanische Dealer mit Kampfhunden zwischen den Wohnblocks der Siedlung herum. Das Ergebnis hatte ich vor ein paar Monaten miterleben können, als es zu einem tödlichen Streit zwischen einem durchgedrehten Konsumenten und einem algerische Dealer kam, bei dem schließlich der Cracker mit einem Klappmesser im Bauch liegen blieb. Auf dem Sportplatz bolzte heute Mittag eine Elf von Halbwüchsigen. Vor dem Fußballfeld, direkt unter unserem Fenster, lag der verdreckte Fußweg einer entlaubten Grünanlage, der den Bolzplatz von den Blocks des sozialen Wohnungsbaus trennte. Auf dem Weg der Anlage führte eine Rentnerin ihren dicken Pudel im Slalom zwischen den Pfützen und den vom Wind verwehten Abfällen spazieren. Ich nahm das Fernglas herunter und sah zu Steve, dem Drogenfahnder, hinüber, der seine Zigarettenkippe in die Öffnung einer leergetrunkenen Coladose warf, sich umdrehte und den Qualm in Richtung Flur ausstieß. Wir sahen aus dem Fenster einer leerstehenden Wohnung im zweiten Stock eines der Blocks, mit direktem Blick auf die Anlage und den Sportplatz, und warteten auf den Anruf des polizeilichen Scheinaufkäufers, der sich mit dem Ice Dealer hier treffen wollte.

„Was meinst du, Rainer, wie kommt das Zeug aus dem Kosovo?", fragte Steve, ohne zu Rainer hinüberzusehen, der zwischen uns am Fenster stand. Rainer sagte zunächst nichts und sog dann tief Luft ein. Nach einigen Sekunden begann er zu erzählen: „Ich hatte damals schon so ein komisches Gefühl, als wir den Hinweis auf dieses kleine Bergdorf erhielten." Jetzt überkam mich wieder das Verlangen nach einer Zigarette, das ich aber widerwillig unterdrückte. Dafür steckte sich Steve noch eine an.

„Was war das für eine Quelle?", fragte Steve nach.

„Tja, das ist ja das Merkwürdige, der Hinweis auf den lange gesuchten albanischen Drogenfürst kam anonym, per Telefon, ohne Forderung. Er war aber so detailliert, dass wir handeln mussten und schließlich das Drogenlabor ausgehoben haben. Aber er ist durch einen Geheimgang entkommen."

„Die Konkurrenz?", hakte Steve weiter nach und nahm einen langen Zug seiner Zigarette. Über dem Sportplatz zogen dunkle Wolken auf und der aufkommende Wind verwehte die alten Zeitungen auf dem Gehweg der Grünanlage, die mit ihren verdorrten Gebüschen im Winter diesen Namen gar nicht verdient hatte.

„Die Konkurrenz?", wiederholte Rainer Steves Frage und ließ sie weiter im Raum hängen. Ich fragte mich, wann der Scheinaufkäufer endlich auf Steves Handy anrief. Dann fuhr Rainer fort: „Du kannst die Situation da unten nicht mit hier vergleichen. Wir haben dort eigentlich mehr oder minder eine korrupte Anarchie verwaltet. Nach einem Heimaturlaub kam ich mir auf dem Flug nach dort unten vor wie auf einer Reise durch das Stargate ins Mittelalter ..." Rainer ließ den Satz im Raum hängen. Ich sah ihn jetzt von der Seite an. Mir fiel sofort der Science-Fiction-Film ein, bei dem Truppen durch ein Tor auf Zeitreisen in die Vergangenheit geschickt wurden. Sein nachdenklicher Blick war auf den Sportplatz gerichtet. Jetzt platschten die ersten Regentropfen gegen unsere Fensterscheibe und die Halbwüchsigen auf dem Sportplatz rannten in Richtung eines der Wohnblocks. Einer hatte den Fußball unter dem Arm und kam kaum hinterher.

„Ich habe mich damals tausend Mal gefragt, wer an diese Information kam, wer konnte wissen, das der hochrangige Drogenhändler an diesem Tag in dieses Dorf kommen würde“, fuhr Rainer fort und spannte uns weiter auf die Folter. Dann sah er zu Steve hinüber, der seine Augenbrauen hob und fragend zurücksah: „Und?“

„Irgendjemand wollte, dass wir ihn aus dem Weg räumen.“

„Die Konkurrenz“, wiederholte sich Steve.

„Tja, wahrscheinlich, aber nicht so richtig gesichert. Wir sind nie so richtig dahintergekommen ...“, ließ Rainer offen. Steve nahm noch einen langen Zug seiner Zigarette, als plötzlich sein Handy klingelte. Er zog es mit der Linken aus der Seitentasche seiner Segeljacke und meldete sich: „Ja?“ Ich hoffte, dass nun endlich der Scheinaufkäufer anrief und die Warterei bald ein Ende hatte.

„Ja, okay“, nickte Steve, hörte weiter zu und nickte immer wieder. „Bis gleich“, meinte er dann und drückte die Offtaste seines Handys. Dann hob er sein Funkgerät und gab den letzten Stand der Dinge durch: „Leute, es geht gleich los. Eben gab es einen Kontakt, laut unserem Mann war diesmal nicht die Zielperson dran, sondern eine weibliche Person. Er kommt in ein paar Minuten. Treffpunkt ist der Weg in der Anlage. Achtet mal auf eine Tussi, vielleicht läuft sie an uns vorbei“, gab Steve an die rund um den Sportplatz postierten Observationskräfte weiter. Es ging los und ich merkte, wie mir das Blut in den Ohren rauschte.

❄

Es hatte genauso schlagartig aufgehört zu regnen, wie es angefangen hatte. Die schwarzen Wolken waren weiter gezogen, aber der starke Wind blies immer noch die alten Zeitungen und leeren Coladosen durch den Park. Sie kam aus dem toten Winkel hinter dem uns gegenüberliegenden Wohnblock und lief die Grünanlage entlang, als ein Kollege über Funk durchgab: „Hier ist Udo. Eben hat eine Honda neben dem Kiosk gehalten. Fahrer ein Typ in Lederkombi, schwarzer Helm, ebenso wie seine Tussi hintendrauf. Die ist abgestiegen, hat ihren Helm abgenommen, geht die Anlage runter. Kennzeichen ist nicht erkennbar, lehmverschmiert." Sie ging weiter durch die Anlage in unsere Richtung, eine schlanke, junge Frau mit blondem Pagenschnitt, den Motorradhelm hatte sie in der Armbeuge. Den Fahrer und das Kiosk konnten wir aus unserem Blickwinkel nicht sehen. Ich wusste, dass rechts hinter dem gegenüberliegenden Wohnblock das Ende der Anlage mit dem Kiosk lag. Ich nahm das Fernglas hoch und stellte die Schärfe auf die rechte Seite des Wohnblocks ein.

„Steve, der Fahrer hat sie im Guck, der sichert sie ab", meldete sich Kalle wieder über Funk. Ich wusste, dass die Übergabe und der Zugriff in der Anlage stattfinden sollte, aber mit einem Motorrad hatten wir nicht gerechnet. Ich nahm mein Fernglas wieder herunter und sah zu Steve hinüber, der sich auf die Lippen biss und als Einsatzleiter binnen Sekunden eine Entscheidung treffen musste. Blitzartig hob er das Funkgerät: „Okay Leute, wir machen den Deckel drauf. Zugriff!" Eine Sekunde später kam ein Pennertyp in grünem Parka mit blauer Wollmütze aus einem Hauseingang des Wohnblockes gegenüber und lief scheinbar gelangweilt die wenigen Meter in die Anlage. Ich fragte mich erst, ob der uns noch die Tour vermasseln würde, da sprach ihn Steve über Funk an. „Jo, sie ist rechts vor dir, noch fünf Meter!" Der verwahrloste Kollege im grünen Parka ging auf die junge Frau im Lederkombi zu, ich nahm das Glas hoch und bekam endlich einen scharfen Blick auf sie. Der blonde, kurze Pagenschnitt kam mir bekannt vor und als ich ihr

Gesicht endlich scharf sehen konnte, überfiel es mich siedendheiß. Die bunten Mosaiksteine fügten sich vor meinem geistigen Auge zusammen und ich spürte sofort, dass wir vor einem Durchbruch standen.

Jo, der verwahrloste Kollege im grünen Parka, ging weiter in Zeitlupe auf die junge Frau zu. Sie drehte sich aber in Richtung des anderen Endes der Anlage, dort wo der Motorradfahrer warten musste, und dann froren ihre Gesichtszüge ein. Das Röhren des Motorrades konnten wir durch die Fensterscheiben bis in unsere leerstehende Wohnung hören, genau in der Sekunde als der nächste Funkspruch kam: „Zugriff fehlgeschlagen, der Typ haut ab!“ Sie erstarrte, aber Jo reagierte sofort, packte sie an der Schulter und drückte sie zu Boden. Sie fing sofort an, um sich zu schlagen und zu treten. Aus dem Hauseingang, aus dem er kurz zuvor kam, rannten weitere Kollegen in zivil, und die Funksprüche überschlugen sich. „Harry, in eure Richtung, nein, jetzt biegt er vorher ab, zwischen zwei Wohnblocks durch, er haut ab!“, kam es über Funk, während Jo und die anderen Kollegen die Frau am Boden fixierten und ihr die Handfesseln auf dem Rücken anlegten. Ich war mir sicher, das sie es war, ich hatte sie eindeutig erkannt. Eine Kollegin drehte die Motorradfrau um, griff ihr in die Lederjacke und zog einen prallen Plastikbeutel hervor. Die Kollegin grinste und ich atmete auf, wohl wissend, dass wir einen Riesenschritt weiter gekommen waren, auch wenn der Motorradfahrer noch flüchten konnte. Rainer setzte sein Fernglas ab und sah verblüfft zu mir rüber, wahrscheinlich hatte auch er sie erkannt. „Mensch Thommy, das ist doch …“

„Ja“, meinte ich, dachte an das Foto mit dem Liebespaar vom Mainufer an der Pinwand Wittmanns und nickte: „Jenny, die Ex-Freundin von Richard Wittmann …“, und jetzt brannte ich darauf, ihr einige unangenehme Fragen zu stellen.

Die Hose der schwarzen Lederkombi war vom Lehm der Anlage dreckverschmiert, genauso wie ihre Lederstiefel. Der Reißverschluss des Oberteils stand offen, darunter konnte man ein weißes T-Shirt sehen. Ihre blonden Haare standen nach ihrem letzten Toilettengang nass nach allen Seiten ab. Der Gesichtsausdruck verkörperte das berühmteste Zitat des Götz von Berlichingen und sie schüttelte eine Zigarette aus dem Päckchen, das ihr die Drogenfahnder gelassen hatten. Ich ließ mein Zippofeuerzeug aufschnappen und hielt ihr die Flamme hin. Sie zögerte kurz und beugte sich dann nach vorne. Die Flamme fraß sich in das Ende der Zigarette und sie zog reflexartig den Qualm ein. Ich ließ das Feuerzeug wieder zuschnappen. Sie lehnte sich in dem Bürostuhl neben meinem Schreibtisch zurück und schlug mit arrogantem Blick die Beine übereinander. Ich sah sie weiter prüfend an, ohne etwas zu sagen. Sabine saß schräg hinter ihr und sah sie ebenfalls abschätzend an. Ich hatte mich entschlossen, Sabine mit in die Vernehmung einzubinden, weil sie den Nachlass Richard Wittmanns mit seinen persönlichen Details schon komplett durchgesehen hatte. Sie konnte Jenny, Richards Ex, entsprechende Vorhaltungen machen, ihr aber auch eine Brücke bauen.

„Ihr könnt mich mal kreuzweise", sagte sie zur Eröffnung, grinste und nahm einen langen Zug von ihrer Zigarette. Ein richtiges Herzchen. Ich musste an die veilchenblauen Briefe denken, an die einfühlsamen Worte und wie sie mir gestern auf dem Papier eigentlich noch so sympathisch erschien. „Das reicht erst mal für mindestens drei Wochen Haft", sagte ich und deutete auf den Plastikbeutel mit dem Ice auf dem Schreibtisch, den ihr die Kollegin aus der Lederjacke gezogen hatte. Wir hatten mit Steve abgesprochen, dass wir die Vernehmung von ihr durchführten.

„Na und?“, meinte sie leicht unterkühlt, strich sich aber eine imaginäre Strähne aus der Stirn. Das erste Zeichen von Unsicherheit hinter der eiskalten Fassade.

„Bis zum ersten Haftprüfungstermin in drei Wochen haben wir noch weiter gesammelt. Dann bleibst du drin“, meinte ich leise, aber bestimmt. Ich wusste, dass sie als unbeschriebenes Blatt bisher noch keinen einzigen Tag im Knast gesessen hatte.

„Ihr könnte mir gar nichts, ich sollte den Scheiß nur übergeben, ich hätte nicht einmal etwas dafür gekriegt“, zischte sie, zog dann aber auffällig schnell wieder an ihrem Glimmstengel.

„Ich rede auch nicht von dem Stoff hier“, meinte ich noch leiser, „diese Drogenscheiße interessiert mich eigentlich auch gar nicht.“ Ich fuhr beiläufig in ihrem Slang fort und wunderte mich, welche einfühlsamen Worte sie doch in ihren Briefen finden konnte. Ein vielseitiges Talent, unser Blondchen. Dann sah ich ihr direkt in die Augen. Und jetzt kam das erste Flackern in ihrem Blick. Sie zog wieder hastig an der Zigarette und war einen Moment abgelenkt, als Sabine ihr von schräg hinten einen gläsernen Aschenbecher auf meinen Schreibtisch knallte. Es gab einen Schlag und sie zuckte zusammen. Die Asche fiel ihr auf die Lederhose, sie drehte sich nur kurz zu Sabine um, sah mich dann wieder ungläubig an und streifte dann fahrig ihre Zigarette im Ascher ab. Hinter ihr griff Sabine in eine Laufmappe und holte ein Videoprint heraus: „Dein Freund hat ganze Arbeit geleistet“, meinte Sabine nüchtern und warf den Ausdruck neben den Aschenbecher. Jennys Kopf zuckte herum und sie starrte auf das Hochglanzpapier. Das Bild zeigte den verformten, blutverkrusteten Schädel Richard Wittmanns auf dem Stahltisch der Pathologie. Seine toten Augen starrten jeden Betrachter mit einem unausgesprochenen Vorwurf gebrochen an.

„Wenn wir mit dir fertig sind, dann kannst du dich schon einmal auf ein Langzeitstudium im Frauenknast einrichten“, meinte ich beiläufig und scannte ihre Gesichtszüge ein. Die Lippen begannen leicht zu zucken und ihre eiskalte Fassade bröckelte immer mehr ab. Sabine sprach leise weiter und setzte noch einen drauf: „Mord aus Habgier ist immer ein gängiges Motiv. Da springt jeder noch so liberale Richter drauf. Ihr hättet Richies Stoff besser nicht sofort verhökern sollen“, meinte sie und dann entgleisten unserem Blondchen endgültig die Gesichtszüge: „Nein, nein, so war das nicht, bestimmt nicht!“, meinte sie und nahm den Ascher vom Schreibtisch, peinlich darauf bedacht, nur nicht das Bild ihres toten Ex-Freundes zu berühren. Sie drückte hastig ihre Kippe im Ascher aus, sah mich mit Kaninchenaugen an und meinte mit zitternden Lippen: „Ich weiß nichts davon, Sie müssen mir glauben, ich sollte nur diesen Anruf machen und den Beutel übergeben!“

„Und das sollen wir dir glauben?“, gab ich lakonisch zurück und schüttelte den Kopf. „Ich sag dir jetzt mal, wie ich das sehe. Du und dein neuer Freund, ihr habt euch gedacht, ihr könnt mal ne schnelle Nummer abziehen. Du hast von Richies Geschäften gewusst, dann mit ihm Schluss gemacht und dein Freund hat ihm den Rest gegeben. Wenn die Sache nicht schiefgegangen wäre, hättet ihr beide einen schönen Reibach gemacht und keiner hätte mehr nach Richies Stoff gefragt“, fasste ich eine mögliche Hypothese zusammen.

„Nein, nein, nein!“, protestierte sie und drehte den Aschenbecher in ihren Fingern. Die Knöchel wurden weiß und der Kaninchenblick wechselte zu einem Ausdruck echter Verzweifelung.

„Weißt du, es ist dein Pech, dass es heute so geregnet hat“, sagte ich, beugte mich zu ihr vor und sah ihr in die Kaninchenaugen. „Dein Freund hat sich zwei Straßen weiter mit seiner Honda auf die Schnauze gelegt und packt schon seit zwei Stunden bei den Kollegen aus. Also langweile uns nicht mit deiner blöden Nummer." Ich stand auf, nickte Sabine zu und meinte: „Komm, wir sparen uns den Quatsch, ich habe noch nichts zu Mittag gegessen."

„Halt, nein, ich sag' euch, wie es war!", meinte sie und sah flehend zu mir herauf. Ich stand wortlos da und sah mit gelangweilter Miene zu Sabine hinüber. Dann blickte Jenny auch flehend zu ihr und ich nickte Sabine hinter ihrem Rücken zu. Sie setzte ihr verständnisvolles Lächeln auf und meinte: „Okay, Jenny, ich glaube dir, komm, wir rauchen erst mal noch eine." Sie griff zu ihrem Zigarettenpäckchen.

Jenny erzählte ohne Pause und rauchte Kette. Sabine hatte Jennys Stuhl gedreht, sie saßen sich jetzt gegenüber und meine Kollegin sah ihr mit verständnisvollem Blick zu. Sie nickte ab und zu, lächelte, nahm selbst einen Zug von ihrer Zigarette und ich war froh, dass ich sie in mein Team geholt hatte. Mein Memocord stand auf dem Tisch und nahm die Vernehmung auf. Ich lehnte mich in meinem Rollsessel zurück, den ich aus dem alten Präsidium mitgenommen hatte, und schlug die Beine übereinander. Dann nahm ich noch einen Schluck von dem starken, schwarzen Kaffee aus meiner Tasse mit dem Eintracht-Adler, hörte mir ihre Version der Geschichte an und machte mir Notizen. Jennifer Gordon, genannt Jenny, Tochter eines amerikanischen Piloten von der Air Base, hatte Richie Wittmann vor einem Jahr in einer Nobeldiskothek im Ostend kennen gelernt. Es hatte sofort gefunkt. Zwei Wochen später hatte er ihr in der gleichen Disko seine Freunde vorgestellt. Boris, den Geschäftsführer der Nobeldiskothek, Ice Joe, den stadtbekannten Rapper, und die Jungs und Mädels aus seinem Team: Ante, sein Produzent, Ray, Bob und Quentin aus seiner Band, Hilal, die Choreographin seiner Musikvideos mit ihrem Bruder Celil und noch einige andere. Jenny beschrieb Richie als höflich, nett und stets zuvorkommend, eine Typ ohne Starallüren, ganz im Gegenteil zu einigen seiner Freunde. Eigentlich habe er gar nicht zu diesen Typen gepasst, als kleiner Jurastudent, aber vielleicht lag es daran, dass er immer Kohle hatte. Wie so viele andere, die immer nur dabei sein durften, wenn sie Kohle hatten. Sie erzählte von den durchgemachten Nächten, von den Pillen, die sie genommen hatten, um immer weiterzufeiern. Ja, räumte sie auf eindringliches Nachfragen von Sabine ein, sie habe auch Eisbergpillen von Richie bekommen, aber verkauft habe sie nie etwas. Irgendwie habe sie sich natürlich auch gedacht, dass er deswegen so viel Kohle hatte. Ich mischte mich nicht ein und ließ es so im Raum stehen.

„Und von wem hatte er das Zeug?“, brachte Sabine es auf den Punkt.

„Aber ihr habt ihn doch festgenommen?“, fragte Jenny verständnislos. Sie konnte nicht wissen, dass ich mit der Festnahme des Motorradfahrers geblufft hatte. Ich sagte erst mal nichts und Sabine hakte nach: „Wir wollen es von dir wissen. Wann genau habt ihr euch heute früh getroffen?“, stocherte Sabine ins Blaue. Jenny blickte unter sich: „Er hat mich heute früh zuhause abgeholt. Ich sollte mir meine Motorradklamotten anziehen, wir müssten eine Runde drehen, meinte er.“ Sie machte eine kurze Pause und sah dann zu Sabine hoch. Meine Teampartnerin beugte sich vor, stützte ihre Ellenbogen auf die Knie und sah Jenny eindringlich an. Mir stellten sich die Haare im Nacken. Wenn Jenny jetzt Lunte roch, dann standen die Chancen bei Null, den Motorradfahrer jemals zu ermitteln. Die gestohlene Maschine war nach kurzer Fahndung am Bahnhof Griesheim aufgefunden worden. Der Fahrer war weg. Jenny war unsere einzige Spur und ich war mir sicher, dass nur sie uns zu dem Motorradfahrer und Ice Dealer führen konnte.

„Und dann?“, fragte Sabine geschickt weiter und ließ sie mit einem Hinweis auf die Identität des Fahrers kommen.

„Er hat vor der Tür auf mich gewartet. Wir sind dann zu diesem Treffen gefahren. Enver hat mir bis zum Schluss nichts gesagt“, führte sie mit leiser Stimme aus. Enver, da hatten wir doch immerhin schon einmal einen Namen. „Dann hat er auf einmal gehalten, auf diesem Parkplatz neben dem Bahnhof Griesheim. Er hat ein Handy rausgeholt und ich habe mich schon so komisch gefühlt.“

„Und dann?“, wiederholte sich Sabine. Jenny zog die Nase hoch und sah sie wieder mit großen Augen an. „Na ja, er hat mir gesagt, wenn ich mich weiter mit ihm treffen wolle, soll ich eine Nummer anrufen, das Treffen ausmachen und den Beutel gegen die Kohle übergeben“, meinte sie resigniert. „Und das hab' ich dann auch gemacht“, fügte sie trotzig hinzu.

„Woher kennst du ihn denn?“, fragte Sabine weiter.

„Na, er war doch mit in der Disko, einer der Freunde von Boris und Ante ...“

Ich kombinierte weiter und dann sah ich wieder einen Lichtschimmer auf meinem Mosaik. Der Motorradfahrer, ein Freund der zwei anderen Jugos, des Diskobesitzers, und des Produzenten von Ice Joe. Das war die fehlende Verbindung zum Balkan, wo das Zeug herkam.

„Hast du nicht ein schlechtes Gewissen wegen Richie gehabt?“, warf meine Teampartnerin auf einmal eine völlig andere Frage auf. Nicht schlecht, dachte ich, sie fragt nicht direkt nach dem Jugo, sie versucht ihr ein schlechtes Gewissen zu machen, um sie weitererzählen zu lassen.

„Enver und ich, wir sind eigentlich nicht so richtig zusammen“, meinte sie und strich sich eine nasse, blonde Strähne aus dem Gesicht. „Richie hat sich irgendwann nur noch wie ein Arschloch benommen und ich habe es dann einfach nicht mehr ausgehalten“, führte sie aus, und ich dachte an den Abschiedsbrief, in dem Richie als „Eiskalt“ beschrieben wurde. Wahrscheinlich hatte sie ihn nur ausgenutzt wegen seiner

Kohle und den Spieß einfach rumgedreht, ihm ein schlechtes Gewissen eingeredet, um ihn dann bei Bedarf wie einen Volltrottel weiter auszunutzen.

„Der Enver hat mir einfach ein gutes Gefühl gegeben, auch wenn wir uns nur selten gesehen haben. Er ist einfach ein ganz anderer Typ." Mir gingen tausend Gedanken durch den Kopf, ich versuchte die Puzzleteilchen zusammenzusetzen. Plötzlich holte sie tief Luft, ließ sich scheinbar irgendetwas durch den Kopf gehen und dann straffte sich ihre Haltung: „Ich will jetzt meinen Anwalt sprechen." Ich konnte mir den Sinneswandel zuerst nicht erklären, doch dann drangen die lauten Stimmenfetzen auf dem Gang durch die geschlossene Bürotür auch in mein Bewusstsein:

„Egal … Abgehauen … Spurensicherung … Honda …" Ich sah sie an, blickte in ihre versteinerte Miene und wusste sofort, dass sie unseren Bluff wegen der Schreierei auf dem Gang durchschaut hatte. Das Blut schoss mir in den Kopf, ich stand auf, knallte meine Tasse auf den Tisch, riss die Bürotür auf, trat in den Gang und zog sie langsam hinter mir zu. Ich sah Rainer, der beschwichtigend auf Stefan einredete. Stefan hatte einen hochroten Kopf, was gar nicht zu seinem edlen Outfit passte. „Schrei nicht so rum, die Vernehmung …", sagte Rainer halblaut, hielt inne, und dann bemerkten sie mich.

„… Habt ihr gerade platzen lassen …", vollendete ich stinksauer und sah in ihre erstaunten Mienen.

Die kleine Kneipe lag in einer Seitenstraße, unweit des Schweizer Platzes. Im Sommer konnte man vom Biergarten aus den Einkaufsbummlern zusehen, die hier die schönste Verkaufsmeile südlich des Mains frequentierten. Jetzt tanzten Schneeflocken durch die Lichtkegel der Straßenlaternen, deren Schein die winterliche Dunkelheit kegelartig durchschnitt. Wir traten uns am Eingang die Füße ab, der Schnee blieb im Klumpen liegen, und tauchten dann in die Räucherhöhle ein. Matthias, der Wirt, war noch ein Sachsenhäuser Original, er hatte früher als Kellner gearbeitet und sich dann selbstständig gemacht. Er begrüßte Rainer und mich per Handschlag. Dann umrundeten wir den qualmgeschwängerten Tresen und gingen ein paar Treppenstufen in den hinteren Teil der Kneipe hinauf. Die anderen Jungs saßen schon am Stammtisch mit dem blauen Wimpel der Vereinten Nationen. Sie hoben zur Begrüßung die Biergläser, nicht die ersten, wie ich an den Strichen auf den Bierdeckeln unschwer erkennen konnte. Rainer stellte mich vor und wir gaben jedem die Hand. Wir waren jetzt zu acht, einige Kollegen kannte ich aus dem Präsidium oder von irgendwelchen Einsätzen. Matthias brachte uns zwei Pilstulpen mit einer perfekten Schaumkrone. Wir hängten unsere Winterjacken an die Garderobe, setzten uns und hoben die Gläser. Ich trank mit großen Schlucken das halbe Glas. Als ich es absetzte, war Rainer mit seinem schon fertig. Ich wunderte mich, was er für einen Zug hatte, sagte aber nichts und sah mich um. An einer Wand hing eine schwarze Tafel neben historischen Werbeschildern der Binding Brauerei. Die Tagesgerichte waren darauf mit weißer Kreide angeschrieben: Eintopf oder Frikadelle mit Kartoffelsalat. Die Männer und Frauen am Tresen waren alle schon jenseits der Dreißig, dem Anschein nach Singles, die hier genauso wie ich noch auf ein Feierabendbierchen reinschauten. An unserem Nachbartisch droschen drei Mann Skat. Ich fühlte mich hier immer wieder wohl, die gemütliche Kneipe hob sich von den nüchternen Cocktailbars ab, in die mich Ute sonst schleppte. Rainer und die Jungs fingen an, über ihre Einsätze im Kosovo zu erzählen. Ich nahm noch einen Schluck von meinem Pils und merkte, wie mein Ärger über die Panne von heute Nachmittag langsam verrauchte. Ich hatte Stefan in seinem Büro zusammengestaucht und war dann wieder zurückgekehrt. Sabine redete noch auf Jenny ein, aber es war nichts mehr zu machen. Sie würdigte mich nicht mehr eines Blickes. Aber wir hatten wenigstens einen Namen: „Enver". Wahrscheinlich ein Albaner. Früher oder später würden wir im Umfeld der beiden Jugos auf ihn stoßen, das war nur eine Frage der Zeit.

Rainer schnitt jetzt die Sicherstellung der Drogen aus dem Kosovo an, da meldete sich Kalle zu Wort, ein Kollege von einem Sonderkommando. Ich wusste von Rainer, dass er gerade erst von seinem Einsatz zurückgekehrt war. Kalle war fast zwei Meter groß, eine Erscheinung wie ein Rocker, mit schulterlangen Haaren und einem Dreitagebart. Er hob sein Weizenbier und bemerkte süffisant grinsend: „Manche Kollegen können da unten kaum auf sich selbst aufpassen. Vor ein paar Monaten haben sie in Pristina sogar im Polizeihauptquartier die Asservatenkammer ausgeräumt, das wurde dann schön vertuscht", meinte er und nahm einen großen Schluck von seinem Hefeweizen.

„Und wann gehst du mal runter?", fragte mich Matze, ein anderer Kollege, und ich blickte gedankenverloren auf. Dann schüttelte ich den Kopf: „Nicht für alles Geld in der Welt. So lange die hier am Bahnhof noch Drogen verkaufen und Hütchen spielen, kriegt mich da keiner runter." Matze legte den Kopf zur Seite und meinte dann: „Ohne die Befriedung des Kosovo durch die UN könnte man sie nicht abschieben." Ich nickte, weil ich wusste, dass er damit Recht hatte. Er drehte sein Bierglas in der Hand und fuhr fort: „Wenn die Nato damals nicht eingegriffen hätte, dann müssten wir hier heute noch Tausende Bürgerkriegsflüchtlinge durchfüttern." Wieder ein Punkt für ihn. „Das mag sein, ist ja auch okay, wenn ihr euch entscheidet, runter zu gehen", räumte ich ein. „Aber für mich ist das nichts, ich muss mir die nicht jeden Tag ansehen." Jetzt nickte er verständnisvoll und ich überlegte, woher ich ihn kannte. Sein Schädel war fast kahl, er hatte eine bullige Gestalt und seine dunklen Augen blitzten mich wissend über den Rand seines Bierglases an, das er gerade hochhob. Ich wusste nicht, wo ich ihn hinstecken sollte, da fiel mein Blick auf sein schwarzes T-Shirt, dass sich über seinem muskelbepackten Oberkörper spannte. Ich erkannte das Emblem der DEA, der US Drogenfahndung auf der linken Brustseite. Wahrscheinlich ein Souvenir von einem Kollegen aus den USA, vielleicht war er selbst Drogenfahnder. Sie vertieften sich weiter in ihre Gespräche und meine Gedanken schweiften wieder zu unserem Fall ab. Unser Hauptverdächtiger Enver hatte Jenny heute früh telefonieren lassen. Das Ice hatte er vermutlich aus einem Versteck, vielleicht auch von Richie, und jetzt verkaufte er es auf eigene Rechnung. Nur konnte er nicht damit rechnen, dass die Polizei sein letzter Kunde war. Es gab jetzt langsam ein Bild, wir hatten einen Faden in der Hand. Auch wenn Jenny nichts mehr sagte, wir würden ihn uns holen, diesen Enver. Ich trank mein Bier mit dem letzten Schluck aus. Rainer grinste mich fragend an, ich blinzelte ihm zu, und dann rief er nach Matthias, um eine neue Runde zu bestellen.

Kapitel 4

Es hatte die ganze Nacht geschneit und die meisten Autos waren noch mit dicken, weißen Schneemützen bedeckt, als wir vom Polizeipräsidium über den Anlagenring in Richtung Ostend fuhren. Heute fuhren alle in Zeitlupe, wie immer, wenn in Frankfurt drei Flocken Schnee fielen und die meisten Autofahrer keine Winterreifen aufgezogen hatten. Ich hielt unseren BMW an einer roten Ampel am Nibelungenplatz. Es hatte aufgehört zu schneien und die Morgensonne lachte uns vom hellblauen Winterhimmel an. Vor uns rannten ein paar junge Leute, vermutlich Studenten, nach links in Richtung Fachhochschule über die Straße. Einer rutschte im Schneematsch am Fahrbahnrand aus, fing sich aber noch. Dann lief er weiter und wurde von den anderen mit Schneebällen beworfen.

„Die haben Sorgen", brummte Rainer und ich sah zu ihm hinüber. Er hatte sich im Beifahrersitz zurückgelehnt. Seine Bartstoppeln zeugten von einer kurzen Katzenwäsche heute früh, wahrscheinlich weil er heute etwas später dran war. Ich hatte mich gestern Abend nach ein paar Bierchen auf den Heimweg gemacht und war nach einem nächtlichen Spaziergang durch den Schnee völlig fertig ins Bett meiner Wohnung am Sachsenhäuser Berg gefallen.

„Wie lang ging es noch?"

„Bis uns Matthias rausgeschmissen hat", meinte Rainer und ich konnte mir denken, dass die Jungs gestern als Letzte die Kneipe am Schweizer Platz verlassen hatten.

„Was haben die Jungs noch so zu dem Stoff aus dem Kosovo gesagt?", meinte ich beiläufig.

„Hmmmhh", brummte er und versuchte die richtigen Worte zu finden. „Ich habe das Thema zwar immer wieder angeschnitten, aber wir sind auch immer wieder auf den gleichen Punkt gekommen", meinte er und sah zu mir rüber. Ich bemerkte leichte, dunkle Ringe unter seinen Augen und in diesem Moment hupte es hinter mir. Ich sah auf die Ampel. Sie hatte auf grün geschaltet und ich fuhr langsam an. Das Heck des Dreier BMW rutschte trotzdem beim Anfahren kurz nach rechts, ich lenkte dagegen und fuhr langsam über die Kreuzung.

„Es könnte natürlich die Konkurrenz gewesen sein, die uns mit dem anonymen Anruf das Drogenlabor des Drogenbarons verraten haben. Oder einer aus seiner Truppe, der ihn auf seinem Chefsessel beerben wollte“, führte Rainer seine Gedanken weiter. „Aber die Quelle des Stoffs hier in Frankfurt, das ist der entscheidende Hinweis, der uns fehlt. Wenn wir den haben, dann wissen wir auch, von wem es Richard Wittmann hatte.“

„Dieser Enver und dahinter die Jugos aus der Edeldisko“, spekulierte ich.

„Höchstwahrscheinlich, wir müssen uns mal mit Norbert unterhalten, der kann uns vielleicht noch mehr darüber erzählen.“ Ich wusste, dass Rainer mit seinem Teamleiter Norbert Vogt immer noch Kontakt hatte. Der hatte mittlerweile das Kommissariat gewechselt und war jetzt für Organisierte Kriminalität zuständig.

„Kommt Norbert eigentlich auch zu euren Treffen?“

„Normalerweise schon“, gab Rainer zurück, „aber gestern hatte er irgendeinen Einsatz, da konnte er nicht.“ Rainer zog sich an der Armlehne hoch und streckte sich. „Manchmal sind wir bei unseren Stammtischen mehr als ein Dutzend, ein paar von der Bundeswehr sind auch dabei. Aber gestern war es ziemlich dünn.“ Ich bog in Richtung Zoo ab, der Verkehr wurde weniger und ich musste bremsen, um nicht einen Fußgänger umzufahren, der bei Rot die Straße überquerte. Der BMW rutschte wieder im Schneematsch, aber der Fußgänger schaffte es gerade noch und ich hupte.

„Blödmann, noch so eine Nummer und du stehst morgen in der Zeitung!“, schimpfte ich und fuhr langsam weiter.

„Okay, wir haben eine Haupthypothese", fasste Rainer zusammen. „Richie Wittmann wird von den Jugos mit Ice und Pillen beliefert. Die vertickt er in Nachtclubs und Diskos. Seine Freundin Jenny bekommt selbst Pillen von ihm. Er stellt sie seinen Freunden vor und sie verknallt sich in diesen Enver. Dann gibt sie Richie einen Laufpass."

„Sie weiß von einem seiner Bunker. Enver besucht Richie zu Hause", fuhr ich fort, doch Rainer unterbrach mich: „Vielleicht ist sie sogar dabei, täuscht eine Aussprache vor und Richie macht die Tür auf."

„Enver schlägt Richie mit einem Handkantenschlag bewusstlos und wirft ihn dann aus dem Fenster. Sie schreiben den vermeintlichen Abschiedsbrief, räumen einen Bunker aus und wollen den Stoff auf eigene Rechnung verkaufen", fasste Rainer weiter zusammen.

„Sie wissen aber nichts von seinem anderen Bunker unter der Dusche", ergänzte ich und fuhr im Halbkreis um den verschneiten Platz vor dem Haupteingang des Zoo. Die Sonne ließ den Schnee unwirklich weiß leuchten und mir fielen die Flamingos ein, die im Sommer vor vielen Jahren an dem Teich hinter dem Haupteingang des Zoo gestanden hatten. Sofort hatte ich das Bild vor Augen, wie ich damals mit meiner Tochter Sandra an diesem Teich stand und Angie mich anlachte. Wir waren einmal eine glückliche Familie, bis Angie die Koffer packte, Sandra mitnahm und die Scheidung einreichte. Und ich in das tiefste Loch meines Lebens fiel. Rainer riss mich aus meinen Gedanken, bevor mein Blues endgültig einsetzte.

„Unsere Haupthypothese heißt Mord aus Habgier oder zur Verdeckung einer anderen Straftat, gemeinschaftlich begangen durch Jenny und Enver", brachte Rainer es im Juristendeutsch auf den Punkt.

„Die andere Möglichkeit: Richie hat Stoff abgezweigt, es fliegt auf und er wird von seinem Boss, entweder Ice Joe oder den

Jugos abgestraft, so wie es in ‚Eiskalt' bereits durch die Blume allen Abweichlern ankündigt wird", brachte ich die zweite Hypothese ins Gedankenspiel. „Einer der Vollstrecker erledigt ihn mit dem Detailwissen, das er von Jenny erfahren hat. Der Rest der Truppe wird sich überlegen, ob sie sich in Zukunft selbstständig machen. Der Deal von Jenny und Enver hat mit dem Tod Richies nichts zu tun, Enver hat den Stoff nur aus der gleichen Quelle wie Richie", führte ich meine Nebenhypothese zu Ende. Wir schwiegen eine Weile und ich hielt an der nächsten Ampel. Dann sah ich zur ehemaligen Frankfurter Großmarkthalle hinüber. Der Markt für Gemüse und Frischerzeugnisse zog bald in den Norden Frankfurts um, weil hier die neue Europäische Zentralbank gebaut werden sollte.

„Es gibt noch eine dritte Möglichkeit", meinte ich und sah zwei dick Vermummte vor uns über die Straße laufen. Vermutlich Osteuropäer, die sich auf dem sogenannten Arbeitsstrich für illegale Bauarbeiten anboten.

„Und die wäre?"

„Streit um Absatzmärkte zwischen zwei Gruppen," bot ich meine Theorie an.

Für eine Weile war es still. Dann meinte Rainer vorsichtig: „Du meinst unsere Aktion im Kosovo und dass die von Konkurrenten vorgesehene Ausschaltung des albanischen Drogenbarons als Konkurrenzkampf bis hierher ausstrahlt", stellte er fest. Ich nickte: „Mit dem Stoff ist ein Heidengeld zu verdienen. Du weißt, wie oft sich die Schießereien im Nachtleben vor Diskotheken wegen angeblicher Ehrverletzungen später als Kämpfe um Drogenmärkte herausgestellt haben." Es dauerte wieder eine Weile, dann meinte Rainer lakonisch: „Wenn das so ist, dann brauchen wir uns demnächst privat nicht viel vorzunehmen." Ich nickte und dachte an die Schießereien Anfang der Neunziger Jahre zurück. Wenn uns wirklich ein Bandenkrieg zwischen Jugos bevorstehen sollte, dann gute Nacht.

Die Appartementhäuser lagen direkt am Mainufer zwischen der Flößerbrücke und der ehemaligen Großmarkthalle. Auf der anderen Mainseite erhob sich das Main Plaza neben dem modernen Neubauviertel auf dem ehemaligen Schlachthofgelände. Ich musste an einen meiner letzten Fälle denken. Dort drüben, am Sachsenhäuser Mainufer, wurde damals eine bestialisch ermordete Prostituierte aufgefunden, doch ich verdrängte die Gedanken an meine zurückliegenden Albträume. Wir gingen durch eine Glastür in die Halle des Wohnkomplexes und nahmen den Aufzug zur Penthousewohnung. Nach dem ersten Klingeln ging die schwere Tür auf, und dann stand er vor uns. Ich dachte sofort an unsere Theorien über ihn als Auftraggeber des Mordes an Richie, an seinen Auftritt vorgestern Abend, und dann kamen mir bei seinem Anblick ernste Zweifel, ob wir wirklich richtig lagen. Heute trug er ein dunkelblaues Sweat Shirt mit dem Logo einer berühmten Basketballmannschaft, wieder mindestens zwei Nummern zu groß, genauso wie seine Jeans mit dem superweiten Schlag. Den Backenbart hatte er immer noch nicht gestutzt und grinste uns an: „Die Herren von der Kripo, kommen Sie doch rein!“, meinte er und lachte uns weiter monoton an. Ich hatte uns heute Morgen mit einem Anruf angekündigt, aber den Grund unseres Besuches verschwiegen. Er hielt die schwere Tür auf und ließ uns ein. Dahinter gelangten wir direkt in das Wohnzimmer. Seine Penthousewohnung erstreckte sich über das gesamte Dachgeschoss, links gingen neben einer Hausbar zwei Türen ab. In der Mitte des Wohnzimmers stand eine schwarze Ledercouch vor einem Glastisch. Geradeaus und rechts konnte man durch die bis zur Decke reichenden Glaswände den umlaufenden Balkon sehen. Durch die Glasfassaden hatte man einen phantastischen Blick auf den Main, die verschneiten Uferpromenaden und die in der Wintersonne glitzernde Skyline meiner Heimatstadt. Wieder fiel mir die Tote vom Mainufer ein, aber ich vertrieb erneut die Gedanken. Rainer holte seinen Dienstausweis heraus und stellte uns vor, doch er winkte ab und ging hinüber zur Hausbar. Ich fragte mich in diesen ersten Sekunden, wie man in seinem Alter schon so eine ausgeprägte Arroganz entwickeln konnte. In diesem Moment ging eine der beiden Türen links von uns auf und ein elegant gekleideter Mann trat in den Raum. Ich ahnte schon, was jetzt kam und bereute die Ankündigung unseres Besuches.

„Darf ich mich vorstellen, Ante Colovic, ich bin der Produzent von Joachim", sagte er mit einer tiefen Stimme, die gar nicht zu seinem honigsüßen Lächeln passte. Dabei hatte er Ice Joe bei seinem bürgerlichen Vornamen genannt, registrierte ich nebenbei, während er auf mich zuging. Ich drückte fest seine ausgestreckte Rechte, die sich wie ein Schraubstock um meine schloss. Sein kräftiger Händedruck, der direkte Blick aus den dunklen Augen, die entschlossene Körperhaltung und der athletische, durchtrainierte Oberkörper unter dem Maßanzug bestätigten sofort meinen ersten Eindruck.

„Bach, K 11", erwiderte ich knapp, drückte weiter fest zurück und ging noch ein paar Zentimeter näher an ihn ran, so dass wir uns auf Augenhöhe falsch anlächelten. Es war mir nicht fremd, dieses erste Abtesten. Wer drückt die Hand fester, wer geht näher ran, dringt in den persönlichen Sicherheitsbereich des anderen ein, zeigt keine Angst vor der körperlichen Nähe. Wer hält den direkten Blick in die Augen, um die Selbstsicherheit und verdeckten Ängste des Gegenüber auszutesten. Alles in den ersten Sekunden, unvorbereitet, ohne Drehbuch und täuschend echt. Wer zuerst wegsieht, hat verloren, das alles kannte ich aus meinem Umgang mit den sogenannten harten Jungs von unserem „Affenfelsen Mainhattan", wie Rainer neuerdings immer wieder formulierte. Oft fiel das Machogehabe später wie ein Kartenhaus in sich zusammen und der Strom der verdeckten Ängste kam hoch. Nicht so bei ihm. Ich wusste sofort, dass er Klasse hatte, alles in diesen paar Sekunden. Dann meldete sich Ice Joe zu Wort: „Einen Drink, die Herren?"

„Nein danke", murmelte ich, ohne den Blick von Antes Augen abzuwenden.

Ante zog seine Hand zurück und sah rüber zu seinem Zögling, der sich ein Whiskyglas nahm. „Hör auf, schon so früh zu saufen", sagte Ante leise, aber bestimmt, sah dann zu Rainer und nickte ihm nur kurz zu. Mein Blick wanderte zu Joachim Eisleben, genannt Ice Joe, der für einen Augenblick erstarrte, sein Glas brav hinstellte und sich dann kommentarlos eine Cola einschenkte. Sieh an, dachte ich, der coole Rapstar hört ja auf's Wort. Ich ahnte schon, dass im Beisein des knallharten Produzenten keine ordentliche Vernehmung zustande kommen würde und eröffnete, obwohl ich die Antwort schon wusste: „Herr Eisleben, wir würden uns gerne mit Ihnen alleine unterhalten."

Er zuckte mit dem Schultern, sah dann zu seinem Produzenten hinüber, dann straffte sich halbwegs seine Haltung unter dem weiten Sweat Shirt: „Ich habe keine Geheimnisse vor Ante. Er bleibt dabei."

Ich wusste sofort, dass wir auf Granit beißen würden und lenkte ein: „Nun gut", meinte ich und holte demonstrativ meinen Notizblock aus der Innentasche meiner Daunenjacke. „Es geht um den Tod Ihres Bekannten Richard Wittmann", sagte ich, zog meinen Kuli aus der andere Innentasche und beobachtet ihn dabei. Der Rapper verzog keine Miene, nippte an seiner Cola und sah weiter zu seinem Manager hinüber. Der hatte die Arme vor der Brust verschränkt und sagte keinen Ton. Ich verlor immer weiter die Lust an diesem aussichtslosen Gespräch, wollte aber wenigstens halbwegs die Kurve kriegen.

„Richard Wittmann, der Freund von Jennifer Gordon", führte ich weiter aus und hoffte, er würde mir auf den Leim gehen und die gescheiterte Beziehung erwähnen. Er sagte aber zunächst weiter nichts.

„Wir können das Gespräch auch gerne im Präsidium weiter führen, dann lade ich Sie als Zeuge vor."

„Das ist nicht nötig", meinte der Jugoslawe und setzte wieder sein falsches, honigsüßes Lächeln auf: „Joachim?" Der sah mich endlich an und fing dann an zu erzählen: „Er kam immer ins Eastend und hat mich vollgelabert. Wir kannten uns aus Niederrad." Das Eastend war der Edelclub, von dem Jenny in ihrer Vernehmung erzählt hatte. Der Nachtclub lag nicht weit von hier, an der neuen Vergnügungsmeile Hanauer Landstraße. Dort war in den letzten Jahren in ehemaligen Fabrikhallen ein Gewerbeviertel mit den in Frankfurt angesagtesten Bars, Lofts, den schicksten Restaurants und Edeldiscos entstanden.

„Richie hat mir mal seine Tussi vorgestellt, die immer mit ihrem Fliegerdaddy angegeben hat. Der Richie war genauso eine Flasche wie seine Alte", führte er superarrogant weiter aus und nahm noch einen Schluck Cola. Der Rapstar wurde mir immer unsympathischer und ich kam zum Punkt, weil ich immer weniger Sinn in unserer Unterhaltung sah: „Wir nehmen an, dass es kein Selbstmord war. Wer könnte ein Motiv haben?" Währenddessen sah ich zu seinem Manager hinüber. Der verzog keine Miene, zuckte nicht einmal und dann sah ich wieder zu Ice Joe zurück. Auch kein Erstaunen oder Unverständnis in seiner Miene.

„Der war eigentlich viel zu unwichtig, als dass ihn jemand umlegen würde", führte Ice Joe weiter aus. Es hatte den Anschein, dass er Oberwasser bekam. Er kam mit einem leicht schwankenden Gang, der in seinen Videos vielleicht cool wirken sollte, auf mich zu: „Wenn Sie jemand suchen, dem er gestunken hat, dann nehmen Sie sich mal den Celil vor. Der hat wohl mit ihm Geschäfte gemacht. Da finden Sie mit Sicherheit irgendetwas." Die Vernehmung Jennifer Gordons ging mir durch den Kopf und ich durchforstete mein Gedächtnis nach den Namen der Freunde von Richie Wittmann.

„Celil ist der Bruder von Hilal, unserer ehemaligen Videochoreographin“, ergänzte Ante. „Ihr Bruder hat sich nicht im Griff und rastet ab und zu aus. Das letzte Mal ist er ausgetickt, als wir sie rausschmeißen mussten.“ Ich ahnte, dass sie uns nur abwimmeln wollten und zog jetzt den Schlussstrich: „Celil, wie heißt er weiter?“

„Celil Erdogan, wohnt in Griesheim. Wenn Sie etwas brauchen, zum Rauchen, zum Sniefen oder zum Einwerfen, nicht lang fahren, Celil fragen!“, führte Ice Joe deutlich aus. Ich dachte sofort an das geklaute Motorrad, das der Mittäter von Jenny am Bahnhof Griesheim stehen gelassen hatte. Hatte sie uns mit dem angeblichen Enver belogen? War es in Wirklichkeit Celil, der sie zu dem Deal vorschickte? Ich steckte mein Notizbuch und den Kuli weg, nickte dem Rapstar und seinem Manager zu: „Wenn wir noch Fragen haben, melden wir uns.“

Sie grinsten uns überlegen an und Rainer und ich wandten uns ab. Wir gingen wortlos zur Tür, ich machte sie auf und wir traten auf den Flur, als ich mich noch einmal umdrehte und einen Abgangsbluff inszenierte: „Haben Sie eigentlich schon einmal etwas von Richies Tagebuch gehört?“, sagte ich zu Joe, der immer noch in der Mitte des Wohnzimmers stand. Er sah mich ungläubig an und blickte dann hilfesuchend zu Ante hinüber. Der zog die Augenbrauen zusammen und warf ihm einen strafenden Blick zu. Die Miene des Rapstars erstarrte.

„Bis demnächst“, meinte ich leise, zog die Tür hinter uns zu und ließ den Bluff im Raum stehen.

Das griechische Lokal lag am Karlsplatz, in der Nähe des Hauptbahnhofes. Hier, am Rand des Rotlichtviertels zwischen Elbestraße und Düsseldorfer Straße, florierte noch vor vielen Jahren der von Griechen dominierte Pelzhandel, dessen Blütezeit dann Anfang der Neunziger endgültig vorbei war. Rainer und ich betraten das Lokal, setzten uns an einen der Tische neben Glasvitrine und winkten dem Kellner. Wir hängten unsere schweren Winterjacken über die Stuhllehnen und jeder nahm sich eine der in Klarsichtfolie eingeschweißten Tageskarten. Ich sah nur kurz darüber, da ich schon wusste, was ich zum Mittagessen nehmen würde. Dann ließ ich meinen Blick durch das Lokal schweifen, das ich schon seit vielen Jahren kannte. Hier trafen sich hauptsächlich Griechen zu einem Mokka, zum Kartenspielen oder einfach nur, um ein Schwätzchen zu halten. Das Dutzend Tische war etwa zur Hälfte besetzt, ich erkannte einen Serben unter den Gästen, der mich angrinste, weil auch wir uns schon seit vielen Jahren kannten. Damals war er einer der ersten, die ich als junger Schutzmann während meiner Fußstreifen hier im Viertel kontrolliert hatte. Vor Jahren wurde er nach einer Schießerei festgenommen, bei der ein Landsmann getötet wurde. Er hatte kein Alibi und zunächst sprachen die Umstände dafür, dass er seinen Landsmann umgelegt hatte. Doch ich schloss nach langwierigen Ermittlungen den Tatverdacht gegen ihn aus und der Fall blieb zunächst ungelöst. Einige Jahre später stellte sich aufgrund einer DNA Spur heraus, dass ein anderer Jugoslawe der Täter war, der dann schließlich auch für den Mord verurteilt wurde. Dragan, der Serbe, hatte sich damals aufrichtig für meine Ehrlichkeit bedankt. Ich grinste zurück und er nickte.

„Ich nehme erst einmal ein Wasser und einen Kaffee“, brummte Rainer und ich nickte Ioannis, dem Kellner zu. Er nickte zurück, weil er ohnehin wusste, welche Getränke wir jedesmal nahmen. Rainer und ich kamen schon seit Jahren immer wieder zum Mittagessen hierher. Ich ließ meinen Blick schweifen. Sie saßen an den Tischen, unterhielten sich, tranken ihren Mokka oder ein Wasser, drehten Rosenkränze oder spielten Karten. Im Hintergrund waren dezente Bouzoukiklänge zu hören. Ich mochte die ruhige, mediterrane Lebensart und begann mich langsam zu entspannen. Mein Blick fiel auf die blauweiße Nationalflagge, wanderte weiter zu der grünen Tafel, auf der die Tagesgerichte mit Kreide in griechisch angeschrieben waren, fiel dann auf die Werbeplakate für die Olympiade in Athen und blieb schließlich an den Postern an den hellen Wänden hängen. Sie zeigten Mittelmeeransichten mit strahlend hellblauem Wasser und schneeweiß angestrichenen Häusern. Die blauen Dächer der Häuser erstrahlten im Sonnenschein. Ich erinnerte mich mit Wehmut an meine unzähligen Urlaube im Land der Philosophen, lehnte mich zurück und genoss für einen Augenblick das kleine Stück Griechenland mitten in Frankfurt. Ioannis kam mit einem Tablett und brachte uns Wasser und Kaffee. Wir bestellten Salat und Fleischspieße. Dann tranken wir erst einmal einen Schluck Wasser.

„Dieses kleine arrogante Arschloch", fing Rainer leidenschaftlich an, doch ich unterbrach ihn.

„Der ist nur vorgeschoben, das ist ja wohl klar", meinte ich und nahm dann einen Schluck von meinen Kaffee.

„Dieser Jugo ist schön ausgekocht, da sind wir uns ja auch einig, aber trotzdem stinkt mir dieser kleine arrogante …"

„Lass uns mal die Fakten sammeln", unterbrach ich Rainer wieder, bevor er so richtig in Fahrt kam. Jetzt nahm auch er seine Mokkatasse hoch und nippte an dem starken, schwarzen Gebräu.

„Wir können diesen Celil Erdogan nicht ganz außer Acht lassen." Rainer nickte, stellte seine Tasse hin und beruhigte sich anscheinend wieder.

„Wenn er in den Drogenhandel verstrickt ist, dann kommen wir nicht an ihm vorbei, Drogenquelle Kosovo hin oder her", beharrte ich auf dem Hinweis von Ice Joe.

„Was, wenn der Jugo diesen Celil vorgeschickt hat, Richie umzulegen, ihn jetzt über die Klinge springen lässt und seine Spuren verwischt?“, gab Rainer zurück.

„Der Hinweis kam von Joe, nicht von dem Jugo“, hielt ich dagegen.

„Na und, der sagt doch nur, was er sagen soll.“

„Aber das kam zu spontan“, entgegnete ich, „der hat vielleicht persönlich etwas mit diesem Celil im Pfeffer liegen. Aber du hast Recht, dieser Ante Colovic hat Klasse, den sollten wir uns wirklich mal näher ansehen.“

„Der hat diese kleine Luftnummer aus Niederrad nur vorgeschickt, das steht mal fest“, brummte Rainer.

„Da gebe ich dir Recht, der frisst dem Jugo aus der Hand, das ist klar“, stimmte ich Rainer zu. „Wir sollten sie alle abklären, auf allen Ebenen, büromäßig und bei den Drogenfahndern, diesen Celil aus Griesheim, seinen Manager Ante und Boris, den Geschäftsführer vom ‚Eastend‘. Dann sehen wir weiter.“ Rainer nickte wieder, trank weiter von seinem Kaffee und ich sah mich wieder im Lokal um. Dragan, der Serbe stand auf, warf einen Schein auf seinen Tisch und kam in unsere Richtung. Er war Anfang Vierzig, die grauen Haare trug er jetzt ziemlich kurz, die markanten Gesichtszüge waren noch härter als vor einigen Jahren. Ich sagte erst einmal nichts, weil er jetzt näher kam und ich den Fall nicht in seiner Hörweite diskutieren wollte. Er kam auf unseren Tisch zu und blieb dann bei mir stehen. Dann streckte er seine Hand aus, ich überlegte nicht lange, stand auf und begrüßte ihn mit einem Händedruck. Er hielt meine Hand fest und lächelte mich offen und ehrlich an: „Ich hab Ihnen das damals nicht vergessen, wenn Sie etwas brauchen, melden Sie sich ruhig“, murmelte er leise. Ich spürte ein Stück Papier, das zwischen den Fingern seiner Hand steckte. Ich begriff sofort, klemmte es zwischen meinen Zeige- und Mittelfinger und nahm es verdeckt an mich, als ich meine Hand wieder zurückzog. Ich nickte und er ging zum Ausgang. Als ich mich gesetzt hatte, ließ ich das Stück Papier unauffällig in der Seitentasche meiner Daunenjacke verschwinden, ohne dass es jemand mitbekam. Ich sah mich um, aber keiner der Griechen sah zu uns hinüber. Für einen Beobachter musste es wie eine beiläufige Begrüßung gewirkt haben, aber ich ließ den Zettel in der Tasche und war gespannt, was er mir mitzuteilen hatte.

❄

Der kalte Wind pfiff über das Dach, er hielt kurz inne, zog sich die Sturmhaube etwas tiefer ins Gesicht und ging dann weiter durch die Schneereste in Richtung der Brüstung. Der Schnee knirschte unter den Sohlen seiner Stiefel und er dachte daran, dass er nachher sofort die Schuhe und seine schwarzen Kleider entsorgen musste. Die Reisetasche lag locker in seiner Rechten, trotz des schweren Präzisionsgewehrs, das trocken und stoßsicher im Gewehrkasten in der Tasche verpackt war. Er blieb kurz vor der Brüstung stehen und sah zurück auf die Schuhspuren, die er im Schneematsch hinterlassen hatte. Zu verwischt, um sie beweiserheblich zu sichern, und bis sie ihn lokalisieren konnten, da war er schon sicher außer Reichweite. Er trat vorsichtig an die Brüstung heran und blickte hinunter auf die Hanauer Landstraße und das neue Viertel des aufstrebenden Ostends. Schräg rechts gegenüber lag ein Autohaus. Durch die hell erleuchteten Schaufenster konnte man britische Edelkarossen und Jeeps blitzen sehen. Links vom Autohaus führte eine Zufahrt hinter das Gebäude des Autohauses. Eine Schranke versperrte diese Zufahrt und ein Sicherheitsmann ließ nur Berechtigte durch. Er hatte es sich schon ein paar Mal angesehen und es war immer wieder dasselbe. Der Kleine fuhr mit seiner Limousine vor und stieg aus, obwohl er mit Sicherheit durchfahren könnte. Aber er ließ sich lieber von den paar Diskohühnern feiern, die abends immer dort herumstanden. Dann lief er die paar Meter über die Zufahrt zu den angesagtesten Clubs der Mainmetropole, die ihr Domizil in ehemaligen Fabrikhallen bezogen hatten. Dort lag auch das „Eastend", in dem er bevorzugt seine Fans empfing und Hof hielt. Er nickte zufrieden, stellte die Tasche auf einen Vorsprung und sah auf seine Armbanduhr. Noch fünfzehn Minuten, wenn er sich an seinen üblichen Zeitplan hielt. Er zog den Reisverschluss der Reisetasche auf, klappte die Sicherheitsverschlüsse des Gewehrkastens hoch und öffnete den Deckel. Der Lauf und der Verschluss des Präzisionsgewehres der Marke Remington schimmerten metallisch im milchigen Mondlicht. Er visualisierte im Geist seine Zielperson, seinen Gang und seine arrogante Haltung. Und dann hoffte er, dass der kleine Penner heute wirklich kam.

❄

Ute stand an meiner geöffneten Balkontür und sah auf die Lichter der Mainmetropole. Ich strich ihr sanft über ihre rotbraunen, schulterlangen Haare, sie drehte sich um und ich reichte ihr ein Glas Rotwein. Eine kühle Windböe wehte uns ins Gesicht, aber ich genoss den Ausblick.

„Was gibt es denn heute Gutes?", meinte sie und ich grinste verschwörerisch: „Staatsgeheimnis." Dann nahm ich meinen Wein von der Fensterbank und wir ließen die bauchigen Gläser klingen. Ich erinnerte mich daran, wie wir uns in einer Sommernacht hier auf meinem Balkon das erste Mal geküsst hatten, an ihre Haare mit dem Duft einer frischen Frühlingswiese. So wie der Duft von heute, der wahrscheinlich gerade wieder meine Erinnerungen an unseren ersten Abend wachrief. Wir tranken jeder einen Schluck von dem schweren Rotwein und ich sah ebenfalls zu der Nachtkulisse meiner Heimatstadt. Der Blick von meinem Balkon auf die Skyline Frankfurts war gigantisch und ich hatte den Kauf meiner Eigentumswohnung in Sachsenhausen nicht einen Tag bereut. Die erleuchteten Hochhäuser der Commerzbank, des Main Towers, der Dresdner Bank, des Trianon und des Eurotower unterstrichen für mich immer wieder das besondere Flair von Mainhattan, meiner Heimat und für mich immer noch die amerikanischste der deutschen Großstädte.

„Harter Tag heute bei dir?“, meinte sie und ich holte tief Luft. „Na ja, es geht so“, gab ich ausweichend zurück, und dachte daran, wie wir bisher unsere gegenseitigen Nachrichtensperren einhielten, was bei einem Polizeibeamten und einer Journalistin nicht immer einfach war. Aber meistens hatten wir unsere Jobs hinter uns gelassen und ich hatte in all den Jahren nach meiner Scheidung von Angie keine Frau kennen gelernt, die für meine Probleme so eine feine Antenne hatte wie Ute.

„Komm, ich hab Hunger“, riss sie mich aus meinen Gedanken: „Lass uns mal dein Staatsgeheimnis lüften.“

„Okay, dann leg du mal unsere CD auf“, gab ich zurück. Ich zog die Balkontür zu, wir stellten unsere Weingläser auf den gedeckten Tisch und ich holte die Form mit meiner hausgemachten Lasagne aus der Küche. Sie hatte währenddessen eine CD mit Songs von Gary Moore aufgelegt und ich dachte wieder an das Konzert mit dem Meister des Blues zurück, bei dem es zwischen uns beiden endgültig gefunkt hatte. Das erste Gitarrensolo erklang und ich servierte uns eine Portion an dem bereits gedeckten Tisch. Wir stießen vor dem Essen noch einmal mit Wein an und dann machte ich mich über mein Junggesellengericht her.

„Du, ich weiß ja, dass du es nicht immer so gerne hörst, aber…“, fing sie zögernd an. Ich sah auf und wunderte mich über ihre verlegene Miene. Ihre Augenbrauen waren leicht zusammengekniffen und sie stocherte mit der Gabel im geschmolzenen Käse. Immer wenn sie ein bisschen verlegen war, freute ich mich über ihren unschlüssigen, unschuldigen Blick, über die kessen Sommersprossen, die dann noch stärker auf ihrer leicht gerümpften Nase hervortraten.

„Aber ...“, gab ich zurück und ließ sie kommen.

„Na ja, weil wir doch immer den Job vom Privaten trennen ...“

„Und?“ Ich nahm noch eine Gabel und spießte etwas verlaufenen Käse auf. Sie holte tief Luft: „Na ja, damals hast du Sascha ja auch schon einmal geholfen.“ Ich erinnerte mich, dass ich ihrem Sohn aus erster Ehe einmal beigestanden hatte, als ich auf der Zeil zufällig dazu kam, wie er ausgeraubt werden sollte.

„Na klar, warum nicht.“ Ich fragte mich, warum sie sich heute so schwer tat.

„Also bei ihm aus der Schule, da ist ein Junge umgekommen. Nach einem Diskobesuch. Und ich weiß nicht, ob Sascha mir da immer die Wahrheit sagt.“ Ich überlegte kurz und dann erinnerte ich mich, dass Sascha im Westend ein Gymnasium besuchte. Und dann fiel mir blitzartig die Besprechung mit den Drogenfahndern ein: „Er ging hier in Frankfurt auf ein renommiertes Gymnasium im Westend, in der Nähe unseres alten Polizeipräsidiums. Der Vater ist Banker, die Mutter hat mehrere Bekleidungsgeschäfte in der Innenstadt. Sie haben nichts bemerkt, seine Freunde schweigen ...“ Der Drogentote aus der Disko mit der Überdosis Ice und Ecstasy, ein Klassenkamerad von Sascha? Ich entschloss mich, unsere Nachrichtensperre kurzfristig aufzuheben: „Wenn das der gleiche Fall ist, den ich kenne, dann ist der Junge an einer Überdosis Speed gestorben.“ Sie nickte: „Ja, das habe ich auch von den Eltern erfahren.“ Also hatte sie schon nachgehakt, mein Schätzchen.

„Und jetzt bist du dir unsicher, ob Sascha nicht auch das Zeug nimmt“, stellte ich fest, nahm mein Glas und ließ den Montepulciano kreisen. Sie legte die Gabel hin und nickte: „Ja, und ich weiß nicht, wie ich mit ihm darüber reden soll. Weißt du, ich glaube zwar nicht, dass er etwas nimmt, seine Leistungen in der Schule stimmen, wir reden eigentlich über alles, aber …" Ich wusste, wovon sie redete, ich kannte diese Geschichten auch von Sandra.

„Wie gut kannte Sascha den Jungen?"

„Sie waren ab und zu mit ein paar Leuten aus, so wie das halt ist, aber so richtig eng waren sie nicht", ließ sie ihre Annahme im Raum stehen.

„Es gibt zwei Möglichkeiten", gab ich zurück. „Die erste: Du besorgst dir ein paar Haare von ihm und lässt sie ohne sein Wissen analysieren, die Labore kannst du im Internet recherchieren. Das musst du aber selbst vor dir vertreten. Die zweite: Du redest offen mit ihm darüber und vertraust darauf, dass er alle Karten offen auf den Tisch legt." Ich nahm noch einen Schluck des italienischen Rotweins und sie stocherte weiter im verlaufenen Käse herum.

„Also hintergehen möchte ich ihn nicht, das wäre ja ein Vertrauensbruch", gab sie zurück.

„Ja, eigentlich schon", erwiderte ich und stellte mein Glas hin. Sie sah mir direkt in die Augen und ich ahnte plötzlich, dass vielleicht doch mehr hinter ihrer Frage steckte.

❄

Er atmete langsam ein und aus, konzentrierte sich auf seinen Atem und zog den Kolben eng an seine Schulter. Die dunkle Limousine hatte angehalten, er stieg hinten aus und warf dann die Tür zu. Die blaue Jacke mit dem Symbol einer amerikanischen Basketballmannschaft auf dem Rücken war mindestens zwei Nummern zu groß. Die Schirmmütze hatte er falsch herum aufgesetzt, das Schild bedeckte den Nacken. Er drehte sich einmal um und winkte dem Fahrer zu, ideal für ihn, er konnte ihn noch einmal eindeutig identifizieren. Dann ging er langsam, mit seinem typisch schwankenden Gang an der Schranke und dem Sicherheitsmann vorbei. Zwei junge Frauen standen neben der Schranke, giggelten und winkten ihm zu. Der Rapstar grüßte lässig mit einer Handbewegung.

Er visierte ihn an, zwischen den Schulterblättern, wusste, es war ein kinderleichter Blattschuss. Das Geschoss würde ihm den Brustkorb zerreißen. Er atmete flach aus, nahm den Finger langsam an den Druckpunkt und konzentrierte sich auf das Logo der Basketballmannschaft im Zentrum seines Fadenkreuzes. Dann zog er den Finger unmerklich nach hinten.

❄

„Ich bin mir einfach nicht sicher, was ich machen soll“, meinte Ute, und ich legte meine Gabel zur Seite. „Es ist schon ein schwieriges Alter, das ist mir auch klar“, meinte ich. Dabei dachte ich an Sandra und dass ihre Erziehung eigentlich an mir vorbeilief. Ich sah sie schließlich nur alle zwei Wochen, wenn nicht gerade wieder irgendein Wochenenddienst dazwischen kam.

„Ich bin immer noch der Meinung, dass der gerade Weg der Beste ist, also vergiss das mit der Haarprobe“, meinte ich, als plötzlich mein Diensthandy klingelte. Sie sah mich vorwurfsvoll an, weil ich es nicht ausgeschaltet hatte. Mir schwante schon dienstliches Unheil, ich sah auf mein Glas und war für einen Augenblick erleichtert, dass es heute Abend das Erste war. Ich zuckte mit den Schultern: „Sorry, aber ich musste es heute anlassen.“ Als ich aufstand, sprach ihre Miene Bände und diesmal entzückten mich ihre blitzenden Augen gar nicht.

„Du wirst doch jetzt nicht …“, fing sie an, ließ aber den Rest ihres Vorwurfes im Raum stehen.

„Tut mir leid", meinte ich und ging zur Garderobe, griff in die Seitentasche meiner Daunenjacke und meldete mich: „Bach K 11."

„Hallo Thommy, Rainer hier."

„Rainer, was gibt's?"

„Tut mir leid, dass ich dich stören muss. Bist du zu Hause?"

„Ja, komm zur Sache, Partner."

„Du wirst es vielleicht nicht glauben, Thommy, aber eben hat sich eine von unseren Theorien erledigt. Unser kleiner Rapstar wurde vor einer halben Stunde erschossen. Im Ostend. Ich bin schon unterwegs und hole dich in zehn Minuten bei dir zu Hause ab." Ich wusste nicht, was ich sagen sollte, tausend Gedanken gingen mir durch den Kopf, aber ich wusste schlagartig, dass wir mit unserem Fall wieder ganz am Anfang standen. Und dass Ute nicht begeistert sein würde.

Das magnetische Blaulicht blitzte schon auf dem Dach unseres BMW, als Rainer mich vor meinem Hauseingang abholte und dann zügig in Richtung Ostend fuhr. Er brachte mich im Telegrammstil auf den aktuellen Stand. Ice Joe wurde aus größerer Entfernung vermutlich mit einer Langwaffe erschossen, als er die Zufahrt zu seinem Lieblingsclub „Eastend" betrat. Ich hörte ihm schweigend zu und fragte mich, was das nun bedeutete. Ich drehte die Theorien im Kopf hin und her, aber mein Bauchgefühl sagte mir, dass wir es mit zwei konkurrierenden Gruppen zu tun hatten. Stand uns nun doch ein blutiger Bandenkrieg um Rauschgiftabsatzmärkte im Frankfurter Nachtleben bevor? Rainer nahm die langgezogene Linkskurve auf der Hanauer Landstraße und mein Blick fiel nach rechts auf die dunklen Fensterscheiben einer Metzgerei, an der zur Mittagszeit die hungrigen Arbeiter aus dem Ostend nach den besten Frankfurter Rindswürstchen Schlange standen. Dann sahen wir die zuckenden Blaulichter der Streifenwagen. Rainer parkte auf dem Gelände einer Tankstelle und wir liefen die wenigen Meter zum Tatort zu Fuß. Wir zeigten unsere Dienstausweise vor und ein Kollege hob das rot-weiße Plastikband zur Absperrung des Tatortes an. Ich lächelte ihm zu, bedankte mich und dann gingen wir an den hell erleuchteten Schaufenstern eines Autohauses vorbei, bis wir die Zufahrt zum „Eastend" erreichten.

Er lag auf dem Bauch, der Schneematsch rund um den Oberkörper war blutgetränkt und die Kollegen hatten ihre Last, die Schaulustigen abzudrängen. Zwei Kriminalbeamte vom Dauerdienst standen neben dem Leichnam. Wir begrüßten uns, sie fassten noch einmal die Details zusammen und klärten uns auf, dass die Staatsanwältin und ein Gerichtsmediziner schon unterwegs seien. Noch während wir uns mit dem Kollegen unterhielten, trafen Reporter und das Kamerateam eines privaten Fernsehsenders ein. Mir war klar, wie die Schlagzeilen morgen früh aussehen würden und ich bat die Kollegen, die Absperrmaßnahmen zu erweitern und dann die Zeugenermittlungen zu intensivieren. Dann schloss ich mich mit Rainer kurz, wir zogen uns Einweghandschuhe über und liefen zum Leichnam hinüber. Wir gingen neben der Leiche Joachim Eislebens in die Hocke. Ich musste mir zuerst einen Überblick vom Leichnam verschaffen, davon hing die weitere Tatortarbeit entscheidend ab.

Er lag wie eine Schaufensterpuppe auf dem Bauch im blutigen Schneematsch. Rechts davon lagen ein paar benutzte Plastikhandschuhe, wahrscheinlich vom Notarzt oder von Sanitätern. Ich drehte ihn leicht und sah die blutige Masse des Brustkorbes, die durch sein buntes Sweatshirt begrenzt war. Eine Austrittswunde nach einem Einschuss von hinten. Irgendwo im Rücken war das Projektil durch die Basketballjacke eingetreten. Nach dem Eintritt in den Rücken pilzte sich das Geschoss auf und entfaltete seine tödliche Wirkung – wie ein Schirm, der sich aufspannt und die geballte Energie in winzigen Splittern trichterförmig im Oberkörper verteilt. Auf der Brustseite, wo Teile des Projektils wieder ausgetreten sein mussten, konnte man dann nur noch diese blutige Masse feststellen. Ich legte ihn wieder vorsichtig hin und sah zurück in Richtung der Hanauer Landstraße, zur Schranke, wo Ice Joe nach Angaben der Zeugen hergekommen war. Der Täter war ein Profi. Ein tödlicher Schuss mit dieser Wirkung, das war Maßarbeit aus größerer Entfernung. Ich blickte nach links auf die Schaufenster eines britischen Autohauses, direkt neben der Zufahrt, in der wir standen. Dann sah ich auf der gegenüberliegenden Seite der Hanauer Landstraße die Verkaufsräume eines anderen Autohauses, dort standen die bayerischen Nobelautos, die wir auch als Dienstwagen fuhren. Auf dem Flachdach dieses Autohauses standen einige Fahrzeuge hinter einer Brüstung. Ich dachte mir eine Linie von diesem Flachdach gegenüber zum Opfer, sah das Muster der Blutspritzer im Schnee rund um die Endlage des Opfers und war mir sicher: Er hatte dort drüben gestanden, auf dem Dach des anderen Autohauses. Er hatte gewartet, bis Ice Joe kam. Und dann hatte er abgedrückt. Eine eiskalte Brise wehte durch die Zufahrt, mir wurde flau im Magen und ich sah hinauf zum sternenklaren Nachthimmel. Mir schien, als grinse mich der milchige Vollmond an. Dann ließ ich ein Stoßgebet los, in der Hoffnung, meine Ahnung vom Bandenkrieg würde nur eine Ahnung bleiben.

Die Menge der Gaffer rund um die Zufahrt wurde immer wieder schlagartig von den Blitzlichtern der Pressefotografen erhellt, die sich ebenfalls hinter den rot-weißen Flatterbändern drängten. Wir hatten uns durch die Menge geschoben und gingen in Richtung Tankstelle zurück. Nach einigen Metern hatten die Schaulustigen und die Presse das Interesse an uns verloren und wir überquerten abgesetzt die Hanauer Landstraße. Kurz darauf standen wir auf der Dachterrasse des

Autohauses gegenüber der Zufahrt. Der Mond schien so hell, dass wir uns zwischen den Mittelklassewagen auf der Dachterrasse gut zurechtfanden. Ich ging bis zur Brüstung vor, sah auf unseren Tatort und die Menge der Schaulustigen, die immer größer wurde. Inmitten der Menge sah ich Stefan und Sabine, die vor einer Viertelstunde ebenfalls eingetroffen waren und sich jetzt mit den Kollegen vom Kriminaldauerdienst unterhielten. Dann sah ich auf den schneebedeckten Boden der Dachterrasse. Der Schnee zwischen den Fahrzeugen war schon angetaut und wenn sich hier Schuhspuren fanden, dann waren sie wahrscheinlich kaum noch auswertbar. Ich nahm dennoch meine Minitaschenlampe zur Hand und ging zwischen der Brüstung und den mit der Front zur Brüstung geparkten Limousinen entlang. Ich sah immer wieder auf den Schneematsch zwischen den Motorhauben, bis ich auf eine Stelle stieß, bei der die Oberfläche des angetauten Schneematsches verwischt war. Ich blieb ruckartig stehen.

„Und?", meinte Rainer, der hinter mir ging, doch ich sagte erst einmal nichts, drehte am Kopf meiner Minitaschenlampe und bückte mich. Im Seitenlicht sah man Verwischungen im Schneematsch. Dennoch konnte man bei näherem Hinsehen die groben Umrisse von Schuhsohlen erkennen. Der Schnee war jedoch schon zu sehr geschmolzen, um sie verwertbar zu sichern. Daneben waren die Umrisse eines länglichen Rechtecks zu erkennen. An den Ecken des Rechtecks konnte man die Konturen runder Eindrücke sehen. Rainer bückte sich neben mir und raunte dann leise: „Da haben wir doch was."

„Ja", nickte ich, „hier dürfte er gestanden haben." Ich betrachtete mir die Eindrücke des Rechtecks näher. „Was meinst du, vielleicht eine Tasche?"

„Kann gut sein", brummte Rainer und wir erhoben uns und sahen über die Brüstung zum Tatort hinunter.

„Unsere Hypothese mit Ice Joe als Drahtzieher zum Mord an Richie können wir jetzt vergessen", meinte ich und sah Rainer an. Er nickte: „Der Rapsong als sich selbsterfüllende Prophezeiung, die Abstrafung von Richie als abtrünnigem Dealer dürfte sich erledigt haben."

„Und sein Manager Colovic dürfte auch ausscheiden, der wird seinen dukatenlegenden Esel nicht erledigen", ergänzte ich.

„Bleibt noch der unbekannte Motorradfahrer Enver oder Celil Erdogan aus Griesheim", warf Rainer ein und eine frostige Brise wehte uns ins Gesicht.

„Das hier war ein Profi", entgegnete ich. „So ein Schuss ist gut vorbereitet, der war schon länger dran und hat ihn mit Sicherheit vorher ausgespäht. Ich glaube nicht, dass das zu unserem Motorradfahrer oder zu Erdogan passt."

„Dann bleibt natürlich noch eine heiße Alternative …", meinte Rainer schicksalsschwanger und ließ den Rest seiner Ahnung im eisigen Wind hängen.

„Ja …", gab ich ebenso einsilbig zurück. Wieder zuckten die Blitzlichter in der Menge gegenüber und ich sah den gesichtslosen Unbekannten vor meinem geistigen Auge: Wie er ihn hier schon Tage vorher ausgespäht hatte, den Zeitpunkt seiner Ankunft abpasste, sich einen optimalen Standort suchte und dann fand. Hier oben auf der Dachterrasse, wie auf einem Schießstand. Wie er sein Präzisionsgewehr zusammenbaute, anlegte und dann im richtigen Moment abdrückte. Wie Ice Joe in den Schnee fiel. So ein Projektil war schneller als der Schall. Wahrscheinlich hatte er noch nicht einmal den Schuss gehört. „Ja …", wiederholte ich mich, „der Kampf um Absatzmärkte …" Ich dachte an unsere Theorie vom Bandenkrieg. Mir schwante, was in den nächsten Wochen auf uns zukam, und dann wurde mir schlagartig klar, dass sie zurückschlagen würden. Sie konnten es nicht auf sich sitzen lassen und bald würden wir wieder bei Sarah Born am Stahltisch in der Pathologie stehen.

Kapitel 5

Ich hatte kaum geschlafen, da ich erst um drei Uhr ins Bett gekommen und um acht schon wieder aufgestanden war. Mein Sodbrennen vom ersten Kaffee war noch nicht vorüber und immer wieder verspürte ich den bitteren Geschmack in der Speiseröhre. Ich schluckte und griff nach den Tabletten in meiner Jackentasche, die ich für diese Fälle stets einstecken hatte. Rainer schaltete den BMW herunter und hielt an der Ampel neben der Universität. Ich spielte mit dem Tablettenblister und sah gedankenverloren die Senckenberganlage hinunter zum Messeturm, dessen Pyramidenspitze majestätisch in den blauen Winterhimmel ragte. Dann fiel mein Blick auf den U-Bahn-Abgang neben der Mensa, auf das Modell der künstlichen U-Bahn, die zur Hälfte in den Untergrund abgetaucht war, fast wie die Titanic nach der Kollision mit dem Eisberg. Die Eisbergpillen schlichen sich wieder in meine Gedankenwelt und Rainer riss mich aus ihr, als er stark beschleunigte und weiter in Richtung Messe fuhr. Ich drückte eine Tablette aus dem Blister, schluckte sie und hoffte, dass mein Sodbrennen bald nachlassen würde.

„Du hast uns doch einen Termin gemacht?", fragte ich, um einfach irgendetwas zu sagen.

„Klar", brummte Rainer und ich sah ihm an, dass er heute Nacht genauso wenig geschlafen hatte wie ich.

„Dann bin ich mal gespannt, was er so zu sagen hat. Wo hat er eigentlich sein Büro?"

„Lass dich überraschen, die sind so geheim, dass die öfters mal umziehen", brummte Rainer weiter und fuhr kurz darauf die Abfahrt zur Tiefgarage des Messeturms hinunter. Er parkte neben den Aufzügen und kurz darauf schwebten wir in eine der oberen Etagen hinauf. Rainer rief ihn auf dem Handy an und dann verließen wir den Aufzug. Wir standen auf einem hellen Flur, von dem mehrere Milchglastüren abgingen. An der Eingangstür zum nächsten Bürotrakt stand „Orion-Consulting" in modernen Goldlettern und ich musste innerlich grinsen, weil mich die Lettern an den Schriftzug über einer Tabledancebar am Hauptbahnhof erinnerten, deren Büros ich hier am allerwenigsten vermutet hätte. Mein Sodbrennen war verflogen und ich war gespannt, was er uns erzählen konnte.

Die Tür mit den Goldlettern ging auf und Norbert Vogt winkte uns zu. Wir begrüßten uns und ich bemerkte, dass er im Gegensatz zu Rainer nach dem Einsatz im Kosovo ordentlich zugenommen hatte. Sein Händedruck war wie immer fest und direkt, auf den ersten Blick hätte man ihn für einen altgedienten Taxifahrer vom Hauptbahnhof halten können. Er war etwa so groß wie ich und trug eine graue Stoffhose, ein hellblaues Hemd und eine schwarze Lederweste. Seine dunklen, welligen Haare gingen ansatzweise schon ins Graue über. Die dunkelbraunen, wachen Augen schätzten das Gegenüber innerhalb von Sekundenbruchteilen ein, fast so wie die nagelneuen Scanner am Flughafen, die über die Netzhaut fuhren und die biometrischen Daten der Iris ablasen. Seine knubbelige Kartoffelnase war leicht gerötet, die durchschimmernden Adern zeugten von erhöhtem Alkoholkonsum und seine breiten Lippen grinsten uns freundlich an:

„Kommt rein in die gute Stube, Jungs!", begrüßte er uns und ich roch einen Hauch Pfefferminz. Er schloss die Tür hinter uns und wir folgten ihm über einen weiteren Flur. Die Wände waren auch hier hellbeige angelegt, ein dunkelbrauner Teppich schluckte unsere Schritte. Wir gingen an einem halben Dutzend geöffneter Bürotüren vorbei, und der Ermittlungsgruppenleiter stellte uns seine Dienststelle, das Fachkommissariat für OK, Organisierte Kriminalität, vor: „Die Büroräume haben wir unter einer Legende angemietet, aus Erlösen, die wir in einem Wirtschaftsstrafverfahren abgeschöpft haben. Jetzt heißen wir

Orion-Consulting", lachte er und blieb vor einer Bürotür stehen. In dem Raum saßen zwei elegant gekleidete Männer vor ihren Computern und nickten uns zu. Rainer und ich grüßten zurück und gingen dann weiter.

„Wir haben momentan ein längerfristiges Projekt und zwei Staatsanwälte von der Eingreifreserve", fuhr Norbert fort, und dann waren wir am Ende vom Gang angelangt und betraten sein Büro. Er schloss die Tür hinter uns und die Aussicht verschlug mir fast den Atem. Die Panoramascheibe hinter seinem Schreibtisch zeigte eine Bilderbuchperspektive Mainhattans. Jeder Filmproduzent hätte sich die Finger nach solch einer Postkartenkulisse geleckt. Rechts ragten Castor und Pollux neben der Festhalle hinauf, geradeaus strahlten die anderen Bankentürme im gleißenden Sonnenlicht unter dem wolkenlosen, blauen Winterhimmel.

„Setzt euch", meinte er: „Kaffee oder Wasser?"

Mir fiel wieder mein Sodbrennen ein. „Ich nehme ein Wasser, danke", meinte ich und Rainer nickte wie zur Bestätigung. Wir nahmen auf den beiden Designerstühlen vor seinem Schreibtisch Platz. Er setzte sich auf den Rollsessel dahinter, drehte sich zur Panoramascheibe und schob dann unter der Fensterbank eine Rolltür beiseite. Dahinter öffnete er eine kleine Tür und nahm zwei kleine grüne Flaschen mit italienischem Tafelwasser aus dem wohlgefüllten Kühlschrank. Er entkorkte die Flaschen und stellte sie mit zwei Gläsern vor uns auf seinen Schreibtisch neben seinem Bildschirm. Rainer schenkte uns ein und ich sah mich um. Ganz rechts an der Wand stand ein Aktenschrank mit mehreren Dutzend Ordnern, links davon hing eine große Europakarte, in der bunte Fähnchen steckten. An der gegenüberliegenden Wand stand links eine Espressomaschine und ein Tablett mit kleinen Porzellantassen auf einem Aktenschrank, darüber hing eine Synopse auf einer Papierbahn von zwei Quadratmetern. Darauf waren die Symbole von Personen, Objekten und Firmen zu erkennen, die mit Dutzenden von Pfeilen untereinander verbunden waren. Die visuelle Darstellung der Verflechtungen einer kriminellen Vereinigung.

„Seit gestern habt ihr ein echtes Problem, oder?“, spielte Norbert Vogt zur Eröffnung auf die tödlichen Schüsse vom Vorabend an. Ich nickte und ließ Rainer reden. Der gab seinem Teampartner aus dem Kosovo einen Abriss unserer letzten Ermittlungen: „Der Student Richard Wittmann wurde am Montag aus seinem Appartement geworfen. Der Täter hat einen Suizid vorgetäuscht und einen Abschiedsbrief geschrieben, der Täterkenntnisse von der ehemaligen Beziehung zu Wittmanns Ex-Freundin Jennifer Gordon offenbart. In seiner Wohnung haben wir die gleichen Beutel mit Ice und Ecstasy gefunden wie in unserem Labor im Kosovo.“ Vogt zog die Augenbrauen hoch und stützte sich auf die Platte seines Tisches auf. Rainer hatte jetzt seine volle Aufmerksamkeit und fuhr fort: „Bei einem Scheingeschäft am nächsten Tag wurde seine Ex-Freundin Gordon von den Drogenfahndern mit dem gleichen Stoff festgenommen. Ihr unbekannter Mittäter konnte fliehen. Dieser Mittäter hat vor ein paar Tagen mit hoher Wahrscheinlichkeit die gleichen Drogen an einen Schüler verkauft, der nach dem Konsum verstorben ist. Darüber hinaus hat er vor ein paar Tagen mit Ice Joe telefoniert und ihn um einen Kredit angehauen. Dieser Mittäter ist unser Favorit und wir wissen nur, dass er Enver heißen soll und im „Eastend“ verkehren dürfte.“

„Enver, … mmmhh … bestimmt ein Albaner, Enver …“, brummte Norbert Vogt, so als ob er sich erinnern könnte, kratzte sich mit seiner breiten Hand hinter dem linken Ohr und zog dann das Keyboard seines Computers heran. „Mal sehen, ob wir so einen schon mal draufhatten …“, brummte er weiter, zog dann seine Maus übers Pad, klickte einige Male und gab dann den Namen in seine interne OK Datei ein. Er klickte noch einmal mit der Maus, lehnte sich zurück und verschränkte die Arme vor seiner Brust. Dann hatte er offenbar ein Ergebnis auf dem Bildschirm, den wir von unserem Platz aus nicht sehen konnten. Er grinste und drehte den Flachbildschirm um. In einem Fenster war der Suchbegriff „Enver“ eingegeben, in einem anderen Fenster darunter waren in wenigen Zeilen die Informationen zu diesem Suchbegriff zu sehen. Die Datenbank zeigte einen Treffer: Enver Krasniqi, geboren 15.06.1981 in Mitrovica, eine Adresse in Nied, als Zusatzinformationen: Sicherheitsmitarbeiter bei der Firma Skyline Securities, und einige Aktenzeichen als Querverweise auf aktuelle Strafverfahren, zumeist Körperverletzungen.

„Ich kann mich jetzt erinnern“, meinte Norbert. „Wir hatten einen Hinweis darauf, dass er in den Drogenhandel rund um einen Nachtclub in der Innenstadt verstrickt sein soll. Die übliche Masche. Sie übernehmen als Sicherheitsmitarbeiter die Tür, dann lassen sie als Türsteher nur ihre Jungs rein, die in dem Club gegen Provision den Stoff verkaufen. Das ist die Lizenz zum Gelddrucken.“ Ich nippte an meinem Wasser, hörte ihm aufmerksam zu und hoffte, dass wir mit diesem Enver richtig lagen. Rainer notierte sich die Daten auf einem Zettel.

„Es steht hier zwar noch nicht drin, aber irgendwie gab es wohl Probleme mit dieser Sicherheitsfirma. Die haben wohl bei einem Auftrag für einen Nachtclub im Ostend den Kürzeren gezogen“, ergänzte Norbert. „Das hab' ich noch in Erinnerung.“ Rainer und ich wechselten vielsagende Blicke. Das war es. Ein Motiv für einen blutigen Rauschgiftkrieg um Absatzmärkte, gewährleistet durch „Sicherheitsunternehmen“ an der Eingangstür, die für entsprechende Beteiligungen Dealer mit ihrem Stoff hereinlassen. Und das alles für den immer weiter expandierenden Markt der dekadenten Eitelkeiten. Ich musste an einen Aufkleber an der Bürotür eines Drogenfahnders denken: „Kokain ist Gottes Weg, dir zu sagen, dass du zu viel Geld hast.“

Mein Mund wurde trocken, ich schenkte mir von dem Wasser nach und trank das Glas mit einem Schluck leer. Norbert schob sein Keyboard beiseite und sah uns ernst an: „Wenn dieser Enver wirklich euer Mann ist, dann …“

„Ja, daran habe ich auch gerade gedacht, das könnte passen“, meinte ich. „Nur, wer steht hier gegen wen?“, ließ ich die entscheidende Frage im Raum hängen. Norbert Vogt drehte sich in seinem Rollsessel halb zur Seite und warf einen nachdenklichen Blick auf die Hochhäuser der City.

❄

Die Pizzeria lag schräg gegenüber einem Hochhaus, zum Bahnhof Griesheim konnte man fast spucken. Der Türke parkte seinen tiefergelegten BMW auf dem Seitenstreifen, stieg aus und ging langsam in die Pizzeria.

Er bremste rechtzeitig und hielt mit seinem Motorrad in einer Parklücke neben dem Supermarkt, schräg gegenüber der Pizzeria. Dort parkte er das Krad und stieg ab, ohne seinen Helm abzunehmen. Dann hob er den Ärmel seiner Lederjacke an und sah auf seine Armbanduhr. Wieder die gleiche Zeit wie gestern. Wahrscheinlich würde er auch heute seinen Zeitplan einhalten. Das Hochhaus direkt neben dem Supermarkt fiel ihm ins Auge. Ideal für sein Vorhaben. Dann warf er einen Blick zur Pizzeria, in die der Türke verschwunden war. Links davon sah er einige Geschäfte. Die Straße führte in Richtung des Bahnhofes Griesheim, kurz davor stieg sie in einer Linkskurve zu einer Brücke an, die dann die Gleise überquerte, um dahinter wieder nach rechts abfallend im alten Stadtkern Griesheims zu münden. Er blickte hinter sich zum Dach des Hochhauses. Die Distanz zu den Bahnsteigen war etwa hundert bis zweihundert Meter. Er nahm den Motorradhelm ab, zog die Sturmhaube herunter und setzte eine breite Sonnenbrille auf. Dann zog er den Schlüssel aus dem Zündschloss und ging langsam zum Haupteingang des Hochhauses.

❄

„Und wie kommt der Stoff aus dem Kosovo hierher?", hakte Rainer nach. Unsere offenen Fragen hingen einige Sekunden in der Luft und ich sah, wie Vogts Unterkiefer mahlte. Die Kiefermuskeln hoben sich wellenartig, dann drehte er sich wieder zu uns hin, nahm einen Füller aus seiner Hemdtasche und drehte ihn in seinen Händen, so als wenn er nicht wüsste, was er mit ihnen anfangen sollte. Dann holte er tief Luft, grinste und meinte dann: „Ich kann euch eine Geschichte erzählen, aber ich muss euch hinterher erschießen", begann er und mir war klar, dass er uns nun ein Dienstgeheimnis verraten würde, über das er mit uns eigentlich nicht sprechen durfte. Aber wahrscheinlich fühlte er sich Rainer gegenüber verpflichtet und wollte ihn nicht im Regen stehen lassen. Er zog die Kappe von seinem Füller, steckte sie dann wieder darauf, legte ihn auf den Tisch und fing an zu erzählen: „Vor ein paar Monaten sind im Polizeihauptquartier in Pristina einige Dutzend Kilos Ice und Ecstasytabletten verschwunden. Das war der Stoff, den wir in diesem Drogenlabor in den Bergen sichergestellt hatten." Ich sah zu Rainer hinüber, dessen versteinerte Miene Bände sprach. Vogt fuhr fort: „Wir führen die Ermittlungen in Zusammenarbeit mit dem BKA und der DEA, der US Drogenfahndung. Bisher kommt ein Kreis von zwei Dutzend Personen, UN Polizisten aus acht Staaten, KFOR Militärs und albanische Sicherheitskräfte für den Coup in Frage. Wahrscheinlich ist der Stoff in einer Militärmaschine nach Frankfurt gekommen. Wir stehen noch am Anfang, haben lose Enden in der Hand, aber ich könnte eine Wette machen, dass es wahrscheinlich genau der Stoff ist, den ihr bei Wittmann und der Gordon gefunden habt. Wir müssen jetzt noch mal nachhaken und das Zeug analysieren und vergleichen." Das Bild wurde klarer, rundete sich ab: Der Stoff aus dem Kosovo, durch Albaner, korrupte Polizisten oder Militärs nach Frankfurt gebracht und hier auf den Markt geworfen. Auf einen florierenden Absatzmarkt, dessen Claims neu abgesteckt wurden.

„Und wie passt dieser Enver da rein?", hakte ich nach.

„Das wüsste ich auch gern, vielleicht ist er der erste Abnehmer hier und sitzt direkt an der Quelle", meinte Vogt und sah uns ratlos an.

„Wir sind immer noch nicht hundertprozentig sicher, dass der Motorradfahrer, dieser Mittäter der Gordon, auch wirklich dieser Enver war", warf Rainer zu Recht ein. Ich sah aus dem Fenster auf die glitzernden Fassaden der Bankentürme und merkte, dass sich mit jeder Antwort immer neue Fragen auftaten.

❄

Eine frostklirrende Brise kam von Westen auf, sie wehte ihm stechend ins Gesicht, und er sah auf die Abgaswolken der ehemaligen Höchstwerke, die in den blauen, klaren Winterhimmel aufstiegen. Er trat an den Rand des Daches und verschränkte die Arme vor der Brust. Rechts unten sah man die Straße mit der Häuserzeile und dem Seitenstreifen. Der BMW stand immer noch dort. Vor ihm lagen die Gleisanlagen wie eine überdimensionale Spielzeugeisenbahn. Eine S-Bahn kam gerade aus Richtung Wiesbaden und rollte langsam am Bahnsteig aus. Links von ihm führte die Brücke wie eine geschwungene Spange über die Bahngleise. Dahinter sah er die Dächer von Griesheim. Er dachte mit Genugtuung an den kleinen Studenten zurück, wie er ihn hochhob, den Schrei ausstieß und dann aus dem Fenster warf. Dann sah er wieder hinunter zur Straße. Gerade rechtzeitig. Der junge Türke lief in Richtung

Bahnhof. Die S-Bahn fuhr zum Hauptbahnhof weiter. Seine Zielperson ging in die Unterführung und erschien kurz darauf auf dem Bahnsteig. Er nahm sein leistungsstarkes Fernglas aus der Innentasche seiner Motorradjacke, stellte es scharf und betrachtete den baumlangen Osmanen mit der schwarzen Lederjacke und den schwarzen Trainingshosen. Der massige Schädel war fast kahlgeschoren, er sah in alle Richtungen, fast wie ein Raubtier, das Witterung aufnahm. Dann lief er langsam den Bahnsteig entlang, ein Kraftpaket, ständig unter Spannung wie das Stahlkabel einer Hängebrücke. Der Titan vom Bosporus scannte weiter sein Umfeld ab. Plötzlich blieb er stehen und fuhr sich mit der rechten Hand über seinen fast kahlen Schädel. Das gleiche Erkennungszeichen wie gestern. Reine Luft. Der andere Typ stand etwa zwanzig Meter weiter am Bahnsteig, war offenbar gerade mit der Bahn gekommen und ging jetzt auf ihn zu. Ein schmaler Typ, bekleidet mit einer blauen Jacke und Jeans. Man hätte ihn für einen unbescholtenen arabischen Sprachschüler halten können, aber die gab es hier genauso oft wie algerische Eisverkäufer in Belgrad. Der Nordafrikaner, vermutlich ein Algerier oder Marokkaner, gab seiner Zielperson etwas linkisch die Hand, und er konnte durch sein Fernglas erkennen, wie der Türke seine Hand zurückzog und der Algerier sofort einige Scheine in die rechte Seitentasche seiner Jacke steckte. Dann nahm der Nordafrikaner eine Plastiktüte aus der linken Innentasche und gab sie dem Türken. Der steckte sie in die Innentasche seiner Lederjacke. Nach den äußeren Konturen hätte etwa ein Paket Puderzucker in die Tüte gepasst. Er nahm das Fernglas herunter und grinste kalt. Der Puderzucker kam aber wahrscheinlich aus Holland und war nicht im Aldi zu kaufen. Dann steckte er das Fernglas zurück in seine Innentasche, pfiff leise die Melodie des Volksliedes von der Schlacht am Amselfeld, nahm den Helm und ging langsam zum Treppenhaus zurück.

❄

Die Salsarhythmen klangen dezent im Hintergrund. Stefan Bauer hob das Champagnerglas und stieß mit Sabine Horn an. Sie lächelte ihm zu und nahm einen Schluck aus der eleganten Flöte. Sie saßen an einem Tisch der Galerie, die sich in U-Form einige Meter über der Tanzfläche des „Eastend" erstreckte. Hier hat man immer noch den besten Überblick über den Jahrmarkt der Eitelkeiten, dachte Sabine, nahm noch einen Schluck von ihrem Champagner und stellte dann die Flöte wieder auf den Tisch. An der Bar auf der anderen Seite der Galerie, direkt ihnen gegenüber, standen einige Modellathleten in Maßanzügen im Halbdunkel. Die indirekte Beleuchtung ließ für Sabine nur einen flüchtigen Eindruck vom Mienenspiel der gepflegten Erscheinungen zu. Unten, auf der Tanzfläche warf eine Blondine in einem dunkelrotem Kleid theatralisch ihre lange Mähne nach hinten. Ihr Latin Lover im weißen Hemd schob sie sofort mit seiner eng an sie gepressten Hüfte wieder wellenartig auf die andere Seite der Tanzfläche. Sabine beugte sich vor, um sich eine Zigarette aus dem silbernen Kästchen zu angeln, dass vor ihr auf dem Tisch lag. Dabei sah sie hinunter auf die Tanzfläche und musterte lächelnd die tanzenden Paare. Stefan nutzte diesen Moment für einen schnellen Blick in den Ausschnitt ihres cremefarbenen Kleides. Aber Sabine drehte sich wieder um und erwischte ihn gerade in dem Moment, als er sich ein wenig vorbeugte, um einen besseren Blick auf ihren Ausschnitt zu erhaschen. Sie grinste breit und meinte: „Wir sind nicht zum Spaß hier, pass lieber auf, ob er reinkommt", und nickte dann in Richtung des Durchbruchs im Erdgeschoss, wo die neuen Gäste vom Eingang her kommend die Tanzfläche betraten.

„Eeeh …, steht dir echt gut, dein Kleid …", meinte er und lief wie ein ertappter Schuljunge rot an. Sabine gab keine Antwort und rief sich das Foto von Enver aus der Kriminalakte in Erinnerung. Eigentlich sah er gar nicht so schlecht aus, das war ihr erster Eindruck von dem jungen Mann mit dem direkten Blick.

Die letzten Rhythmen klangen aus, die Paare lösten sich, doch der Latino zog die Blondine an sich und küsste sie für eine kleine Ewigkeit. Sie schlang ihre gebräunten Arme um die breiten Schultern unter dem weißen Hemd und fuhr mit einer Hand den Rücken hinunter, um ihm schließlich mit festem Griff ans Gesäß zu packen. Sabine merkte langsam die Wirkung des Champagners und warf Stefan einen Seitenblick zu. Er starrte hinunter auf die Tanzfläche und Sabine stand auf: „Ich geh mal für kleine Mädchen. Halt du nach unserem Albaner Ausschau." Sie nahm ihre kleine Damenhandtasche und ging zur Treppe, die zur Tanzfläche und den Toiletten im Erdgeschoss hinunterführte.

❄

Das Café lag in einem Seitentrakt des Städel. Durch die meterhohen Panoramascheiben sah man schemenhaft die Büsche im dunklen Museumspark. Hinter dem Zaun des Parks, auf der anderen Straßenseite, erleuchtete der Schein einer Straßenlaterne das Vereinsgebäude eines Rudervereins, der zum Museumsuferfest immer wieder seine Türen öffnete und seine Gäste mit Fassbier versorgte. Ich dachte an Ute und unser erstes Treffen auf diesem Fest. Dann lehnte ich mich in meinem Stuhl zurück, sah kurz auf die Uhr, spielte mit dem Zettel in meiner Hand, doch die Gedanken an den Abend auf dem Museumsuferfest schlichen sich immer wieder ein. Damals war sie mit Sascha, ihrem Sohn aus erster Ehe, unterwegs und ich bummelte an einem freien Wochenende mit Sandra über das größte Fest am Mainufer. Wir hatten uns zufällig getroffen, ich kannte sie als Reporterin vom Frankfurter Express. Wir tranken dann zusammen einen Rotwein und unsere beiden Sprösslinge unterhielten sich ebenso gut wie wir, aber der Funke zwischen uns sprang damals noch nicht sofort über. Ich dachte an unser Gespräch und Utes Bedenken.

Ich lehnte mich wieder in meinen Stuhl zurück. Dann zog ich für einen Moment in Erwägung, Sascha morgen nach der Schule aufzusuchen und zu dem Klassenkamerad mit der Überdosis Ice zu befragen. Vielleicht ergab sich ja doch ein Hinweis auf den letzten Dealer. Noch während ich den Gedanken sorgfältig abwog, trat jemand an meinen Tisch und ich blickte auf. Er sah sich noch einmal kurz um und streckte mir dann die Hand entgegen. Ich stand auf: „Guten Abend." Sein Handdruck war wieder fest wie eine Schraubzwinge und ich meinte für einen Sekundenbruchteil, ein Zucken um seine Mundwinkel erkennen zu können.

„Ich freue mich, dass ich mich vielleicht revanchieren kann", meinte er, setzte sich dann neben mich und ich fragte mich kurz, ob ich das Risiko eingehen konnte. Wir sahen uns schweigend an, so wie sich wahrscheinlich vor Jahrhunderten zwei Duellanten gemustert hatten, bevor sie sich Rücken an Rücken stellten. Er war heute wieder elegant und in schwarz gekleidet, Sakko, Pullover, Stoffhose, Lederschuhe. Die grauen Haare waren militärisch kurz geschnitten und die dunklen Augen hielten meinen Blick fest, bis ich unverfänglich eröffnete: „Er hatte damals einen Fehler gemacht. Vor dem letzten Genickschuss hat er ihn am Kragen seiner Lederjacke rumgedreht. Dabei trug er keine Handschuhe und hinterließ DNA-Spuren", führte ich aus.

„Hhhmmhh ...", brummte er nachdenklich, schlug seine Beine übereinander, legte die Hände in den Schoss und musterte mich eingehend. In diesem Moment kam die Kellnerin an unseren Tisch und wir gaben zuerst unsere Bestellungen auf. Als sie außer Hörweite war, fuhr ich fort: „Ich habe den Fall nach einigen Jahren noch einmal durchgearbeitet, die Jacke des Opfers aus der Asservatenkammer geholt und ins Labor nach Wiesbaden geschickt. Sie konnten die DNA-Spur auf dem Kragen sichern. Beim Abgleich mit der Gen-Datei ist er ausgeflogen. Der Rest war Routine", fasste ich die Überführung des Auftragskillers aus. Das Urteil war längst gesprochen und ich wollte ihm noch einmal deutlich machen, wie ich ihn durch meine Ermittlungen endgültig entlastet hatte. Damals hatte wir eine Serie von Schießereien zwischen Jugoslawen im Bahnhofsgebiet und er war einer der Verdächtigen, bis ich diesen Verdacht gegen ihn ausgeräumt hatte. Aber letztendlich war die Auswertung der DNA-Spur nach einigen Jahren der Schlüssel zur Klärung des Falles und zu seiner Entlastung. Er nickte, strich sich mit einer Hand über den kurzen Haarschnitt und kam gleich zum Thema: „Was willst du wissen?" Ich sah mich noch einmal um, stützte meine Ellenbogen auf den Tisch, faltete meine Hände und senkte trotzdem meine Stimme: „Ich nehme an, dass du von der Sache mit Ice Joe gelesen hast."

Er nickte.

„Ich muss mehr über ihn wissen. Feinde, Konkurrenten, sein Manager Ante Colovic. Kannst du mir mehr dazu sagen?"

Er holte tief Luft und überlegte. Ich wusste, dass er als wohlhabender Bauunternehmer eine der Schlüsselfiguren der serbischen Parallelgesellschaft in ihrem Herzogtum Offenbach war. Wenn einer etwas zu den Hintergründen wusste, dann er. Mir fielen all die Verbrecher aus Belgrad ein, die in den achtziger Jahren einen Asylbewerberstatus als angebliche Angehörige einer monarchistischen Exilorganisation erhalten hatten. Wahrscheinlich war er heute ihr Chef, aber in diesem Moment war mir das auch egal. Schließlich hatte er mir beim Griechen seine Handynummer gegeben, so als ob er mir etwas schuldig sei. Ich war in diesem verflixten Fall bereit, auch unkonventionelle Wege zu gehen, selbst auf die Gefahr, dass er doch in die Sache verwickelt war und die Ermittlungen dann im Sande verliefen. Aber ich wollte das Risiko eingehen, die Chance auf einen Durchbruch stand fifty-fifty und das war immer noch besser als nichts. Er nickte noch einmal, sah sich kurz um, beugte sich vor und stützte seine Ellenbogen auf den Tisch, genauso wie ich. Unsere Gesichter waren jetzt eine Armlänge voneinander entfernt und ich sah jede kleine Falte im Winkel seiner dunklen, harten Augen. Dann faltete er seine Hände wie zum Gebet und begann zu erzählen.

❄

Sabine zog die Toilettenspülung und wollte gerade die Verriegelung der Tür öffnen, als sie in einer anderen Kabine ein Schnaufen hörte. Sie hielt inne und wenige Sekunden später hörte sie wieder ein leises Kratzen und das Schnaufen. Dann entriegelte sie die Tür, trat hinaus und ging die paar Schritte zu der Kabine, aus der das Schnaufen zu hören war. Sie sah auf ihre Schuhe, war froh, dass sie die Flachen gewählt hatte und nicht die unpraktischen Pumps. Dann hob sie ihr Kleid etwas an und trat mit voller Wucht in Höhe des Schlosses gegen die Kabinentür. Die flog auf und gab ihr den Blick auf die langmähnige Blondine von der Tanzfläche frei. Sie hockte vor dem Klodeckel, das rote Kleid hochgezogen, eine Rasierklinge in der Linken, einen zusammengerollten grünen Schein in der Rechten, in der Mitte, direkt vor sich auf dem Klodeckel, ein Taschenspiegel mit zwei Kokslinien. Auf dem Toilettenkasten lag ein Papierbriefchen. Die Blondine sah mit entrücktem Gesicht zu Sabine hoch, doch dann entgleisten plötzlich ihre Gesichtszüge, sie erhob sich und ließ den Schein fallen: „Du blöde Schlampe, ich fick dich …“, grunzte sie und hob die Hand mit der Rasierklinge. Sabine packte sofort mit ihrer Rechten das Handgelenk mit der Rasierklinge und verpasste ihr mit der anderen, flachen Hand eine schallende Ohrfeige. Die wirkte sofort Wunder, ihr Kopf pendelte unter der Löwenmähne kurz hin und her, sie ließ sofort die Rasierklinge fallen und schrie auf. Sabine wurde wütend, packte sie an den Haaren und zwang sie auf die Knie. Mit der einen Hand hielt sie die blonde Löwenmähne fest, mit der anderen zog sie ein Foto von Enver aus der Seitentasche ihres Blousons.

„So, du Schlampe, du hast dir die Falsche ausgesucht. Polizei. Du gehst heute Nacht ins Loch. Kokainbesitz, Widerstand, Ausnüchterung. Fotos, Fingerabdrücke und DNA-Probe. Dann bumst dein Latino heute Nacht eine andere und du kannst es dir in der Zelle selbst besorgen." Die Blonde fing an wie ein Schlosshund zu heulen. Die Schminke verlief und Sabine ließ ein Stoßgebet los, das gerade jetzt niemand auf die Toilette kam.

„Vielleicht können wir uns das auch sparen. Wer ist dieser Penner?", herrschte Sabine sie an und hielt ihr das Foto von Enver hin. Sie schniefte, zog die Nase noch mal hoch und sah dann aus verquollenen Augen auf das Foto. „Er war heute nicht da, ich hab' heute von dem anderen Jugo gekauft."

„Noch mal, wer ist das!" Sie schniefte wieder: „Na, der Enver, ja, der Enver, aber der war heute nicht da. Ich kann ihn aber anrufen!", bettelte sie, um dann wieder loszuheulen.

„Okay, dann mach dich mal frisch", meinte Sabine und ließ die blonde Mähne los.

❄

Wir saßen mittlerweile locker in unseren Lehnstühlen zurückgelehnt. Er sprach leise aber überlegt, die Fakten prasselten fast druckreif auf mich herunter. Ich wusste, dass ich seine Informationen nicht ins Ermittlungsverfahren einbringen konnte. Er würde sich nie offiziell als Zeuge vernehmen lassen, das hatte er mir deutlich zu verstehen gegeben, doch ich hörte ihm weiter aufmerksam zu und versuchte, durch seine Informationen ein Muster in das Mosaik meines Falls zu bringen.

„Ice Joe wurde durch Ante und Boris aufgebaut. Sie wurde auf ihn aufmerksam, schon damals, als er noch mit den South Side Boyz auftrat. Sie haben die besten Drähte, haben ihn gepuscht und es dauerte nicht lange, bis er einschlug." Dragan nahm noch einen Schluck von seinem Kaffee und fuhr dann fort: „Aber die Musikschiene bringt gar nicht so viel. Die Verkaufszahlen sind frisiert, die Mehrzahl der Discs wurden gar nicht verkauft, es geht nur darum, die Schwarzgelder aus den anderen Geschäften über die Musikschiene umzuleiten, um sie dann neu zu investieren. Und zwar in die Clubs oder in die Sicherheitsfirmen." Er schwieg für einen Moment, sah in den Museumspark und fuhr dann fort: „Boris Nikolic macht seinen Hauptteil mit russischen Weibern, hauptsächlich aus der Ukraine und Moldawien, die kommen über Bosnien rein. Die kriegen demnächst alle polnische Pässe und werden mit ihrem EU-Status in Saunaclubs untergebracht. Die Pässe sind echt, alle original in Polen ausgestellt. Die organisatorischen Fragen und die internationalen Kontakte macht der Rene Zeidler für ihn. Sie kennen sich aus Sarajevo. Er war vorher Bundeswehroffizier, in Bosnien, Polen und beim Natohauptquartier in Brüssel. Militärischer Nachrichtendienst, er hat die Kontakte hier in Deutschland, nach Polen und nach Bosnien, Boris in die Ukraine und nach Moldawien. Der Ante Colovic ist für die Drogenschiene verantwortlich, hauptsächlich Speed und Ecstasy, aber auch Kokain. Beide haben eine momentane Partnerschaft und waschen ihre Gelder über die Musikschiene von Ice Joe." Er sah mich an.

„Dann haben aber beide kein Motiv ihn umzulegen, er ist ihre Bank, ihr wirtschaftliches Aushängeschild, um die Gelder zu waschen", stellte ich fest.

„Richtig", nickte er, um dann wieder in den Museumspark zu sehen, bevor er weitersprach. „Ice Joe hat eine Türkin geschwängert, seine türkische Choreographin, Hilal, die hat einen Bruder, Celil." Und jetzt überfiel es mich siedendheiß. Mir fiel blitzartig das letzte Gespräch mit Ice Joe in seiner Penthousewohnung ein, bei dem er spontan zu Richard Wittmann lossprudelte: „Wenn Sie jemand suchen, dem er gestunken hat, dann nehmen Sie sich mal den Celil vor. Der hat wohl mit ihm Geschäfte gemacht. Da finden Sie mit Sicherheit irgendetwas." Und kurz darauf Ante Colovic: „Celil ist der Bruder von Hilal, unserer ehemaligen Videochoreographin…Ihr Bruder hat sich nicht im Griff und rastet ab und zu aus. Das letzte Mal ist er ausgetickt, als wir sie rausschmeißen mussten." Celil Erdogan, dachte ich. Zwei Opfer, Richard Wittmann wegen Streitigkeiten um Drogen und Ice Joe wegen der verletzten Ehre seiner Schwester. Der gleiche Täter, gleichsam amoklaufend. Die Teilchen fügten sich zusammen und Dragan grinste mich an: „Und macht das Sinn?" Ich grinste zurück, doch dann überkamen mich plötzlich Zweifel, ob ich meinem Informanten wirklich vertrauen konnte.

❄

Sabine blickte kurz über die Schulter zu Stefan, der ein Schaufenster des britischen Autohauses betrachtete. Dann sah sie wieder zu Rita, der Salsaqueen, hinüber, die ihre sauerste Miene aufgesetzt hatte.

„Lach doch mal, Herzchen", raunte Sabine und dachte an die Szene in der Toilette des „Eastend" zurück. Sie hatte sofort Stefan über Handy zum Ausgang bestellt, während sich Rita frisch machte. Dann hatte Rita mit ihrem eigenen Handy bei Enver angerufen und drei „Einheiten" bestellt. In ein paar Minuten war die Übergabe verabredet, hier in der Zufahrt. Rita hatte gesagt, dass sie mindestens ein Dutzend Mal Kokain von ihm gekauft hatte, also dürfte er recht arglos sein, dachte Sabine. Sie fixierte noch einmal Rita mit einem festen Blick und zischte: „Streng dich an, wenn du uns die Tour vermasselst, musst du doch noch mit.“ Der vereiste Nachtwind wehte durch die Zufahrt, die Blonde mit dem dunklen Mantel fröstelte, lächelte dann gequält und biss sich auf die Lippen. Ihr rechtes Augenlid begann zu flattern und sie starrte wie gebannt in Richtung der Zufahrt. Sabine hatte plötzlich wieder das Bild von gestern Abend vor ihrem inneren Auge, wie Ice Joe mit zerschmettertem Brustkorb im Schneematsch dieser Zufahrt lag. Doch in diesem Moment stieg ein Mann aus einem Taxi und die Bilder von gestern verschwanden schlagartig. Er sah sich kurz um, umrundete die Schranke und ging dann langsam auf sie zu. Sabine konnte Enver eindeutig identifizieren, als er an einem der hell erleuchteten Schaufenster vorbei lief. Sie drehte sich zu Stefan um, schlang ihren Arm um seinen Hals und raunte ihm leise ins Ohr: „Er kommt. Auf geht's.“ Dabei drehte sie sich so, dass sie die Blonde über Stefans Schulter genau beobachten konnte. Die Miene der Salsaqueen war wie versteinert. Hoffentlich merkt er nichts, dachte Sabine und dann stand er schon neben der Blonden. Er sah sich nur kurz um, blieb aber arglos, das Pärchen in seinem Rücken war für Bullen viel zu edel gekleidet. Als er auf die Blonde einredete, war es schon zu spät. Sabine hielt ihn mit ihrer Dienstwaffe in Schach, während Stefan Enver den Arm auf den Rücken drehte: „Polizei! Sie sind festgenommen!“ Stefan legte ihm sofort die Handfessel auf dem Rücken an. Dann durchsuchte er die Taschen von Envers Lederjacke. Die Blonde hatte sich mittlerweile umgedreht und war in Richtung „Eastend“ verschwunden.

„Junge, das reicht doch erst mal für heute Nacht“, meinte Stefan und hielt drei Papierbriefchen hoch. Enver sagte nichts, funkelte Sabine böse an und spuckte dann auf den Boden. Stefan steckte die Briefchen ein und grinste Sabine an. Sie lächelte zurück und blickte noch einmal nachdenklich in Richtung „Eastend“, wo die Blonde gerade im Foyer verschwand.

Kapitel 6

Ich hatte wieder schlecht geschlafen und fühlte mich wie gerädert, als ich meine Bürotür aufschloss.

„Morgen Thommy!“, hörte ich Sabine hinter mir und drehte mich um: „Morgen Sabine, wie geht’s?“

Sie lachte herzerfrischend und erschien mir wie ausgewechselt, nachdem sie mir gestern noch ziemlich resigniert vorkam. „Wenig geschlafen, aber trotzdem super. Wir haben heute früh einen Vernehmungsgast“, meinte sie und sah mich erwartungsvoll an. Ich kapierte für einen Moment nicht, wen sie meinte und sah sie verständnislos an.

„Komm, lass uns erst mal einen Kaffee trinken, dann können wir besprechen, wie wir Enver vernehmen, wir haben ihn gestern mit Kokain vorm ‚Eastend‘ hochgenommen“, meinte sie zufrieden, und meine Laune besserte sich mit einem Schlag merklich. Gestern hatten wir noch darüber philosophiert, ob wir ihn als Zeugen befragen sollten, aber eine Festnahme wegen Drogenbesitz war natürlich der bessere Einstieg.

„Klasse Arbeit, lass uns noch auf Rainer und Stefan warten, dann überlegen wir, wie wir ihn angehen“, lobte ich sie und freute mich auf einen frischen Kaffee.

Kurz darauf hatte ich die Obduktionsberichte durchgesehen, mit der Staatsanwältin telefoniert, um sie auf den neuesten Stand zu bringen und war die Tatortberichte durchgegangen. Nichts, absolut nichts, was uns hinsichtlich des Tötungsdeliktes zum Nachteil Ice Joes oder Richard Wittmanns weiterbringen konnte. Wenig später saßen wir in meinem Büro, Steve der Drogenfahnder, Rainer, Enver und ich. Ich setzte meine Kaffeetasse ab und sah wieder zu ihm hinüber. Die arrogante Haltung musste ihm angeboren sein, der Blick schien uns zu durchbohren und ich wusste sofort, dass wir bei ihm auf Granit beißen würden. Die schwarzen Haare trug er kurz geschnitten, in den dunklen

Augen war keine Gemütsregung zu erkennen und das jugendliche Gesicht täuschte eine Unschuld vor, die in unüberwindbarem Kontrast zu seiner überheblichen Körperhaltung stand. Die übliche schwarze Standardbekleidung, Hose, T-Shirt, Lederjacke und Lederschuhe, erschien mir mittlerweile wie eine Uniform und ich dachte an meinen Informanten Dragan, der gestern auch so gekleidet war. Rainer stellte ihm einen Aschenbecher hin, doch er beachtete ihn nicht und schüttelte nur den Kopf. Wir hatten uns Zeit genommen, einen Schlachtplan für seine Vernehmung entworfen, und mittlerweile war es schon fast Zwölf. Letzte Nacht hatten Stefan und Sabine noch Envers Wohnung in Nied durchsucht und fünfzig Gramm Kokain, eine Digitalwaage und Verpackungsmaterial gefunden. Aber keine Eisbergpillen, kein Ice, kein Präzisionsgewehr, keine Munition, einfach nichts, was uns eine Beziehung zu dem Mord an Richie und Ice Joe herstellen ließ. Den Besitz nicht geringer Mengen Kokain konnten wir ihm nachweisen, aber zu unseren Tötungsdelikten konnten wir ihm nichts vorhalten. Und ich war mir auch gar nicht mehr so sicher, ob er wirklich etwas damit zu tun hatte. Celil Erdogan ging mir seit dem Gespräch mit Dragan nicht mehr aus dem Kopf, meinem Bauchgefühl nach war er mein Favorit. Ich sah hinüber auf die sieben Kriminalakten Erdogans, die ich noch vor Envers Vernehmung quergelesen hatte. Celils kriminelle Karriere wurde laut einer seiner letzten Vernehmungen zur Person nur durch ein Jahr Militärdienst in den kurdischen Krisengebieten unterbrochen. Aber seine kriminelle Energie hatte bisher aufgrund der Bewährungsgebetsmühlen der Frankfurter Justiz nicht zu einer ordentlichen Verurteilung und damit endgültigen Abschiebung in die Türkei ausgereicht. Ich verscheuchte die Gedanken an meinen Favoriten, jetzt mussten wir uns erst einmal an Enver halten. Wir hatten mit Steve abgesprochen, dass ich die Vernehmung übernahm.

„Okay, Enver, dann lass uns mal anfangen“, meinte ich und Rainer holte den Plastikbeutel Kokain, den wir in seiner Wohnung gefunden hatten aus seiner Aktentasche. Er zuckte nicht einmal, als Rainer den Beutel auf den Schreibtisch legte.

„Und, was sagst du dazu?“, meinte ich. Er zog die rechte Augenbraue unmerklich hoch und meinte mit holprigem Akzent: „Was wollt ihr, ohne meinen Anwalt sag ich nichts, spart euch die Nummern für irgendwelche Idioten ...“ Dann verschränkte er seine Arme vor der Brust und fixierte mich weiter mit seinem durchbohrenden Blick. Ich hatte es mir schon gedacht, er war schließlich ein ganz ausgekochter Bursche. Ich schaltete sofort um: „Hier geht es nicht nur um Koks, du sitzt hier bei K 11. Wir ermitteln wegen zwei Tötungsdelikten gegen dich.“ Wieder zog er nur kurz seine rechte Augenbraue leicht hoch: „Alter, langweil mich nicht mit irgendeinem Scheiß, ich will jetzt endlich meinen Anwalt anrufen und dann bringt mich wieder in meine Zelle, ich kann euch nicht mehr sehen.“ Sein Blick war immer noch unverändert und ich wusste, dass die Vernehmung vorbei war, bevor sie angefangen hatte.

❄

Wie am Vortag stiegen die Abgaswolken der Chemiewerke in den Winterhimmel, mischten sich aber nun mit grauen Wolken, die von Westen herüberzogen. Die frostige Brise blies ihm immer noch ins Gesicht, als er die Reisetasche neben dem Vorsprung am Dachrand abstellte und noch einmal auf seine Uhr sah. Das Timing, die Weg-Zeit-Berechnung, stimmte, jetzt musste er nur, wie in den letzten Tagen, pünktlich sein. Er sah sich noch einmal um, um sich zu vergewissern, dass wirklich niemand außer ihm auf dem Hochhausdach war. Die Stahltür zum Treppenhaus hatte er mit einem Keil blockiert, hier oben hatte er alle Zeit der Welt. Dann trat er noch einen Schritt an den Vorsprung heran, sah auf die Straße unter sich und überlegte, ob er es nicht riskieren konnte, sich noch eine Zigarette anzuzünden. Doch dann kam schon der BMW die Straße heruntergefahren und er bückte sich, zog seine Plastikhandschuhe noch einmal zurecht und öffnete dann den Reißverschluss der Reisetasche. Den Kasten ließ er wieder in der Tasche liegen, er klappte nur die Schnappverschlüsse auf, hob den Deckel hoch und nahm dann die Teile des Remingtongewehres heraus. Geschickt setzte er das Gewehr in Sekunden zusammen, nahm eine Patrone aus dem Futteral des Kastens und legte sie in das Patronenlager. Dann schob er den Verschluss vor, ließ ihn einrasten, nahm eine Gummiunterlage aus der Reisetasche und legte sie direkt vor dem Vorsprung auf den mit Dachpappe verklebten Boden. Er positionierte sich im Kniestand auf der Gummiunterlage, die einen Faserübertrag seiner Hose auf die Dachpappe verhinderte. Den linken Fuß aufgestellt, das Bein angewinkelt, den linken Ellenbogen auf das Knie aufgestützt, senkte er dann sein rechtes Knie auf die Gummiunterlage, zog den Kolben des Präzisionsgewehrs in seine rechte Schulter und visierte kurz den Bahnsteig an, um zuletzt wieder den Lauf zu senken. War das heute wieder ein perfektes Timing. Die S-Bahn fuhr gerade in Richtung Frankfurt weiter, der Algerier stand schon am Bahnsteig. Er trug eine beige Windjacke und Blue Jeans. Auch dieses Mal blieb er wieder auf dem Bahnsteig stehen, sein Kopf drehte sich wie ein Brummkreisel, überall die Bullen witternd. Der türkische Titan kam kurz darauf aus der Unterführung und lief langsam, aber wie immer unter Höchstspannung den Bahnsteig hinunter. Er trug den uniformen Einheitslook mit schwarzer Lederjacke und schwarzer Trainingshose.

Er nahm sein Präzisionsgewehr hoch und visierte ihn im Fadenkreuz an. Sein kahlgeschorener Schädel drehte sich langsam nach rechts und links, mehr wie der Radar eines Flugzeugträgers, weniger wie der hektische Brummkreisel des Algeriers und dann strich er sich erneut mit der flachen Hand über den fast kahlen Kopf.

Er grinste, stabilisierte noch einmal seine Haltung und ließ den Atem langsam fließen. Als der Algerier auf den Osmanen zutrat, nahm er beide ins Visier und senkte das Fadenkreuz zwischen die beiden Schultern des Türken, der ihm im Visier den Rücken zudrehte. Ideal. Er nahm in Zeitlupe den Zeigefinger an den Druckpunkt. Der Algerier stand in der Verlängerung hinter dem Giganten vom Bosporus, halb durch ihn verdeckt und sah ihn jetzt grinsend an. Mit ein bisschen Glück würde er auch noch liegen bleiben. Er ließ den letzten Atemzug langsam heraus und eine innere Ruhe erfüllte ihn. Der Algerier zog den Beutel aus der Jackentasche. Das Volkslied erklang in seinem geistigen Off, dann zog er langsam den rechten Zeigefinger nach hinten. Er lies sich vom Schuss überraschen. Dann gab es einen Schlag, als ob eine Tür vom Wind zugeweht würde. Er legte sofort das Gewehr auf der Gummiunterlage ab, nahm das Fernglas aus seiner Jacke und verschaffte sich einen Überblick. Die gellenden Schreie drangen bis zu ihm auf das Hochhausdach und er wusste sofort, von wem sie kamen. Auch ohne das Fernglas sah er den Türken bäuchlings und regungslos in einer riesigen Blutlache auf dem Bahnsteig liegen, links neben ihm der blutbefleckte Plastikbeutel mit dem Stoff. Der Algerier taumelte auf dem Bahnsteig in Richtung der Unterführung, vom Blut des gefallenen Titanen überströmt. Das Geschoss war in den Rücken des Türken eingedrungen, hatte sich aufgepilzt und war dann zusammen mit Teilen des Brustkorbes und einem Schwall Blut dem Araber entgegengeschlagen, so überraschend wie ein warmer Wüstenschauer in der Sahara. Das winselnde Geschrei ließ die wenigen Passanten in der Nähe des Bahnhofes aufhorchen. Auf der Brücke über den Bahnsteigen hielt ein Taxi. Der Fahrer stieg aus, lief zur Brüstung und blickte hinunter auf den Bahnsteig. Dann zog er sein Handy aus der

Jackentasche und fing sofort an zu wählen. Der blutüberströmte Algerier schrie immer noch wie am Spieß und taumelte weiter in Richtung der Unterführung des Bahnsteiges. Er grinste wissend, atmete tief durch und warf noch einen Blick durchs Fernglas auf den Toten auf dem Bahnsteig. Kein Zweifel, wieder ein Blattschuss. Dann nahm er das Fernglas herunter, sah auf die Uhr und nickte zufrieden. Perfektes Timing. Das weinerliche Schreien verklang in der Unterführung und er steckte das Fernglas ein, um dann in aller Ruhe einzupacken.

❄

Enver legte auf und schob das Telefon auf dem Teleskoparm beiseite. „Ich soll euch ausrichten: Ohne meinen Anwalt sage ich nichts. Und jetzt bringt mich in meine Zelle." Er blieb stehen, verschränkte seine Arme und starrte an uns vorbei, auf meine Pinwand. Ich sah zu Steve hinüber, der nickte und aufstand: „Komm, Junge, lass uns gehen." Dann legte er ihm die Handfesseln auf dem Rücken an, während der Albaner keine Miene verzog. Steve nahm ihn am Arm und zog meine Bürotür auf: „Ich rufe gleich noch mal an", meinte er und verließ mit ihm mein Büro. Ich drehte mich in meinem Stuhl zur Fensterfront, verschränkte meine Arme hinter dem Kopf und sah in die grauen Wolken über Frankfurt. Rainer setzte sich wortlos mir gegenüber und stützte sich mit den Ellenbogen auf die Schreibtischplatte.

„Schön und gut, dass er dealt, steht außer Frage, aber hat er auch wirklich das Motorrad gefahren?", brachte ich meine Gedanken auf den Punkt.

„Die Maschine wird noch spurentechnisch untersucht. Das kann Wochen dauern, bis wir irgendwelche DNA-Ergebnisse haben", warf Rainer ein.

„Und selbst wenn er die Honda gefahren hat, was beweist das schon? Er muss nicht auch zwangsläufig der Schütze sein", ergänzte ich und wir verfielen gemeinsam ins goldene Schweigen. Ich hatte Rainer heute früh vom Treffen mit meinem Informanten ins Bild gesetzt.

„Ich weiß nicht, aber der türkische Drogenhändler aus Griesheim, der erst seinen Geschäftspartner und dann den Ex-Freund seiner Schwester umbringt, das ist mir ein bisschen zu abstrakt", meinte Rainer und spielte mit meinem Lineal, das auf dem Schreibtisch herumlag.

„Vielleicht stehen die Taten auch nicht unbedingt im Zusammenhang", warf ich ein. „Richie wurde aus dem Fenster geworfen, Ice Joe aus größerer Entfernung erschossen", gab ich zu Bedenken.

„Ich weiß auch nicht", meinte er resigniert, „aber bevor wir uns diesen Erdogan holen, nehmen wir uns am Besten erst mal Hilal, seine Schwester, vor," meinte Rainer, und ich nickte.

Das Klingeln des Telefons riss uns aus unseren Gedankenspielen. Ich beugte mich vor und nahm dem Hörer ab: „Bach, K 11?"

„Kranz, Führungsdienst. Herr Bach, Sie haben diese Woche Mordbereitschaft?", meldete sich der diensthabende Polizeiführer aus der Einsatzzentrale.

„Ja."

„Wir haben derzeit eine Lage in Griesheim. Am S-Bahnhof wurde geschossen, ein Toter liegt auf dem Bahnsteig, der Täter ist im Bereich Griesheim flüchtig. Fahren Sie bitte zum Tatort. Der Einsatzleiter vom AIT ruft Sie gleich noch einmal an." Das Amok-Interventions-Team, kurz AIT, war eine vor kurzem gegründete Einheit innerhalb des SEK, die innerhalb von Minuten zu Amoklagen und Schießereien ausrückte.

„Sicher, geht klar", gab ich knapp zurück, legte auf und sah zu Rainer hinüber: „Schüsse am Bahnhof Griesheim, ein Toter, der Täter ist noch flüchtig."

„Uns bleibt diese Woche aber auch nichts erspart", meinte Rainer. Ich dachte kurz an Celil Erdogan aus Griesheim und ich verspürte wieder das berühmte Ziehen in meiner Magengegend. Das Telefon klingelte erneut und ich nahm sofort ab.

„Hallo Thommy, ich habe gehört, du hast heute Bereitschaft." Ich erkannte ihn sofort an der Stimme: Uli vom Spezialeinsatzkommando, seit kurzem Leiter des AIT.

„Ja, Uli, richtig, fährst du auch raus nach Griesheim?", gab ich zurück.

„Meine Jungs rollen schon, der Täter ist zu Fuß flüchtig, ich habe den Heli bestellt. Wenn du es in zwei Minuten aufs Dach schaffst, kannst du mitfliegen."

„Zu zweit?"

„Klar", gab Uli knapp zurück.

„Bis gleich!", meinte ich und legte auf.

Die Rotoren des Helikopters drehten sich mit ohrenbetäubendem Lärm, bliesen uns unerbittlich die klirrende Kälte entgegen und wir stiegen langsam, uns gegen den Wind stemmend, die Stahltreppe zur Hubschrauberplattform auf dem Dach des Polizeipräsidiums hinauf. Wie oft hatte mich die Plattform schon an das übermächtige Ufo aus „Independence Day" erinnert? Die grünen Männchen mussten irgendwie vor unserem Einzug auf dem Dach aufgesetzt und unsere Behörde unbemerkt erobert haben. Rainer und ich hatten schon oft über den unbemerkten Angriff der Außerirdischen gelästert und kamen immer wieder lachend zu dem Schluss, dass uns die grünen Aliens sowieso schon seit dreißig Jahren unbemerkt unterwanderten. Und jetzt standen wir vor Ibis, dem neuen, nachtflugtauglichen Polizeihubschrauber. Die vorderen Cockpitfenster wirkten auf den ersten Blick wie die Facettenaugen einer Libelle, die auf schmalen Kufen zum Sturzflug ansetzte. Nur der Hessische Löwe im Stern und der grün-weiße Schriftzug „Polizei" auf der Kabinentür nahmen dem „fliegenden Auge" etwas seine Bedrohlichkeit. Oberhalb der flatternden

Rotoren erhob sich der Fernsehturm zwischen dunklen Regenwolken in den Frankfurter Himmel. Wir duckten uns ab und liefen unter den Rotoren zur Seitentür, die uns Uli aufhielt. Dann setzten wir uns hinten rein, Uli zog die Tür zu und reichte uns Kopfhörer. Die Geräuschkulisse nahm schlagartig ab, als ich die Hörer über die Ohren stülpte. Wir schnallten uns an und ich hörte die ruhige, sonore Stimme des Funksprechers aus der Einsatzzentrale, der mit knappen Befehlen Streifenwagen für die Umstellung eines Straßenzuges in Griesheim einteilte. Dann hob Ibis ab und flog in Richtung Westen. Die Innenstadt mit den Hochhäusern lag links von uns. Geradeaus, am Horizont, war durch die Fenster der Cockpitkanzel die Mainschleife mit den Chemiewerken zu sehen. Darunter sah ich zwischen dem Piloten und seinem Bordwart auf einem der Bildschirme die digitale Landkarte des satellitengestützten Navigationssystems.

„Ein Zeuge ist dem Täter zu Fuß hinterher, es gibt noch eine Handyverbindung zu diesem Zeugen", hörte ich Uli über den Hörer. Ich zog mein Mikro, das am Kopfhörer befestigt war, zurecht, hörte aber weiter zu. Das war jetzt Ulis Show. Unser Toter lag am Bahnhof und wir hatten erst mal alle Zeit der Welt. Aber bei der Festnahme eines flüchtigen Täters dabei zu sein, das Glück hatten wir recht selten. Der Heli sackte plötzlich schlagartig ab, aber der Pilot fing die Maschine wieder auf. Als er sie wieder unter Kontrolle hatte, senkte er den Hubschrauber langsam ab. Ich sah wieder nach links aus dem Fenster. Auf der Autobahnbrücke über dem Main standen die Fahrzeuge im Stau, wie Spielzeugautos an einer Schnur aufgereiht. Daneben lagen winzige Kleingärten und eine Siedlung. Die digitale Landkarte zeigte die BAB 5 und die Siedlung, in der die Drogenfahnder Jennifer Gordon festgenommen hatten.

„Der letzte Standort war das Gelände eines Autohändlers nordwestlich des Bahnhofs Griesheim", führte Uli weiter aus.

„Der Zeuge, ein Taxifahrer, hat den Täter beobachtet und dann verfolgt. Aktuell dürfte der Täter noch auf diesem Gelände sein.“ Ich nickte nur, sagte nichts und ließ mich überraschen.

❄

Als er den Keil unter der Stahltür wegzog, hörte er schon die Martinshörner in der Ferne. Am Horizont konnte er einen Hubschrauber erkennen, der in seine Richtung flog. Dann steckte er den Keil in seine Jackentasche, nahm die Tasche mit ins Treppenhaus und zog die Stahltür zu. Er stellte die Tasche noch einmal ab und zog seine Plastikhandschuhe aus, um sie ebenfalls einzustecken. Als er dann kurz darauf das Hochhaus verließ, rasten mehrere Streifenwagen mit blitzendem Blaulicht an ihm vorbei. Der Hubschrauber knatterte jetzt etwa hundert Meter über dem Industriegebiet Griesheim. Was sie dort wohl suchten? Er dachte an den schreienden Algerier, grinste und bog in die Seitenstraße ab, die an der Bahnlinie entlang führte. Die Reisetasche hielt er trotz des Gewichtes locker mit der linken Hand über seiner Schulter, als er an seinen Geländewagen herantrat und die Zentralverriegelung aktivierte. Er zog die Klappe hoch, stellte die Reisetasche in den Jeep und warf sie wieder zu. Dann sah er auf seine Armbanduhr. Das lief wirklich wie geschmiert, dachte er und zog die Fahrertür auf. Sie würden sich um die eigene Achse drehen, die Bullen, das war sicher, aber er würde sie schon auf die „richtige“ Spur führen. Er setzte sich ans Steuer und ließ den Achtzylinder an, dessen sattes Brummen ihn an eine Wagenkolonne auf dem Weg zu einem Bergdorf im Kosovo erinnerte.

❄

Sekunden später schwebten wir etwa hundert Meter über einem Gewerbegebiet. Auf einem anderen Bildschirm im digitalen Cockpit erschien eine Liveübertragung des Geländes, das gerade unter uns liegen musste. Ich hatte schon einmal gelesen, dass Ibis mit einer Kamera ausgestattet war, die Bilder des Einsatzgeschehens unter dem Eurocopter aufnehmen und übertragen konnte. In diesem Moment meldeten sich Ulis Leute, die gerade am Einsatzort eingetroffen waren. Er wies sie über Funk in die Örtlichkeit ein und beschrieb das Zielgebiet noch einmal aus der Luft. Das Gelände maß etwa zweihundert mal dreihundert Meter und war mit Maschendraht und Stacheldrahtkrone umzäunt. Darauf sah man in unregelmäßigen Reihen Autos aller Typen und Farben und einige amerikanische Vans. An der offenen Einfahrt stand ein Container mit einem Werbeschild, dessen Schriftzug man aus der Luft allerdings nicht erkennen konnte. Neben der Einfahrt standen die dunklen Limousinen, aus denen jetzt schwer bewaffnete Männer mit Schutzwesten und olivgrünen Helmen stiegen. Sie klappten die Visiere runter und nahmen ihre Maschinenpistolen und Pump Guns in den Anschlag. Uli beschrieb weiter das Gelände, als sich plötzlich die Hecktür eines roten Van öffnete.

„Okay, Leute, es geht los“, meinte Uli gelassen, als ein Mann aus dem Van stieg. Ein Trupp nahm mit vorgehaltenen Waffen hinter den Limousinen Deckung, ein anderer Trupp machte einen Ausfall hinter den Container neben der Ausfahrt, und dann hörte man Ulis Stimme über den Außenlautsprecher des Helikopters: „Polizei! Keine Bewegung!“ Der Mann verharrte neben dem roten Van, die Hände erhoben. Sein Luftbild wurde noch näher herangezoomt und ich erkannte eine männliche Person, vermutlich Araber, Alter etwa Mitte Zwanzig, kurze, schwarze Haare. Er sah mit aufgerissenen Augen nach oben in die Kamera des Helikopters. Die Jeans und ehemals helle Jacke, die Hände, Arme und das Gesicht waren blutverschmiert. Nach seinem Blick zu urteilen, waren tausend Teufel hinter ihm her. Aber es waren keine tausend Teufel, sondern über ein Dutzend

Schutzengel, die jetzt buchstäblich über ihn wachten. Ich fragte mich, warum er so blutüberströmt war, doch ich kannte das Spurenbild am Tatort noch nicht. Dann riss mich Ulis Stimme aus meinen Gedanken: „Auf die Knie! Langsam auf den Bauch legen!" Der Blutüberströmte gehorchte aufs Wort und Uli dirigierte ihn weiter: „Hände auf den Rücken!" Währenddessen rückte ein Trupp des AIT hinter dem Container im Halbkreis vor, ohne die Schussbahn der Teams an der Einfahrt zu kreuzen. Schließlich hätte der Araber es sich noch überlegen und eine Waffe unter seiner Jacke hervorziehen können. Doch die Konsequenzen mussten jedem Vollidiot klar sein und so ließ er sich ohne Widerstand von einem der Männer auf dem Rücken fesseln. Uli gab die Festnahme über Funk an die Einsatzzentrale durch, ich atmete auf und war gespannt, was uns am Bahnhof Griesheim erwartete.

Sie hatten uns nach einer butterweichen Landung auf einem Parkplatz im Industriegebiet abgesetzt, und eine Funkstreife nahm uns mit zum Bahnhof. Wir gingen über den Bahnsteig, der an den Treppen zur Unterführung mit dem üblichen rotweißen Flatterband abgesperrt war. Der Tote lag auf dem Bauch in einer Blutlache, die sich in einem Radius von etwa einem Meter um ihn ausgebreitet hatte. Ich dachte sofort an den Leichnam von Ice Joe in der Einfahrt zum „Eastend".

„Das Team der Spurensicherung, Staatsanwalt und der Gerichtsmediziner sind unterwegs", meinte Sabine, die mit Stefan einige Meter neben dem Toten stand. Ich schätzte ihn auf fast zwei Meter, ein richtiges Muskelpaket, zumindest zu Lebzeiten, gekleidet im uniformen schwarzen Einheitslook. Ein Teil des Blutes war schon die Bahnsteigkante heruntergelaufen und sammelte sich im Schotter des Gleisbettes. Ich nickte und ging ein Stück näher, ohne in die Blutlache zu treten. Neben dem Toten lag ein blutbespritzter Plastikbeutel mit weißem Pulver in der Blutlache. Kokain, tippte ich sofort und dachte an den blutverschmierten Araber zurück, der durch eine Funkstreife ins Präsidium gebracht worden war. Wieder Streitigkeiten unter Rauschgifthändlern? Ich wollte mir zunächst einen Überblick vom Tatort verschaffen und dann weitersehen. Deshalb ging ich in die Knie, um mir den Leichnam näher anzusehen. Der kahlrasierte Schädel war augenscheinlich unversehrt, zumindest von hinten. Ich neigte meinen Kopf, um ihm ins Gesicht zu sehen. Mein Bauchgefühl sagte mir irgendetwas, ich wusste nur noch nicht was. Die Bilder des erschossenen Ice Joe erschienen immer wieder in Sekundenbruchteilen vor meinem inneren Auge. Der Tote hier lag mit der rechten Gesichtshälfte im Blut, die linke Hälfte war unversehrt und das Auge starrte gebrochen ins Leere. Blitzartig erschienen die Bilder des schwarz-weißen Dreierstreifens vor mir. Gestochen scharf sah ich sein dreigeteiltes Foto aus der Akte, in die ich vor der Vernehmung des Albaners gesehen hatte – weil ich schon heute früh nicht an Enver als Täter glaubte, sondern an Celil Erdogan. Jetzt lag mein Hauptfavorit für die Morde an Richie und Ice Joe erschossen auf dem Bahnsteig und wir konnten wieder von vorne anfangen. Ich dachte an den blutüberströmten Nordafrikaner, mein Blick fiel auf das Päckchen Koks und mir dämmerte, dass wir mit ihm wahrscheinlich wieder den Falschen erwischt hatten.

Der Wind wehte uns fast vom Dach, dicke, graue Wolken waren mit dem kalten Wind von Westen herübergezogen und drängten sich über uns und den qualmenden Schornsteinen der ehemaligen Chemiewerke im Westen. Rainer und ich standen an der Dachkante des Hochhauses und sahen hinunter auf den Bahnsteig. Ich schätzte die Entfernung auf etwa zweihundert Meter. Keine große Herausforderung für einen Präzisionsschützen. Der Gerichtsmediziner hatte den Toten nach der Dokumentation des Spurenbildes umgedreht und war sofort zum gleichen Ergebnis wie wir gekommen. Erschossen aus größerer Entfernung. Profiarbeit. Der blutüberströmte Araber, den der Taxifahrer auf dem Bahnsteig gesehen und bis zu dem Gelände des Autohändlers verfolgt hatte, schied demnach als Schütze aus. Er musste während der Schussabgabe unmittelbar neben Celil Erdogan gestanden haben. Das Bild der Blutspritzer auf dem Päckchen ließ den Schluss zu, dass Erdogan während einer Kokainübergabe erschossen worden war. Wir hatten uns nach dem Standort des Schützen umgesehen und ich hatte auf das Hochhausdach getippt. Es war mehr eine Ahnung, aber ich dachte an den Standort des Schützen am „Eastend“ zurück. Größere Entfernung, erhöht, Zufallsbesucher ausgeschlossen. Da kam eigentlich nur das nächste Hochhausdach in Frage. Und nun standen Rainer und ich auf diesem Dach und sahen der Spurensicherung auf dem Bahnsteig bei ihren Standardmaßnahmen zu.

„Ideal für einen Profi“, meinte Rainer und zog den Kragen seiner dicken Winterjacke hoch. „Mann, es ist echt scheißkalt hier.“

„Komm, sag mir, was ist das für ein Typ, warum macht der das?“, gab ich zurück und drehte mich zur Seite, weil mir die Tränen von dem schneidenden Wind in die Augen schossen.

„Ein Profi, militärische Ausbildung, ein Schuss, zack und weg!“, gab er zurück. Ich wischte mir die Tränen aus den Augen und sah nach unten auf den Vorsprung an der Dachkante.

„Er geht kein Risiko ein, unser Scharfschütze, und wenn er so weiter macht, dann haben wir bald ein richtiges Problem“, stellte Rainer bitter fest, während mein Blick wieder klarer wurde und auf die Fuge des Vorsprungs fiel. Dann sah ich wieder zu Rainer rüber, aber im Augenwinkel hatte ich irgendetwas Metallisches in der Fuge registriert.

„Wir wissen noch nicht einmal sicher, ob er wirklich von hier geschossen hat, selbst wenn wir den Schusskanal ...“, fuhr Rainer fort.

„Vielleicht doch“, unterbrach ich ihn. Ich bückte mich, mein Blick war wieder richtig klar und wie gefangen von der kleinen, messingfarbenen Patronenhülse in der Fuge an der Dachkante.

„Vielleicht hat er doch mal einen Fehler gemacht“, wiederholte ich und drehte mich zu Rainer um, der mich verständnislos ansah.

Die Jungs von der Spurensicherung hatte mit der Arbeit auf dem Hochhausdach begonnen, der Wind hatte nachgelassen, aber die dunklen Wolken hingen immer noch schicksalsschwanger über uns. Wir standen wieder am Vorsprung des Dachrandes und sahen den Kollegen in den weißen Overalls zu, die das Dach nach weiteren Spuren absuchten.

„Lass uns mal zusammenfassen“, meinte Rainer und fuhr sich mit der Rechten durch seinen Bürstenhaarschnitt: „Richie Wittmann, Dealer der mittleren Ebene, wird aus der Wohnung seines Appartements geworfen. Der Mord wird als Suizid getarnt. Das Versteck unter der Dusche übersieht der Täter.“ Ich nickte und hörte weiter aufmerksam zu.

„Ice Joe, mutmaßlicher Geldgeber eines Dealers, wird von einem Profi vor seinem Lieblingsclub im Ostend erschossen“, fuhr mein Partner fort.

„Dann wird hier ...“, nickte Rainer runter in Richtung des Bahnsteiges: „... noch ein Drogenhändler bei einem weiteren Geschäft mit hoher Wahrscheinlichkeit vom gleichen Täter erschossen ...“

„Wobei unser Kandidat Enver als Schütze auszuschließen ist, weil er das beste Alibi der Welt hat ...“, ergänzte ich, „... er saß nämlich zur Tatzeit bei uns.“

„Wenn der Killer mit dem flüchtigen Motorradfahrer vom Scheingeschäft identisch ist, dann hat Jennifer Gordon gelogen, als sie Enver als Fahrer beschuldigte. Warum?", warf Rainer ein.

„Weil sie den wahren Täter deckt. Vielleicht kennt sie Enver aus dem ‚Eastend' über Richie, dem Albaner kann man leicht etwas anhängen, er ist ein bekannter Dealer. Vielleicht sollten wir sie uns doch noch einmal näher ansehen", dachte ich laut nach, doch ich war mir mit dieser Hypothese gar nicht so sicher.

„Nein, Thommy, das passt überhaupt nicht, sie war doch überzeugt, dass wir Enver festgenommen haben, warum soll sie erfinden, dass der Albaner gefahren ist", entgegnete Rainer. „Mensch, erst gibt der Killer sich Mühe, den Tod Richies als Suizid darzustellen, dann knipst er die anderen ab wie auf dem Schießstand. Das ist doch ein Bruch in der Tatbegehungsweise, ein Widerspruch!" Wir schwiegen eine Weile und hingen unseren Gedanken nach. Die Jungs von der Spurensicherung suchten gerade die Stahltür des Treppenhauses nach Fingerabdrücken ab. Einer bückte sich neben der Stahltür und ich drehte mich wieder zu Rainer um, der immer noch mit sorgenvoller Miene zu den Bahnsteigen hinunter sah.

„Es sei denn, er will uns in die Irre führen", meinte er und fuhr sich wieder über seine kurzen Haare.

„Komm, lass hören."

Mein Partner holte tief Luft und ich spürte, dass ihn irgendetwas bewegte. Ich dachte an den Coup im Polizeihauptquartier in Pristina, an die Worte von Norbert Vogt über die neu zu erschließenden Absatzmärkte im Nachtleben Frankfurts und an meine Ahnung, dass diese Schüsse auch leicht von einem Scharfschützen aus unseren eigenen Reihen stammen könnten. Dann sah ich Rainers steinerne Miene beim Vortrag von Vogt vor mir, dachte daran, wie sich mein Teampartner seit dem UN-Einsatz verändert hatte, und versuchte mir vorzustellen, wie sich so ein belastender Einsatz auf mich auswirkt hätte.

„Bei Serien sollte man sich immer wieder die erste Tat vornehmen. Da liegt oft der Schlüssel. Immer wieder rangehen, aus einer anderen Perspektive beleuchten, vielleicht haben wir etwas übersehen", meinte er nachdenklich. Ich überlegte kurz und versuchte dann meinen Partner zu ergänzen. „Du meinst, da finden wir den Grund für den Bruch, den Wechsel in dieser Reihe."

„Ja", seufzte mein Partner und fuhr dann fort: „Lassen wir mal die Gordon und die Absatzkämpfe um Drogen außer Acht. Was kommt sonst noch in Frage?"

„Wie immer, die klassischen Mordmotive Hass, Habgier, Rache …" zählte ich auf, ohne richtig zu ahnen, worauf er rauswollte.

„Der Bodensatz der Todsünden als Mordmotive", warf mein bibelfester Partner ein.

„Womit die Gordon doch wieder mit einem neuem Partner in Frage kommt", argumentierte ich gegen meine eigene Überzeugung, nur um etwas zu entgegnen, doch Rainer fuhr mit seiner Hypothese fort: „Für die erste Tat hat er ein klassisches Motiv. Deswegen tarnt er den Mord an Richie als Suizid, um nicht die Ermittlungen auf sich zu ziehen. Zu den anderen hat er keine direkte Beziehung, sie sind nicht mehr so wichtig, es ist ihm egal, wie es aussieht." Ich ließ seine Worte langsam einsickern und dachte an die Schießereien im Drogenmilieu in den letzten Jahren, daran, dass oft Dinge mit Geld geregelt wurden. Familien von Opfern wurden schon durch Blutgelder abgefunden, die Vermittler festlegten. Außergerichtliche Einigungen waren nicht nur in Zivilsachen üblich, sondern auch in den Parallelgesellschaften der ethnischen Bandenkriminalität, insbesondere im islamischen Kulturkreis. Bis auf jene Ausnahmen, die nicht mehr mit Geld geregelt werden konnten und dann ausgeschossen wurden. Hatten wir es hier mit solch einer Ausnahme zu tun? Von Westen tauchte wieder einer der zahllosen Flieger durch die dunklen Wolken auf, er war auf direktem Landeanflug in Richtung Flughafen und ich ertappte mich dabei, wie ich den ganzen Fall hinter mir lassen und irgendwo in die Sonne flüchten wollte. Dann dachte ich an Ute und unseren letzten Urlaub im letzten Spätsommer, wie sie mich anlachte, an diesem langen Sandstrand in Spanien. Ich dachte an den Abend in der Bar, an Tapas, Flamenco und Rotwein.

„Vielleicht führt er uns auf eine falsche Spur, überleg mal, das hier ist ein Profi“, holte mich mein Partner aus meinem Tagtraum zurück. Ich sah ihm direkt in die Augen und sprach endlich das aus, was mir auf der Seele lag: „Ein Bulle?“ Und jetzt fror die Miene meines Partners wieder ein. Der kalte Wind von Westen frischte wieder auf und ich hakte nach: „Einer von uns?“ Rainer holte tief Luft, steckte beide Hände in die Seitentaschen seiner Winterjacke: „Das ist die nächste Möglichkeit. Weißt du, Thommy, wenn du mal da unten warst, dann ist es wirklich schwierig, wieder den Blick für die Dinge hier zu bekommen.“

„Das heißt?“

„Welches Menschenbild liegt näher an der Wahrheit? Das vernunftorientierte Menschenbild eines Immanuel Kant, oder die Perspektive eines Thomas Hobbes, der Mensch ist des Menschen Wolf? Diese philosophische Kernfrage schon der griechischen Antike ist für uns nach dem Elften September wieder brandaktuell. Da unten, im Kosovo, und in vielen anderen Teilen der Welt, da setzt sich der Stärkere durch und wir betreiben mit unseren internationalen Einsätzen bloß regionale Schadensbegrenzung. Wenn wir da unten abziehen, schlachten die sich sofort wieder ab.“

Manchmal überraschte mich mein Partner mit seinen philosophischen Exkursen, und ich führte das auf seine Jugend in einer Jesuitenschule zurück. „Okay, okay, aber was hat das mit unserem Fall zu tun?“, gab ich zu bedenken.

„Vielleicht hat ja einer von uns da unten seine Lektion gelernt", meinte Rainer bitter und ich sah an seinen Wangenmuskeln, wie fest er sein Gebiss zusammenpresste, so als hätte er in diesem Moment bereut, was er gerade gesagt hatte.

Kapitel 7

Er saß wieder am gleichen Tisch, an der Glasfassade zum Museumspark, und nickte kurz, als ich das Café im Seitentrakt des Städel betrat. Ich nickte ebenfalls, sah mich noch einmal um, doch ich entdeckte keine Bekannten an den spärlich besetzten Tischen. Ich ging zu ihm hinüber, erleichtert, dass ich ihn auf seinem Handy erreicht und er einem sofortigen Treffen zugestimmt hatte. Rainer hatte mich hier abgesetzt und war ins Präsidium weitergefahren, weil er sich noch einmal mit den Jungs von der Spurensicherung treffen wollte. Und ich wollte meinen Informanten alleine sehen, ich wusste, dass er nur mir vertraute, ein weiterer Gesprächspartner würde nur seine Auskunftsfreudigkeit beeinträchtigen. Sein Händedruck war wie immer fest, der Blick aus den dunklen Augen direkt. Die Kellnerin kam sofort, und ich bestellte mir eine Cola und er noch einen Kaffee. Seine erste Tasse war schon geleert, wie ich mit einem Seitenblick feststellte. Er sagte erst einmal nichts und wartete auf meine Eröffnung, schließlich hatte ich ihn angerufen. Ich blieb weiter auf der direkten Linie, wie bei unserem ersten Gespräch, und redete nicht lange um den heißen Brei herum.

„Celil, der Türke scheidet aus. Es hat ihn heute in Griesheim erwischt", raunte ich und sah ihm in die Augen. In seiner Miene war nicht ein Muskelzucken zu erkennen. Nur ein kurzer Wimpernschlag, dann hob er kurz die Schultern, ohne etwas zu sagen.

„Der Mann, den wir suchen, hat wahrscheinlich sowohl Ice Joe als auch Erdogan erledigt", stellte ich fest, bemerkte aber weiterhin keine Reaktion. „Ein Sniper, Profiarbeit aus größerer Distanz, keine Spuren." Jetzt zog er kurz eine Augenbraue nach oben, schlug die Beine übereinander und zupfte sich einen unsichtbaren Fussel von seiner Anzugshose. Heute trug er ein blütenweißes Hemd unter einem grauen Anzug. „Was für eine Waffe?“, ließ er ein erstes Interesse erkennen.

„Das steht noch nicht eindeutig fest“, gab ich zurück, sah mich um und fuhr dann fort: „Es muss ein Zusammenhang zwischen beiden Taten geben, vermutlich geht es um Drogengeschäfte.“

„Du weißt, ich habe mit diesen Geschäften nichts mehr zu tun, ich bin da draußen“, meine er und faltete die Hände vor der Brust.

„Es gibt noch einen dritten Toten.“ Wieder keine Regung. Ich ließ den Satz im Raum stehen, langsam einsickern und sah mich um. Ein gutgekleideter Mann kam herein und ging an uns vorbei, ohne uns zu beachten. Ich wartete, bis er außer Reichweite war und sich setzte. Er sah kurz in unsere Richtung, ohne uns wahrzunehmen, und nahm dann die Speisekarte. Irgendwie kam er mir bekannt vor, aber das war nicht wichtig, er saß schließlich außer Hörweite und so drehte ich mich wieder zu Dragan um. Er sah gedankenverloren durch die Fassade in den Museumspark und reagierte immer noch nicht auf meine Äußerung zu dem dritten Toten. Es dämmerte, und die helle Fassade des Rudervereins gegenüber erschien mir wie ein Lichtblick in der grauen Umgebung. Aber das lag wahrscheinlich an meiner Stimmung. Er schüttelte langsam den Kopf. Als ob er schon wusste, wen ich mit dem dritten Toten meinte.

„Wen hat es noch erwischt?“, fragte er jetzt endlich, als ob er meine Gedanken lesen würde.

„Richard Wittmann, ein Student, ebenfalls Dealer.“

„Sagt mir auch nichts“, meinte er lakonisch und schüttelte langsam den Kopf.

„Wie waren die Reaktionen bei den Managern von Ice Joe?“, brachte ich mein Anliegen auf den Punkt. In diesem Moment kam die Kellnerin mit unseren Getränken und verschaffte ihm eine Pause, um sich seine Antwort zurechtzulegen. Er wartete, bis sie gegangen war, hob seine Tasse und nahm einen Schluck von dem schwarzen Gebräu. Ich nippte an meiner Cola und studierte seine Gesichtszüge.

„Nun, die Verkaufszahlen explodieren, er kommt mit ein bisschen Glück nächste Woche in die Top Ten. Die Vermarktung geht jetzt erst richtig los", meinte der Serbe. „Er wird natürlich ersetzt, sie haben schon einen anderen der ‚South Side Boyz' angeworben, der soll seine Nachfolge antreten, wenn die Zahlen wieder runtergehen. Wahrscheinlich sind die Amis ihr Vorbild, mit ihrem Rap und den Gangsterkriegen." Ich merkte erstmals einen Hauch Verachtung in seiner Stimme. Das war echt, diese Verachtung, und ich machte mir eine mentale Notiz.

„Boris und Ante werden sich dann schnell wieder einrichten und die Musikschiene mit dem Neuen weiter ausbauen", fügte er noch hinzu.

„Was meinst du, hat der Ante da unten im Kosovo auch seine Drogenquellen?", warf ich die Angel aus, ohne ihm zu viel zu verraten.

„Der hat überall seine Quellen, aber wie gesagt, beim Thema Drogen bin ich zu weit weg. Eins weiß ich sicher: Die russischen Weiber kommen über Bosnien rein." Ich fragte mich jetzt, ob Dragan selbst einen handfesten Grund hatte, die beiden ans Messer zu liefern. Besaß er selbst Anteile an Saunaclubs, oder wollte er vielleicht sogar das „Eastend" übernehmen, schob er mich als Bullen vor, um sie fertig zu machen und dann ihren Markt zu übernehmen?

Er grinste, nahm wieder einen Schluck von seinem Kaffee und ich hakte weiter nach: „Welche Verbindungen gab es zwischen Ice Joe und Celil Erdogan?" Er sah wieder in den Park, die Augenbrauen zogen sich für einen Sekundenbruchteil zusammen und er fuhr sich mit der flachen Hand über seinen grauen, militärisch kurzen Haarschnitt. Dann holte er tief Luft: „Vielleicht hat ein Anderer die Ehre von Celils Schwester gerächt. Ein Anderer, der auch mit Celil Probleme hatte und eventuell auch mit deinem Studenten. Ich weiß es nicht. Aber bei Boris und Ante ist es mit der Ehre nicht so weit her." Da war also etwas.

„Wie meinst du das?"

„Okay, wir unterhalten uns heute noch einmal und ich bin offen mit Dir", meinte er, nahm das Bein vom anderen, zog seinen Stuhl an den Tisch und stützte beide Ellenbogen vor mir auf. Wieder faltete er die Hände wie zum Gebet: „Sie wechseln zu schnell ihre Partner, sie gehen eigene Wege und sind uns fremd geworden." Ich unterbrach ihn nicht, ließ ihn weiterreden, jetzt kam er in Fahrt und ich ahnte, dass es ein nächstes Treffen wahrscheinlich nicht mehr geben würde. „Sie lassen sich mit den falschen Leuten ein, mit diesen Kindern aus Niederrad und diesem schmierigen Zeidler, sie sind geldgierig und unvorsichtig und sie haben sich von unseren Idealen verabschiedet."

„Und wo bekommem sie ihre Drogen her?", blieb ich hartnäckig. Er nahm seine Hände auseinander, ließ die Finger wie ein Pianist spielen, um dann die linke Faust in der rechten zu begraben. Es krachte, als ob er eine Walnuss knacken würde. „Ich sage dir noch einmal, ich habe mit Drogen nichts zu tun, aber ich werde mich umhören, und wenn ich in Belgrad oder Pristina nachfragen muss. du weißt ...", er sah mich durchdringend an: „... Ich hasse diese Drogenhändler, wie sie unsere Kinder, unsere Zukunft, einfach alles vergiften, diese Penner sind der letzte Dreck, die gehören weg!"

Seine Stimme war leise und kalt, sein Blick schien mich zu durchbohren und ich fragte mich plötzlich, ob er für die Tatzeiten ein Alibi hatte.

Die längste Nacht des Jahres stand bald bevor, doch eine vorweihnachtliche Stimmung wollte bei mir nicht so recht aufkommen. Ich hatte mich mit einem festen Handschlag von Dragan verabschiedet und dann das Café verlassen, getrieben von Zweifeln, ob ich mit meinem unkonventionellen Vorgehen vielleicht in diesem Fall nicht doch völlig danebenlag. Zum Glück hatte ich Ute nach meinem Treffen auf ihrem Handy erreicht und mich mit ihr auf dem Weihnachtsmarkt am Römerberg verabredet. Nach einem kurzen Spaziergang am Museumsufer lief ich über den Eisernen Steg, der historischen Fußgängerbrücke, die Sachsenhausen und die Innenstadt über dem Main verband. Ich ließ mir den frischen Wind ins Gesicht wehen, der zwischen den geschwungenen Brückenbogen durchpfiff, und hing meinen Gedanken nach. Was konnte mein Informant Dragan wirklich wissen? Welche Motivation hatte er, mir diese Insiderinformationen zu geben? Ich ließ meinen Gedanken freien Lauf, was nach meiner Erfahrung oft effektiver war, als angestrengt über Probleme nachzudenken, und sah rechts zurück zum Sachsenhäuser Ufer. Dort lag die hellerleuchtete Dreikönigskirche. Mitten im Main eine schmale Insel, dahinter die Alte Brücke. Auf der anderen Mainseite strahlte der Frankfurter Dom im Scheinwerferlicht. Direkt vor mir erhob sich einer der geschwungenen Brückenbogen des Eisernen Steges. Als ich zu dem eisernen Bogen hochsah, dachte ich an einen Einsatz vor über zwanzig Jahren zurück. Damals schob ich noch als junger Schutzmann Dienst beim vierten Revier, und mein Kollege hatte einen Lebensmüden von der Spitze des Brückenbogens heruntergeholt. Django, mein damaliger Partner, der seinen Spitznamen nicht nur seinen guten Schießleistungen, sondern auch seinem verwegenen Auftreten zu verdanken hatte, war damals dem Stockbetrunkenen auf dem begehbaren Bogen bis zur Spitze hinterhergelaufen. Der Besoffene stand schwankend auf dem höchsten Punkt des Bogens, mehr als zwanzig Meter über der Fahrrinne des Mains, seine Arme wie ein Klippenspringer von Acapulco über den Kopf gehoben. Django, dessen hünenhafte Erscheinung und stechender Blick auch manchen Zuhälter am Bahnhof vorsichtig werden ließen, schrie den Besoffenen damals laut an: „Komm jetzt mit runter, sonst zieh' ich dich nachher aus dem Wasser und hau dir dann richtig auf den Arsch!" Der Besoffene schien schlagartig nüchtern zu werden, gehorchte und kam unverletzt mit Django runter. Ich grinste bei dem Gedanken, dass auch schon vor zwanzig Jahren kompetente Verhandlungsgruppen in den Streifenwagen saßen. Im Anschluss an die Aktion auf dem Eisernen Steg trank ich auf Anordnung von Django mit ihm und dem Besoffenen noch einen Kümmerling am Kiosk auf der Sachsenhäuser Seite, bevor wir weiterfuhren – aber nicht ohne dass Django seine Drohung noch einmal wiederholt hätte. Mein damaliger Partner bezahlte die drei Kümmerling, der Besoffene stand dann stramm und hob eine Hand zum Gruß an einen unsichtbaren Mützenrand. Eine Geste, die ich während der nächsten Jahre immer wieder mal sah, wenn wir im Streifenwagen an ihm vorbeifuhren. Wie lange war ich jetzt bei der Frankfurter Polizei? Die Stationen zogen an mir vorbei. Überfallkommando, dann viertes Revier, der Wechsel zur Kripo, zum K 11, noch vor der Wende. Seit mehr als fünfzehn Jahren Teampartner von Rainer. Wie die Zeit verging. Ein Pärchen kam engumschlungen direkt auf mich zu, holte mich aus meinen Gedanken, ich wich aus und die beiden gingen knutschend weiter, während sie ein überdimensionales Lebkuchenherz hinter seinem Rücken verknautschte. Ich sah nach links zu den hellerleuchteten Hochhäusern hinüber, immer wieder fasziniert von den nächtlichen bunten Lichtern in den Büros der Bankentürme. Der in gelbem Licht erstrahlende Turm der Commerzbank überragte in der Mitte des Panoramas mit seiner Turmspitze Eurotower und Maintower, die sich, wie kleine Brüder nach seiner Anerkennung heischend, links und rechts daneben in den winterlichen Nachthimmel streckten. Plötzlich sah ich wieder Dragan im Museumscafé vor mir, die kalte, leise Stimme, sein bohrender

Blick: „Sie lassen sich mit den falschen Leuten ein, mit diesen Kindern aus Niederrad und diesem schmierigen Zeidler, sie sind geldgierig und unvorsichtig und sie haben sich von unseren Idealen verabschiedet." In Sekundenbruchteilen fügte sich ein Bild vor meinem inneren Auge zusammen, mit einer neuen Überschrift: „Konkurrierende Gruppen". Untertitel: „Boris und Ante auf Abwegen". Dann die Puzzleteilchen, die sich eins nach dem anderen wie von Zauberhand zusammenfügten und ergänzten: Erstens der anonyme Hinweis auf den albanischen Drogenbaron in dem Bergdorf im Kosovo. Insiderwissen und Verrat, die Verabschiedung von Idealen und Loyalität, wie passte das zusammen? Dann der Drogencoup im Polizeihauptquartier in Pristina, von ihnen eingefädelt, weil sie mit ihrem Hinweis auf das Bergdorf die Sicherstellungen ausgelöst hatten und der Stoff so zwangsläufig ins Polizeihauptquartier nach Pristina kam. Konnten sie dann durch korrupte Mittelsmänner an die Drogen herankommen, ohne die albanische Gruppe direkt zu schädigen? Als nächstes die verkaufsfördernde Liquidierung des jungen Rapstars, war es ihre Kopie eines amerikanischen Marketings? Die Eliminierung von Richie, einem Händler der mittleren Ebene, die Abstrafung von Abweichlern, ihr Fehler, sich mit „Kindern" einzulassen, die sie nicht kontrollieren konnten? Hatten sich Boris und Ante aus der serbischen Gruppe und damit von den Idealen verabschiedet, kungelten sie mit irgendwelchen Albanern, gingen sie ihren Sonderweg? Und war ich nur ein Werkzeug für Dragan, um sie loszuwerden? Ich beschloss, morgen mit Rainer darüber zu reden, wir hatten uns um Acht im Büro verabredet. Kurz darauf hatte ich die Treppe auf der anderen Seite erreicht und nahm die Stufen zum Frankfurter Mainkai. Auf einem Zwischenabsatz saß ein Einbeiniger in einem dicken, dunklen Mantel auf einer Wolldecke und hielt dem Passantenstrom eine Pappschachtel hin. Neben ihm lag ein Paar Krücken, seine verfilzten Haare hingen ihm in die Stirn und ein Schild lehnte an seinem einzigen Bein. Darauf stand mit einem schwarzen Filzstift in Druckbuchstaben sauber geschrieben: „Frohe Weihnachten." Daneben hatte er einen Christbaum und einen Weihnachtsstern gemalt. Ich erkannte ihn sofort, blieb neben ihm stehen und ging dann in die Knie: „Hallo Lothar." Er sah auf und ich erntete ein kleines Lächeln.

„Abend Kommissar. Wie geht's dir?"

„Danke, soweit okay. Und selbst?", raunte ich, die Worte vorsichtig suchend, um nicht arrogant zu wirken. Seine listigen Augen blitzten in den Winkeln mit den unzähligen Falten und er öffnete seinen Mund zu einem noch breiteren Lächeln: „Na ja, auf einem Bein steht man schlecht, sagte der Säufer!" Sein Mund öffnete sich weiter, und eine penetrante Schnapsfahne wehte mir durch die restlichen, verfaulten Zähne entgegen. Ich fühlte mich ertappt, meine Frage war mir peinlich, aber er lachte scheppernd. „Nichts für ungut, war nur ein Spaß", meinte er weiter und ich wunderte mich über seinen Galgenhumor. „Ich soll eine Prothese bekommen. Und mein Pastor will mir eine Wohnung besorgen. Vielleicht klappt es sogar noch vor Weihnachten."

„Freut mich", meinte ich, sorgsam nach richtigen Worten suchend. Ich erinnerte mich, wie ich ihn damals in einem Mordfall befragte und ihm zum Abschied mein Notpäckchen Zigaretten gab. Mir fiel mein neues Päckchen ein, dass ich wieder unverschlossen dabeihatte, wie immer für den Fall der Fälle, obwohl ich fast ein halbes Jahr „clean" war. Ich nahm es aus der Innentasche meiner dicken Daunenjacke und gab es ihm.

„Vielen Dank, Kommissar, Frohe Weihnachten!"

„Schöne Weihnachten, Lothar!" Ich erhob mich, nickte ihm zu und ging weiter. Kurz darauf tauchte ich in die Menschenmenge zwischen den Buden des Weihnachtsmarktes ein. Eine Duftmischung aus Gewürzen, Glühwein und Bratwurst empfing mich. Ich drängelte mich durch das erste Nadelöhr zwischen einem Café und dem historischen Museum und erreichte den Römerberg. Vor der hell erleuchteten, historischen Fassade des Rathauses ragte der geschmückte Tannenbaum mehr als zwanzig Meter in den Frankfurter Nachthimmel hinauf. Heute Abend war der Andrang besonders groß. Stände mit Weihnachtsschmuck wechselten sich mit Buden ab, vor denen Besucher in dicken Mänteln standen und dampfende Becher in den Händen hielten. Ich wich neben einer Glühweinbude zwei buntgekleideten Mädchen aus, die sich an eine ältere Frau heran drängelten. Die eine sah sich noch einmal zur Absicherung kurz um, während sich die andere noch näher an die Handtasche der eleganten Frau stellte. Dann traf sich mein Blick mit dem der Sichernden und mir war sofort alles klar. Beides Zigeunermädchen, etwa sechzehn Jahre alt, auf Beutezug im Gedränge des Weihnachtsmarktes. Wie jedes Jahr. Sie hielt meinen Blick, ich blieb stehen, starrte sie weiter an, während sich ein Typ zwischen uns durchdrängelte. Ich dachte an Ute, die ein paar Meter weiter an einem anderen Glühweinstand auf mich warten wollte. Deshalb entschloss ich mich für einen präventiven Platzverweis: „Polizei. Verpisst euch, sonst sperre ich euch heute Nacht ein", zischte ich die Sichernde an. Die andere hatte gerade ihre Finger nach der Handtasche ausgestreckt. Doch sie zog sie sofort zurück, weil ihre Freundin schon etwas auf rumänisch zischte und dann waren sie beide wie der Blitz im Gedränge des Weihnachtsmarktes verschwunden. Als ich eine Minute später Ute traf, war meine Laune fast auf dem Nullpunkt angelangt. Doch ihr Lächeln hellte meine Stimmung wieder in Sekundenbruchteilen auf: „Hallo Thommy!"

„Hallo mein Schatz, tut mir leid, ich bin etwas spät dran …"

„Das macht doch nichts …" Sie stand an einem Glühweinstand neben dem Brunnen, direkt gegenüber vom Römer, und stellte einen tönernen Becher auf die Theke. Sie trug eine Skijacke und hatte ein strahlend weißes Frotteeband über Stirn und Ohren gezogen. Das zog sie mit einer eleganten Bewegung ab und steckte es in die Seitentasche. Dann schlang sie die Arme um meine Schultern und legte ihren Kopf zur Seite. Ich beugte mich langsam vor und fühlte schlagartig wieder diese Schmetterlinge in meinem Bauch, genauso wie damals, als es richtig zwischen uns gefunkt hatte. Ich schmeckte ihren letzten Glühwein und als wir uns dann nach einer kleinen Ewigkeit voneinander lösten, sah ich in ihre strahlenden Augen. Ich fragte mich immer wieder, ob zuerst ihre Augen oder ihr Mund so entwaffnend lächelten, aber scheiterte jedesmal an dieser Frage, während ich mich in den ungelösten Rätseln der schönsten grünen Augen der Welt verlor. Sie reichte mir ihren Becher, ich nahm einen kräftigen Schluck und betrachtete den gigantisch erleuchteten Weihnachtsbaum vor der Fassade des Römers.

„Und sonst, alles okay?", fragte sie. Ich sah sie an und bemerkte jetzt einen besorgten Unterton.

„Na ja, wir haben ein volles Wochenende. Heute hat es wieder einen erwischt."

„Hab ich schon gehört. Überstunden?"

„Ja. Morgen auf jeden Fall, unabhängig davon, ob wir noch einen Fall dazubekommen."

„Kommst du vielleicht morgen Abend zu mir, ich hab ein paar Leute zum Essen eingeladen ..."

„Ja gerne, ich versuche es und freu mich drauf ..." Ich nickte dem Mann hinter der Theke zu und bekam kurz darauf einen Glühwein gereicht. Ich gab ihm ein paar Euro und stieß mit Ute an. Wir nahmen einen Schluck und ich genoss das Flair des Weihnachtsmarktes. Die Menschen drängte sich, teilweise schwer bepackt, zwischen den Buden hindurch. Mir fiel ein, dass ich noch ein Weihnachtsgeschenk für Sandra und Ute besorgen musste.

„Du Thommy ..." Sie drängte sich etwas näher an mich und schob ihre freie Hand zu meiner in meine Jackentasche.

„Hmmmh?“, raunte ich.

Sie ließ den Blick über die historische Häuserzeile gegenüber vom Römer schweifen, holte tief Luft und schien nach den richtigen Worten zu suchen.

„Komm, schieß schon los“, ermunterte ich sie.

„Du, ich hab dir doch schon erzählt, dass Sascha manchmal so komisch ist.“

„Jaaa?“ Jetzt sah sie mich direkt an und ich meinte, einen Anflug von Ratlosigkeit in ihren Augen zu lesen – etwas, das ich bei ihr gar nicht gewohnt war. Ich nahm noch einen Schluck von meinem Glühwein und ließ sie kommen.

„Weißt du, er hat mich gestern gefragt, wann du mal wieder vorbeikommst, so als ob er mal mit dir reden will ...“

„Hmmmh“, brummte ich und fragte mich, ob das schon alles war. Manchmal bekam ich die Neuigkeiten nur in kleinen Häppchen serviert. Sie trank ihren Glühwein mit einem letzten Schluck leer und stellte ihn auf die Theke. Dann strich sie sich eine Strähne hinters Ohr und lächelte verlegen: „Vielleicht will er sich ja mal von Mann zu Mann unterhalten.“ Jetzt ahnte ich, worauf das hinauslief. Ich wusste, dass sein Vater seit der Scheidung von Ute in Berlin lebte und ihn noch viel weniger sah, als ich meine Tochter Sandra. Ich fühlte mich geschmeichelt und lächelte ihr zu: „Na klar, kein Problem, ich sehe zu, dass ich morgen Abend komme und bleib dann über Nacht. Dann können wir uns ja mal unter Männern unterhalten.“ Sie grinste mich an, schlang wieder ihre Arme um mich und ich ließ beinahe meinen Glühwein fallen. Dann beugte ich mich leicht vor und bevor wir uns in der Mitte trafen, sah ich wieder in das unergründliche Grün, dass mich so bewegte.

Sie saßen jeweils zu viert an den Tischen, hatten Kaffeetassen vor sich. Die Luft war rauchgeschwängert, im Hintergrund dudelte ein jugoslawisches Volkslied. Wir waren keine drei Sekunden im Raum, da fielen die Spielkarten schon zwischen die Geldscheine auf den grünen Filz der Tische.

„Polizei! Jeder bleibt an seinem Platz! Die Hände bleiben auf dem Tisch!“

Ich ging durch zum Tresen, ihre Blicke blieben an mir hängen. Die Musikbox stand neben dem Tresen. Ich zog mit einem Ruck den Stecker, das Gedudel erstarb. Währenddessen sicherten zwei Kollegen, und zwei andere gingen zu den Toiletten durch. Ich drehte mich um, und in diesem Moment ging das Inferno los. Der stechende Schmerz fraß sich blitzschnell in mein Trommelfell, das Stakkato der ohrenbetäubenden Schläge drang aus dem Flur der Toilette. Adrenalin schoss mir ins Blut. Ich reagierte sofort, zog meine Waffe und sah mit einem Blick über die Schulter, dass die anderen Kollegen die Situation im Café im Griff hatten. Es gab noch zwei ohrenbetäubende Schläge und dann war ich auch schon im Gang zu den Toiletten. Ein stechender Geruch stand in der Luft, Django saß in einer roten Lache mit dem Rücken an der Wand, sein ockerfarbenes Diensthemd blutgetränkt, in der rechten Hand die Dienstpistole. Der andere Kollege lag regungslos auf dem Bauch in der Blutlache.

„Kollege verletzt!“, schrie ich lauthals, damit die anderen im Café Bescheid wussten. Django sah zu mir hoch und rasselte: „Hol dir das Arschloch!“ Die hell angestrichene Tür zur Toilette, zwei Meter weiter, war geschlossen und in Brusthöhe von etwa einem Dutzend Einschüssen durchlöchert. Ich lief durch, trat aus vollem Lauf dagegen und drehte mich sofort zur Seite, um kein Ziel abzugeben. Die Tür schlug innen gegen eine Wand. Das Licht war aus, es war stockdunkel. Ich ging trotzdem weiter, die Waffe im Anschlag und tauchte in den schwarzen Tunnel ein. Irgendwo in der Ferne sah ich ein Licht. Ich rannte weiter und weiter, dann erreichte ich das Licht und stand plötzlich am Mainufer. Ich spürte einen stechenden Schmerz in der Schulter, fiel hin und drehte mich um, die Waffe im Anschlag. Da stand Dragan und zielte mit einer schweren Pistole auf mich.

„Du glaubst, ich lasse mich von dir verarschen?“, rief er und lachte lauthals. Ich visierte ihn an, wollte abdrücken, konnte aber meinen Finger nicht bewegen. Wie in einem Fokus starrte ich auf die Mündung seiner Pistole, wie das berühmte Kaninchen auf die Schlange und war wie gelähmt. Dann sah ich nur noch den grellen Blitz aus der Mündung seiner Pistole, den Rückstoß und das Projektil, wie es in Zeitlupe den Lauf verließ und langsam auf mich zuflog. Dann wurde ich schlagartig wach, mein Herzschlag dröhnte mir in den Ohren, ich war schweißgebadet. Die Bettdecke hatte ich abgestrampelt. Ich blieb liegen, atmete tief durch und das Rauschen in meinen Ohren ließ langsam nach. Ich hörte die Atemzüge von Ute neben mir. Ich drehte mich zu ihr, strich ihr über die Haare und schmiegte mich dann eng an sie, in der Hoffnung, noch etwas Schlaf zu finden.

Als ich aus der Unterführung in den Schneematsch hinaustrat, sang ich wieder ein Loblied auf den öffentlichen Nahverkehr. Es hatte über Nacht geschneit und ich nahm die U-Bahn, weil ich mich zum Glück nur dienstlich in das Winterchaos auf Frankfurts Straßen stürzen musste. Mein Blick fiel auf die Fassade unseres neuen Polizeipräsidiums. Der als sechsstöckiger Solitär mit einem rechteckigen Grundriss konzipierte Bau wurde innen durch begrünte Höfe aufgelockert, mochte aber mit seinen anthrazitfarbenen Backsteinen an der Außenfassade für manchen Besucher etwas bedrückend wirkten. Aber nach dem Umzug aus den vergammelten Büros im alten Präsidium hatte ich schnell jeden Rest von Nostalgie abgelegt.

Kurz darauf betrat ich die Eingangshalle und saß wenig später in meinem Büro. Die Kaffeemaschine zischte und brodelte und die Berichte stapelten sich auf meinem Schreibtisch. Rainer war noch nicht da und Sabine und Stefan wohl schon auf dem Weg in das Institut für Rechtsmedizin. Die Todesursachen „Erschießen aus größerer Entfernung“ bei Ice Joe und Celil Erdogan waren offensichtlich und die beiden hatten sich gestern noch bereit erklärt, heute zu der Obduktion in das Institut für Rechtsmedizin zu gehen. Ich hörte meinen Anrufbeantworter ab und sah meine E-Mails durch, ohne etwas Wichtiges zu finden. Dann nahm ich mir eine Tasse von dem starken Braunen, setzte mich in meinen Rollsessel, nahm mir den Tatortbericht vom Mord an Ice Joe vor, legte die Beine auf den Schreibtisch und schlürfte langsam meinen Kaffee. Ich blätterte ohne Hast um, konnte mich aber nicht richtig konzentrieren. Ich las die Beschreibung der Örtlichkeiten und des Standortes, von dem aus vermutlich geschossen worden war. Allmählich erschien wieder meine Hypothese von gestern vor meinem geistigen Auge. Die Überschrift: „Konkurrierende Gruppen“, der Untertitel: „Boris und Ante auf Abwegen“. Der vom Kosovo ausstrahlende Kampf zweier Gruppen. Mir fiel mein Albtraum von heute Nacht ein und mich überfielen erneut Zweifel, ob mich Dragan nicht doch zu seinen Zwecken manipulieren wollte. Ich sah aus dem Fenster, mein Blick blieb an den grauen Wolken hängen, die einen depressiven Wintertag ankündigten. Rainer kam durch meine offenstehende Bürotür. Er hatte eine Laufmappe und einen Klarsichtbeutel in der einen und seine Kaffeetasse in der anderen Hand.

„Morgen“, grüßte er, offensichtlich ziemlich gutgelaunt.

„Morgen, Rainer.“

Er legte den Beutel und die Laufmappe auf den Tisch, goss sich einen Kaffee ein und setzte sich mir gegenüber. Der Dreitagebart und die Ränder unter seinen Augen standen im konkreten Widerspruch zu der Energie und dem Aktionismus, den er so ungewöhnlich gut gelaunt verbreitete. Ich fragte mich, warum er so gut drauf war und warf wortlos den Tatortbericht auf meinen Schreibtisch.

„Und, was sagt dein Jugospitzel?", meinte er, grinste frech und nahm einen Schluck von seinem Kaffee. Gestern Abend vor dem Treffen hatte ich ihn im Telegrammstil über Dragan eingeweiht. Er hatte kurz Bedenken über meine Informationsgewinnung angemeldet, aber bei solchen Sachen redeten wir uns nicht gegenseitig rein. Ich stellte meine Tasse hin, verschränkte die Hände hinter meinem Genick und rutschte noch etwas tiefer in meinen Rollsessel: „Er scheint ziemlich sauer auf Ante und Boris zu sein, redet davon, dass die beiden zu schnell ihre Partner wechseln, dass sie eigene Wege gehen und ihnen fremd geworden seien." Rainer zog die Brauen hoch und nippte wieder an seiner Tasse.

„Es wird noch besser", meinte ich. „Er meint, sie lassen sich mit den falschen Leuten ein, sie seien geldgierig und unvorsichtig." Rainer nickte nur und sagte nichts.

„Ja, und dann hat er betont, dass sich Ante und Boris von ihren Idealen verabschiedet hätten."

Rainer nickte: „Das würde zu einem Bandenkrieg zwischen serbischen Fraktionen passen."

„Mein Informant gehört zur Bundesliga der Serben. Vielleicht sind die beiden aus dem Ruder gelaufen, haben sich mit Albanern eingelassen, von denen sie den Stoff beziehen. Du weißt, wenn es um die Kohle geht, dann sind die sich alle nicht mehr so spinnefeind." Ich überlegte einen Moment und ließ dann meine Bedenken raus: „Vielleicht will er sie durch uns entsorgen lassen."

„Das erhärtet die Theorie vom Bandenkrieg", meinte Rainer.

„Das Problem ist, dass ich keine Bestätigung durch andere Quellen habe. Vielleicht will er mich nur verarschen und die beiden durch uns aus anderen Gründen wegräumen lassen. Die Motive für unsere Morde liegen vielleicht ganz anders."

„Und außerdem will er offiziell sowieso nichts sagen“, ergänzte Rainer. Ich nickte: „Ich werde mich mal mit der VP Führung in Verbindung setzen, die sollen sich umhören.“ Bei dieser Dienststelle wurden Informationen der „Vertrauenspersonen“, kurz VP, gesammelt. Eine VP war eine Privatperson, die der Polizei Informationen lieferte. Sie war nicht zu verwechseln mit dem Verdeckten Ermittler, dem VE, einem Polizeibeamten, der unter einer Legende auftrat und in kriminelle Organisationen eingeschleust wurde.

Rainer stellte seine Tasse auf meinen Schreibtisch und faltete seine Hände, fast so wie Dragan gestern Abend in dem Café im Städel. Ich merkte, dass er irgendetwas auf Lager hatte und war gespannt, warum er immer noch so gut gelaunt war.

„Vielleicht liegt dein Spitzel ja gar nicht so falsch, wir haben einen Bandenkrieg und sie räumen sich wirklich gegenseitig aus dem Weg. Aber das passt auch durchaus zu unserer heißesten Spur“, meinte er, grinste mich an und hielt den Klarsichtbeutel hoch. Ich sah eine Zigarettenschachtel in dem Beutel, die halb hinter dem Asservatenaufkleber hervorlugte.

„Schieß los“, meinte ich ungeduldig. Rainer hielt den Beutel mit der Schachtel weiter wie eine Trophäe hoch und begann mit seinem Vortrag: „Diese Zigarettenschachtel hat die Spurensicherung gestern Nachmittag auf dem Hochhausdach in Griesheim gefunden und sichergestellt. Sie lag neben der Tür zum Treppenhaus, also auf dem Fluchtweg des Schützen, der Celil erledigt hat.“ Jetzt hatte er meine volle Aufmerksamkeit.

„Eddi hat die Schachtel gestern Abend spurentechnisch untersucht und auf der Zellophanhülle eine auswertbare Fingerspur gefunden.“ Ich erinnerte mich, dass Rainer gestern ins Präsidium weitergefahren war, nachdem er mich am Städel abgesetzt hatte. Er legte den Klarsichtbeutel wieder hin und fuhr fort: „Nachdem Eddi die Spur gesichert hat, bin ich mit der Tatortspurenkarte noch gestern Nacht nach Wiesbaden gefahren. Dort hab ich sie über AFIS laufen lassen.“ Beim Hessischen Landeskriminalamt konnten mit dem Automatischen Fingerabdruck Identifizierungs-System Fingerspuren digitalisiert und mit den gespeicherten Fingerabdrücken im Computer des BKA verglichen werden.

„Bingo“, riet ich. Rainer nickte: „Die Fingerspur auf der Zigarettenschachtel konnte eindeutig einem gespeicherten Fingerabdruck zugeordnet werden. Die Person wurde vor einem Jahr wegen Verstoß gegen das Waffengesetz in Berlin erkennungsdienstlich behandelt ...“, führte mein Partner aus, ließ den Rest seines Vortrages im Raum stehen und spannte mich noch ein bisschen auf die Folter. Ich war gespannt wie eine Flitzebogen und ließ ihm seine kleine Show, ohne ihn zu unterbrechen. Er klappte die Laufmappe auf, nahm einen Ausdruck von dem Stapel und las vor: „Rene Zeidler, geboren am 26. 07. 68 in Berlin, zwei Fälle wegen Verstoßes gegen das Waffengesetz, Kriminalakten in Berlin und Hamburg.“ Das Bild fügte sich zusammen. Der Sicherheitsberater von Boris Nikolic, dem Geschäftsführer des „Eastend“. Mir fielen wieder Dragans Worte ein: „Die organisatorischen Fragen und die internationalen Kontakte macht der Rene Zeidler für ihn. Sie kennen sich aus Sarajevo. Er war vorher Bundeswehroffizier, ... Militärischer Nachrichtendienst, er hat die Kontakte ...“ Es passte, der ehemalige Bundeswehroffizier war mit Sicherheit Scharfschütze, er hatte Richie beseitigt, Ice Joe und Celil erschossen. Er war der Ausputzer für Ante und Boris, die sich von den Idealen verabschiedet hatten und ihre eigene Show abzogen. Ich brannte darauf, ihn zu vernehmen, aber ich ahnte, dass wir noch ein gutes Stück Arbeit vor uns hatten. Eine Zigarettenschachtel am Tatort war gerade mal ein Indiz, kein Beweis – aber immerhin der Einstieg in die Lösung des Falles. Das Mosaik fügte sich zusammen und ich nickte: „Saubere Arbeit, Rainer. Dann lass uns loslegen.“

Kapitel 8

Der Turm lag mitten in der Innenstadt, unweit von der Zeil. Wir saßen in unserem BMW, in einer Parkbucht, unterhalb des Plateaus des schlanken Hochhauses, in dem exklusive Wohnungen der obersten Preisklasse zu mieten waren. Stefan und Sabine parkten zwanzig Meter weiter, und zwei Teams des Fahndungskommissariates hatten bereits die Tiefgarage betreten, deren Einfahrt unter dem Plateau lag. Ich drehte mich um und sah zu Staatsanwältin Fischer hinüber, die auf dem Rücksitz saß und ihre Brille zurechtrückte: „Wissen Sie, ob er gerade zu Hause ist?“, fragte sie.

Ich sah an der Fassade hoch. Das Gebäude hatte etwa zwanzig Etagen, nach der Grundfläche zu urteilen lagen in jeder Etage zwei, maximal drei Wohnungen, teilweise mit großzügig umlaufenden Balkonen, auf denen aber niemand zu sehen war. Ich schüttelte den Kopf: „Nein, wir wissen noch nicht, ob er zu Hause ist, aber wir haben ein Fahrzeug ermittelt, dass auf ihn zugelassen ist. Einen Jeep, Farbe silber. Die Kollegen von der Fahndung klären gerade ab, ob er in der Tiefgarage steht.“ Da meldete sich Michael, „der Lange“ von der Fahndung, über Funk: „Sein Jeep steht in der Tiefgarage, wir gehen jetzt hoch, kommt durch die Tiefgarage nach.“

„Verstanden“, gab Rainer zurück und das Handfunkgerät rauschte kurz, als er die Sprechtaste losließ. Die Jungs von der Fahndung hatten mir heute morgen sofort ihre Unterstützung zugesichert, und sie hatten bei der Durchführung von sensiblen Festnahmen entsprechende Erfahrung. Staatsanwältin Fischer hatte telefonisch grünes Licht für eine Festnahme und Wohnungsdurchsuchung gegeben, bat aber darum, dass wir sie vorher abholten. Ich sagte ihr natürlich zu, überrascht von dem Engagement der Anklagevertreterin. Wahrscheinlich hoffte sie auf dicke Schlagzeilen über den geklärten Mord an dem Rap-Star. Ich sah auf die Uhr. Gleich zwölf Uhr mittags. Ich merkte, wie meine Anspannung stieg und nickte Rainer zu: „Auf geht's." Er hob das Funkgerät: „Stefan, ihr bleibt hier unten und behaltet seinen Balkon im Auge." Er wohnte in einer der oberen Etagen, konnte also nicht flüchten, aber vielleicht doch Beweismittel aus dem Fenster werfen, wenn wir nicht rechtzeitig in die Wohnung kamen.

„Verstanden", kam es etwas gequält zurück. Rainer steckte das Gerät in die Innentasche seiner dicken Winterjacke, und wir stiegen alle aus. Ich fragte mich, ob wir endlich vor einem Durchbruch in unserem Fall standen, ließ die Zentralverriegelung zuschnappen, und wir liefen ein paar Schritte zur Tiefgarageneinfahrt. Mein Magen meldete sich und ich verfluchte mich, weil ich heute früh wieder nicht richtig gefrühstückt hatte. Mein Blick fiel nach links zu dem asiatischen Restaurant. Auf einem Werbeschild war „Business Lunch Menues!" mit Kreide geschrieben und wahrscheinlich saßen dort schon die ersten Gäste beim Mittagessen. Das alles registrierte ich aus dem Augenwinkel, als wir an der Schranke vorbeigingen und die Tiefgarage betraten. Ich schluckte die Magensäure, die mir gerade mit einem Schwall hochkam, und kurz darauf sahen wir die Tür zum Treppenhaus. Rudi, ein Kollege von der Fahndung, hielt uns die Tür auf. Er war fast zwei Meter groß, fast ebenso breit und sah uns freundlich an: „Wir sind mit dem Wachmann reingekommen, der hatte eine Codekarte", meinte er und nickte, so dass der winzige Pferdeschwanz am Hinterkopf einen Sekundenbruchteil auf und ab wippte. „Die anderen sind schon oben vor der Tür."

„Okay, danke Rudi", gab ich knapp zurück und schluckte wieder den bitteren Geschmack in meinem Mund herunter, wie so oft, wenn es in letzter Zeit zur Sache ging. Wir nahmen den Aufzug in eine der oberen Etagen und dann standen wir in einem Flur, von dem zwei Türen abgingen. Einer der Kollegen hielt eine Ramme in der Hand, während Michael danebenstand und auf eine der beiden Türen zeigte. Für einen kurzen Augenblick überlegte ich, ob wir für diese Festnahme nicht doch das SEK anfordern sollten, doch wir hatten den Überraschungseffekt, und ich schätzte die professionelle Arbeit von den Jungs der Fahndung. Dann kam mir eine Idee und ich wandte mich an Staatsanwältin Fischer: „Wollen Sie vielleicht klingeln?“, flüsterte ich, fest überzeugt, dass Zeidler ihr unvoreingenommen öffnen würde.

Sie sah mich überrascht an, als Michael wispernd einwarf: „Gute Idee!“ Die Anklägerin rückte ihre Brille zurecht, lächelte dann aber und nickte. Sie stellte sich vor die Tür, der Kollege mit der Ramme quetschte sich mit den anderen beiden im toten Winkel des Türspions daneben, während Rainer und ich uns in eine andere Ecke des Flures drückten. Dann nahm sie plötzlich ihre Brille herunter und zog mit der anderen Hand das Haarband, mit dem sie heute ihre langen Haare zum Zopf geflochten hatte, mit einem Ruck ab. Die dunklen Haare fielen ihr wellenartig auf die Schultern. Sie legte ihre Brille zusammen, steckte sie mit dem Haarband in ihre Umhängetasche und zog einen weißen Umschlag daraus hervor. Michael nickte ihr zu, sie zögerte keine Sekunde und drückte die Türklingel. Ein dezentes Summen ertönte. Nach wenigen Sekunden drückte sie noch einmal energisch den Summer, weil sich niemand meldete. Wieder vergingen einige Sekunden, bis hinter der Tür ein dumpfes „Jaaa?“ ertönte. Sie setzte ein falsches Lächeln auf und sagte halblaut mit französischem Akzent: „Herr Zeidler, mein Name ist Janine, ich wohne unter Ihnen. Sie waren gestern Mittag nicht da, ich habe einen Umschlag für Sie, den hat jemand abgegeben!“ Dabei warf sie kokettierend ihre langen dunklen Haare mit einem Schwung über die Schulter. Jetzt war ein Räuspern zu hören. „Eeeh, Moment bitte, ich ziehe mir nur etwas an!“ Sie blieb ernst, sah nicht einmal zur Seite, wahrscheinlich für den Fall, dass er noch durch den Türspion sah. Klasse, dachte ich, die Kleine hat es aber faustdick hinter den Ohren, ich hatte sie auf den ersten Blick unterschätzt. Erst die Nummer mit der französischen Nachbarin und dann die Nummer mit seiner gestrigen Abwesenheit – er hatte ja mittags Erdogan in Griesheim erschossen. Endlich ging die Tür auf und sie zeigte ein honigsüßes Lächeln. Aus meinem Winkel konnte ich sehen, wie die Tür sich weiter öffnete. Rudi stürmte aus seiner Ecke, trat kurzerhand aus vollem Lauf dagegen, sie schlug nach hinten, es gab einen dumpfen Schlag, ein Stöhnen und dann stürmten sie nacheinander hinein, Rudi, Michael und die beiden anderen von der Fahndung. „Er ist sicher!“, rief Rudi, während Staatsanwältin Fischer ihre Brille aus der Handtasche nahm und mich angrinste.

„Glückwunsch, Janine“, meinte ich, sie lächelte charmant, setzte ihre Brille auf und dann betraten wir sein Penthouse.

Ich verschaffte mir wie immer erst einmal einen Überblick über die Wohnung. Im Flur, gleich hinter der Eingangstür, ging es links in ein helles, geräumiges Bad mit Whirl Pool und großzügigem, mit Marmor gefliestem Duschbereich. Vom Flur aus ging es geradeaus weiter in ein ebenso hell eingerichtetes Wohnzimmer mit Glasfronten nach Süden und Westen, dahinter der außen umlaufende Balkon, den man auch durch das rechts danebenliegende Schlafzimmer erreichen konnte. Hinter den großflächigen Panoramascheiben sah man die Filmkulisse der Bankentürme. Zur Nachtzeit war das bestimmt ein fantastischer Ausblick. Zeidler saß auf dem Bett in seinem Schlafzimmer, mit einer hellblauen Boxershorts und einem weißen T-Shirt bekleidet, und hielt sich einen kalten Waschlappen gegen die Stirn. Die Staatsanwältin hatte ihn über seine Rechte belehrt und er sah uns ungläubig an. Dann nahm er den Waschlappen herunter und ich sah die rot anschwellende Beule, dort, wo ihn die Wohnungstür getroffen hatte: „Fallen Sie eigentlich immer so über Ihre Bürger her? Ich will sofort meinen Anwalt sprechen!“, meinte er leise, aber bestimmt. Michael und Rudi standen noch neben ihm und ließen ihn nicht aus den Augen.

„Sie werden zunächst zum Polizeipräsidium gebracht, Herr Zeidler. Ihren Anwalt können Sie natürlich gerne anrufen“, gab Staatsanwältin Fischer ebenso ruhig zurück.

„Wen soll ich denn ermordet haben?“

„Sie brauchen nichts zur Sache zu sagen, ich habe Sie bereits belehrt“, wiederholte sie sich, während sich Rainer ein Paar Latexhandschuhe anzog. Ich sah mich kurz im Schlafzimmer um. Weiß angelegte Wände, genauso wie im Wohnzimmer, rechts ein breites französisches Bett, mit Blick zur Glasfront des Balkons, rechts und links vom Bett jeweils ein Designernachtschrank mit passenden Lampen. Hinter dem Bett, an der Wand zur nächsten Wohnung, ein Schrank, der knapp bis unter die Zimmerdecke reichte. Hinter mir, an der Wand zum Wohnzimmer, stand rechts ein Schreibtisch mit PC und Bürostuhl und links zum Balkon hin ein Fernseher auf einem Beistelltisch. Ich widerstand dem ersten Impuls, in den Nachtschränken zu stöbern und überließ Rainer das Schlafzimmer. Rene Zeidler sah mich immer noch ungläubig an und ich fragte mich, warum er nicht noch schärfer reagiert hatte.

„Leute, ich weiß wirklich nicht, was ihr von mir wollt, ihr seid hier völlig auf dem falschen Dampfer.“ Er warf den feuchten Waschlappen auf das Bett und kratzte sich hinter dem rechten Ohr. Es klang resigniert, so als ob er wirklich nicht begreifen konnte, was das hier sollte. Ich rief mir seinen nachrichtendienstlichen Hintergrund ins Gedächtnis zurück und sagte mir, dass er uns wahrscheinlich eine oskarverdächtige Lügenshow bot. Dann ging ich hinüber ins Wohnzimmer. Diese Appartements mit den besten Ausblicken gingen auf dem Immobilienmarkt weg wie warme Semmeln. Schließlich hatte ich vor Jahren selbst mit viel Glück eins erwischt, auch wenn ich mit meinem Gehalt weder mit Ice Joe noch mit Rene Zeidler mithalten konnte. Das Wohnzimmer mit integrierter Wohnküche und kleinem Tresen erschien mir brandneu und seltsam unpersönlich. Ich schlenderte zu dem Tresen hinüber, der den Küchenbereich von der Sesselgruppe am Couchtisch trennte. Die Küche wirkte fast unbenutzt und ich fragte mich, ob Zeidler überhaupt hier wohnte. Sabine und Stefan kamen herein und quetschten sich an den beiden Kollegen von der Fahndung vorbei.

„Rainer durchsucht das Schlafzimmer. Ich möchte, dass du dir das Bad vornimmst …", meinte ich zu Stefan, „… und du das Wohnzimmer …" zu Sabine gewandt. „Ihr wisst schon, jede Kleinigkeit kann entscheidend sein. Wenn ihr irgendwelche Papiere findet, dann ruft bitte Frau Fischer, sie kann ja dann mal drüber schauen." Sie nickten beide. „Und denkt dran, das hier ist nicht irgendwer, der Junge spielt Europaliga …" Damit drehte ich mich um, und bevor ich die Schlafzimmertür erreichte, rief Rainer laut: „Thommy!" Ich merkte sofort an seiner Stimme, dass etwas im Busch war. Als ich ins Schlafzimmer kam, stand er grinsend auf dem Stuhl, den er vor die Schrankwand geschoben hatte, und hielt einen länglichen, schwarzen Kasten hoch. Ich ahnte, dass es sich um einen Gewehrkoffer handelte. Rene Zeidler saß immer noch auf seinem Bett und wurde schlagartig so weiß wie die Wand hinter ihm. Frau Fischer stand gespannt daneben, die Arme über der Brust verschränkt.

„Leute, nee, der ist nicht mir, ich schwöre, den habe ich noch nie gesehen!", sagte Zeidler und ich merkte, wie seine Atmung schneller wurde. Von einer zur anderen Sekunde wechselte er wieder seine Gesichtsfarbe, diesmal von hellweiß auf dunkelrot. Rainer stieg von dem Stuhl und legte den schwarzen Kasten auf das Bett. Dann straffte er seine Gummihandschuhe und öffnete die beiden Verschlüsse. Sie schnappten nach oben und er klappte den Deckel auf. Im dunklen Futteral lagen die Teile eines Präzisionsgewehrs, Kolben, Verschluss und Lauf mit aufmontiertem Zielfernrohr. Daneben steckten Patronen im Schaumstoff des Futterals. Rene Zeidler war jetzt knallrot im Gesicht und holte tief Luft: „Da will mir jemand was anhängen, das ist eine Sauerei, verdammt, da will mich jemand fertig machen", zischte er.

Rainer drehte den Gewehrkasten zu ihm hin und grinste: „Na klar, das ist doch immer so, der große Unbekannte, der dir was anhängen will, meinst du eigentlich, du kannst uns hier verarschen?"

Die Gesichtsfarbe des ehemaligen Soldaten wechselte von knallrot auf käseweiß und dann zischte er resigniert: „Ihr habt ja gar keine Ahnung, ihr Superfahnder, die Serbenmafia aus Offenbach, die verarscht euch ohne Ende und ihr kapiert es nicht. Die holen Drogen aus dem Kosovo, die erpressen Schutzgelder, die haben so viele Bullen schon im Sack und ihr kapiert es einfach nicht …, Mann was seid ihr so scheiße drauf …"

Ich sah Dragan vor mir, wie er mir von Ante und Boris erzählte und mir versicherte, nichts mit Drogen zu tun zu haben, und dann musterte ich wieder den Bundeswehroffizier Zeidler, wie er mich anstarrte, ohne eine Spur von Reue oder Schuld. Ich ließ meinen Blick schweifen, Staatsanwältin Fischer stand mit regungsloser Miene hinter dem Einzelkämpfer, ohne eine Gemütsregung erkennen zu lassen.

Rainer sah mich triumphierend an und ich war sicher, dass wir hier die Tatwaffe gefunden hatten. Aber dann sah ich die offenen Rätsel in der Miene Rene Zeidlers und mein Bauchgefühl sagte mir bohrend, dass hier irgendetwas nicht stimmte.

❄

Er saß in seinem Jeep, etwa zweihundert Meter von dem Appartementhaus entfernt, so wie gestern Mittag. Die Kassette mit der Volksmusik dudelte im Rekorder und er klopfte rhythmisch im Takt aufs Lenkrad. Schon vor über einer Stunde waren sie reingegangen. Den ganzen Morgen stand er hier und wartete, dass sie endlich kamen. Wenn nicht, dann hätte er seinen Alternativplan anschieben und sie mit der Nase auf Zeidler stoßen müssen. Doch dann fuhren die vier Kripofahrzeuge vor und er wusste, dass sein Plan aufgegangen war. Er ließ noch einmal die Ereignisse der letzten Tage Revue passieren, wie er gestern die Wohnung des schmierigen Kerls ausgespäht und ihn für die Tatzeit unter einer Legende an einen anderen Ort bestellt hatte:

… Er nahm den Telefonhörer ab, steckte die Karte in den Schlitz und wählte die Handynummer, die er auswendig kannte. Nach drei Ruftönen ging Zeidler dran: „Ja?“

Er sagte zunächst nichts, blickte sich noch einmal um, doch niemand nahm von ihm Notiz. Der Verkehr rauschte an der Telefonzelle vorbei, er sah auf seinen Notizzettel und dann begann er leise, aber bestimmt zu sprechen. Der andere legte nicht auf, hörte wortlos zu und fragte schließlich, wer am Telefon sei. Er lachte kurz auf und wusste, dass der andere mit Sicherheit angebissen hatte, sonst hätte er schon längst aufgelegt. Dann hängte er selbst den Hörer auf, steckte den Zettel und die Telefonkarte ein, nahm die Sonnenbrille aus der Innentasche seiner Lederjacke und ging zurück zu seinem Wagen, der mit Blick auf die Tiefgaragenausfahrt geparkt war. Er sah kurz auf die große Reisetasche auf dem Beifahrersitz und dachte an den Titan vom Bosporus. Endlich kam der silberne Geländewagen aus der Ausfahrt und fuhr langsam in Richtung Zeil. Er hatte ihn sofort erkannt, Zeidler saß, wie geplant, alleine am Steuer. Er grinste zufrieden und sah noch einmal auf seine Uhr. Perfektes Timing. Er ließ den Motor an und lenkte den schweren Geländewagen in Richtung Griesheim. Wenn er gleich den Titan erledigen würde, dann fuhr der schmierige Zeidler auf der Autobahn in Richtung Köln und hatte kein Alibi. Dafür hatte er mit seinem Anruf gesorgt. Der Rest war ein Kinderspiel …

Inzwischen erschien einer von den Bullen auf dem Balkon der Wohnung und riss ihn aus seinen Gedanken. Er nahm das Fernglas hoch, doch der Greifer war sofort wieder im Wohnzimmer verschwunden. Also legte er das Glas wieder in seinen Schoß, lauschte der Musik, dachte für einen Augenblick an das Tal im Kosovo und erinnerte sich daran, wie er gestern auf dem Hochhausdach die anderen Spuren gelegt hatte:

… Er zog seine Gummihandschuhe glatt, nahm die leere Hülse aus dem Patronenlager und legte sie in eine Fuge neben dem Vorsprung am Dachrand. Die Hülse ließ er bewusst liegen, zu ihm würde sie nicht führen, er hatte die Patronen schließlich immer nur mit Handschuhen angefasst, daher war seine DNA nicht darauf zu finden. Für einen kurzen Moment bedauerte er, dass er das Gewehr jetzt bald aufgeben musste, aber das gehörte zu seinem Plan. Dann nahm er das „gute Stück" auseinander und packte es in den Kasten, der in der Reisetasche stand. Zum Abschluss sah er sich noch einmal um und nahm den Klarsichtbeutel mit der leeren Zigarettenschachtel aus der Reisetasche. Ohne Zögern ging er zur Stahltür, die Reisetasche in der linken, die Tüte in der rechten Hand. An der Stahltür stellte er die Tasche hin, straffte mit einer flüssigen Bewegung seine Gummihandschuhe, nahm die Zigarettenschachtel mit spitzen Fingern aus der Plastiktüte und warf sie wie zufällig neben die Tür zum Treppenhaus. Dabei dachte er an den schmierigen Anzugtyp zurück, wie der mit Ice Joe in der Coffee

Bar in der Innenstadt saß. Wie dieser widerliche Typ dem Rapper Befehle erteilt hatte und dann mit ihm und seinen zwei Bodyguards abzog. Er blieb damals sitzen, und als sein Blick auf den Tisch fiel, da sah er die leere Zigarettenschachtel neben dem Aschenbecher. Die Bedienung hatte noch zu tun und so nahm er unbemerkt die Schachtel mit einer Serviette spurenschonend auf. Und legte sie nun neben die Stahltür am Treppenhaus. Die entscheidende Spur für die Bullen. Bei der Spurensuche an der Zigarettenschachtel fallen seine Fingerabdrücke raus, dann würden sie seine Wohnung durchsuchen und auch das Passende finden, dafür würde er schon sorgen …

Zwei dunkle, schwere Limousinen verließen die Tiefgarage und holten ihn wieder in die Realität zurück. Beides Zivilfahrzeuge, unschwer zu erkennen. Er nahm wieder das Fernglas hoch, sah einen der Greifer am Steuer. Sie hielten an der Ampel und er stellte das Glas scharf. Durch seine getönten Scheiben konnten sie ihn nicht sehen, aber er hatte die Frontscheibe der ersten Limousine, eines schweren Audi, direkt vor sich. Der Fahrer, ein breiter Schrank, drehte sich zur Rückbank um, und er sah kurz einen kleinen Zopf über seinem Genick wippen. Dann erschien für einen Sekundenbruchteil das Gesicht des Schmierigen auf der Rückbank. Ein anderer Greifer saß ebenfalls hinten auf der Rückbank, der Beifahrersitz war unbesetzt. Sie hatten ihn also einkassiert. Alles nach Plan, dachte er triumphierend und erinnerte sich an gestern Mittag, wie er nach dem Blattschuss in Griesheim sofort hier herfuhr und die Wohnung präparierte:

… Er hatte einen Nachbar in der Tiefgarage abgepasst, grüßte freundlich und ging mit ihm hinein. Die meisten Leute vertrauten ihm, auch wenn er eine Reisetasche bei sich trug – kein Wunder bei seiner gepflegten Erscheinung und ausgesprochen freundlichen Art. Aber in diesen modernen Wohnkomplexen kannten sich die Leute selten untereinander. Kurz darauf stand er vor der Wohnungstür. Auf dem Flur war keine Menschenseele zu sehen, es gab nur eine zweite Tür und hinter der war nichts zu hören. Er stellte die Reisetasche hin, zog seine Lederhandschuhe aus der Jacke und streifte sie über. Dann nahm er den Elektropick aus der Jacke, ein kleines, handliches Gerät, mit dem Schlüsseldienste Zylinderschlösser ohne Beschädigungen öffneten. Nach wenigen Sekunden war das Schloss auf, er nahm die Reisetasche, betrat die Penthousewohnung und zog sofort die Tür hinter sich zu. Er sah auf seine Armbanduhr und wusste, dass er noch mindestens eine halbe Stunde Zeit hatte, bevor Zeidler wieder zurück sein konnte. Er sah sich in der Wohnung um und fand schließlich einen idealen Platz auf dem Schrank im Schlafzimmer. Er zog den Reißverschluss der Tasche auf, nahm den Gewehrkasten heraus und schob ihn vorsichtig so weit auf den Schlafzimmerschrank, dass der Kasten von unten nicht zu sehen war. Er nahm den Plastikbeutel Ice aus der Reisetasche, den er in Richies Nachttischschublade gefunden hatte. Dann schob er die Tür des Schlafzimmerschrankes beiseite und legte den Beutel hinter einen Stapel frisch gebügelter Hemden. Schließlich zog er einen Umschlag aus der Innentasche seiner Jacke. Die digitalen Fotos der Tatorte aus der Perspektive des Schützen ergaben das Sahnehäubchen auf seiner persönlichen Verschwörungstorte. Er legte den Umschlag zu dem Beutel Ice, schob den Stapel Hemden davor und zog die Schranktür wieder zu. Perfekt. Bei diesen Beweisen kam er mit Sicherheit nicht mehr raus, schon gar nicht ohne Alibi. Die individuellen Merkmale der Hülse vom Dach passten zu dem Gewehr. Aus und vorbei, damit war der schmierige Anzugtyp dran. Und er war raus. Er nahm die Reisetasche hoch und verließ die Wohnung …

Jetzt kam noch einer auf den Balkon, riss ihn aus seinen Gedanken, und er nahm wieder das Fernglas hoch. Der Bulle stand am Geländer und blickte nachdenklich über die Dächer der Stadt. Er kannte ihn schon länger, den ehrgeizigen Mordermittler, aber so eine nachdenkliche Miene hatte er noch nicht bei ihm gesehen. Dann grinste er schadenfroh, schließlich hatte er die kleine Verschwörung genau geplant, blieb immer flexibel, hatte Spuren gesammelt und sorgfältig gelegt. Sie würden sich an Zeidler festbeißen, er gehörte zum Kreis, hatte ein Motiv. Und er selbst konnte sich in Ruhe den Nächsten vornehmen.

❄

Staatsanwältin Fischer trank ihren Kaffee in kleinen Schlucken, Rainer goss sich ebenfalls eine Tasse ein und ich verkniff mir das schwarze Gebräu, weil sich mein Magen wieder meldete. Die Beweismittel lagen auf dem Schreibtisch in meinem Büro. Der aufgeklappte Kasten mit dem zerlegten Gewehr; der Klarsichtbeutel mit der Patronenhülse vom Hochhausdach, von dem aus Erdogan erschossen worden war; dann der Plastikbeutel mit der Zigarettenschachtel und die Tatortspurenkarte mit den Fingerspuren Zeidlers, unser Durchbruch in diesem Fall; daneben ein Beutel mit weißem, kristallinen Ice, den Rainer mit einem Umschlag ebenfalls im Schlafzimmerschrank hinter einem Stapel Hemden gefunden hatte; die Digitalbilder aus dem Umschlag, die jetzt aufgefächert die Perspektiven der Tatorte zeigten. Auf einigen sah man die Zufahrt zum „Eastend“, aus erhöhter Perspektive vom Parkdeck aus, zur Tageszeit fotografiert – der Ort, an dem wir aufgrund des Spurenbildes auch den Schützen vermutetet hatten. Die anderen Bilder zeigten den Bahnhof Griesheim aus der Vogelperspektive, vom Hochhausdach aufgenommen. Ich sah zu Frau

Fischer hinüber, die auf einem Besucherstuhl neben meiner Pinwand saß. Sie schien intensiv über unseren Fall nachzudenken und ich nickte zu den Asservaten auf meinem Schreibtisch. „Das dürfte erst mal reichen“, stellte ich fest. Sie sagte nichts und nahm noch einen Schluck aus meiner Tasse mit dem Eintrachtadler, die ich ihr gegeben hatte.

„Die Frage nach dem Motiv stellt sich nach wie vor“, warf Rainer ein und sah zur geschlossenen Bürotür hinüber. Zeidler saß bei Stefan und Sabine zwei Büros weiter, und wir entwarfen noch einen Schlachtplan für die Vernehmung. Die Kollegen von der Fahndung hatten Zeidler ins Präsidium transportiert, nachdem er sich angezogen und eine Tasche gepackt hatte. Aber er wusste noch nichts von dem Fund der Bilder und des Beutels Ice, die hatten wir erst nach seiner Abfahrt in seinem Schlafzimmerschrank gefunden. Ich war auf sein Gesicht gespannt, wenn wir ihm diese Beweise präsentierten, auch wenn er damit rechnen musste, dass wir sie finden würden. Der Beutel Ice war identisch mit denen aus dem Sockel der Duschkabine von Richard Wittmann, und ich war überzeugt, dass die chemische Analyse die eindeutige Übereinstimmung bestätigen würde.

„Die Indizienkette ist überzeugend und dürfte erst einmal bis zum nächsten Haftprüfungstermin reichen“, meinte Frau Fischer: „Aber ein Geständnis wäre natürlich optimal.“ Ich nickte: „Wir werden jetzt erst einmal hören, was er zu dem Ice und den Bildern zu sagen hat.“

Wir hatten ihn vor einer guten Stunde im Büro von Stefan noch einmal gefragt, ob er aussagen werde. Er hatte sich einen Fussel von seinem Sakko abgestreift, eine Visitenkarte mit der Anschrift einer Wiesbadener Kanzlei aus seiner Geldbörse gezogen und uns gebeten, seinen Anwalt anzurufen. Wenn der da sei, dann mache er auch Angaben zur Sache. Ich hatte daraufhin in der Kanzlei angerufen und den Anwalt, einen Dr. Weinrich, erreicht. Mir sagte der Name nichts. Der Anwalt fragte kurz nach den Umständen, blieb ruhig und sachlich und sicherte sein Kommen innerhalb von einer Stunde zu.

„Die Frage ist, ob er auf eigene Rechnung arbeitet, oder für Ante oder Boris, oder für beide", brachte Rainer meine Überlegungen auf den Punkt. Aber da blieben immer noch diese Fragezeichen. Ich fragte mich, warum ein ehemaliger Nachrichtendienstler solche Spuren hinterließ. Das passte eigentlich nicht zusammen. Oder war er sich zu sicher? Was steckte wirklich dahinter? Eine Intrige im Kampf um die lukrativen Absatzmärkte? Wurde Zeidler durch die Konkurrenz hereingelegt, oder war er wirklich so blöd und arrogant, solche Spuren zu hinterlassen? Es klopfte, ich stand auf und ging zur Tür, weil ich annahm, dass sein Rechtsverdreher da war. Ich ahnte, dass der Anwalt zunächst alleine mit seinem Mandanten sprechen wollte. Daher musste ich verhindern, dass Dr. Weinrich alle Beweise auf meinem Schreibtisch sah. Die wollte ich erst vorlegen, wenn Zeidler aussagebereit war. Wenn nicht, dann legte ich meine Asse nicht sofort alle auf den Tisch. Ich zog meine Bürotür ein Stück auf und sah Kriminaldirektor Brenner vor mir stehen. Verblüfft gab ich dem Leiter unserer Kriminaldirektion die Hand und warf einen kurzen Seitenblick auf den Mann im Anzug, der neben ihm stand. Brenners wache Augen sahen mich ernst durch die schmale Goldrandbrille an. Er war Anfang Fünfzig, hatte eine Stirnglatze, einen kurzen grauen Haarkranz und trug einen ebenso grauen Anzug. Ich wunderte mich, dass er hier erschien, wir hatten ihn nicht angerufen und ich konnte mir nicht vorstellen, dass die Jungs von der Fahndung ihn verständigt hatten. Der Mann neben ihm trug einen dunkelblauen Anzug und hatte einen schwarzledernen Aktenkoffer in der Hand. Er sah mich ebenso ernst an. Ein unauffälliger Typ, Ende Dreißig, mit gebräuntem, schmalem Gesicht und dunkelbraunen Haaren, Seitenscheitel und Werbelächeln, das nicht zu seinem ernsten Blick passte. Auf den ersten Blick war er der Typ Versicherungsvertreter, der immer nur das Beste für jeden will. Das musste Dr. Weinrich, der Anwalt Zeidlers, sein.

„Herr Bach, guten Tag, darf ich vorstellen, Kriminaloberrat Jung vom BKA“, meinte mein Chef und wies auf den ernsten Versicherungsvertreter. Wir gaben uns die Hände.

„Lassen Sie uns mal in Ihrem Büro weiterreden“, meinte Brenner, und mir schwante, dass wir irgendwie ganz dick in der Tinte saßen.

Zeidler saß auf dem Drehstuhl mir gegenüber, nahm einen langen Zug von seiner Zigarette, stieß den Rauch aus und blickte dann in die Runde in meinem Büro: Staatsanwältin Fischer, Kriminaldirektor Brenner, Kriminaloberrat Jung und mein Team, Rainer, Sabine und Stefan. Sie saßen teils auf zusammengerückten Stühlen, teils lehnten sie an Aktenschränken, mit Kaffeetassen, Colaflaschen oder Zigaretten in der Hand. Ich drückte eine Tablette aus dem Blister, spülte sie mit einem Schluck Mineralwasser herunter. Auf Brenners Bitte hatte ich Stefan in seinem Büro angerufen und er war sofort mit Sabine und Zeidler rübergekommen. Der Mann vom BKA hatte zwischenzeitlich wortlos seinen Aktenkoffer neben meinen Schreibtisch gestellt und sich unsere Asservate betrachtet. Ich dachte an Zeidlers nachrichtendienstlichen Hintergrund und fragte mich, was hier für eine Geheimagentenposse ablief. Dann schloss Sabine die Tür hinter sich und unser Chef, Kriminaldirektor Brenner, eröffnete das Gespräch. Er rückte seine Goldrandbrille gerade, die Linke lässig in der Hosentasche, und in diesem Moment hätte man die berühmte Stecknadel fallen hören können: „Ich möchte jetzt und hier besonders ausdrücklich betonen, dass alles, ich betone alles, was in den nächsten Minuten hier besprochen wird, auf keinen Fall…“ Er hatte jetzt die ungeteilte Aufmerksamkeit und sprach noch etwas leiser:

„... auf gar keinen Fall ...“ er hielt inne, sein Blick wanderte langsam in die Runde und jetzt flüsterte er fast:„... außerhalb dieses Raumes und zu anderer Zeit noch einmal irgendwo erwähnt wird ...“ Oh Mann, dachte ich mir, der macht es aber jetzt wirklich spannend. Dann fiel mein Blick auf Zeidlers düstere Miene. Er nahm noch einen Zug und inhalierte tief. Ich sah wieder zu Brenner hinüber und nickte. Der wiederum nickte dann dem Mann vom BKA zu. Der Versicherungsvertreter hatte sein Werbelächeln abgesetzt und fixierte mich mit einem strengen Blick: „Zunächst einmal möchte ich hier bestehende Unklarheiten ausräumen. Mein Klarname ist Harald Jung, Bundeskriminalamt, Tarnname Dr. Weinrich. Rene, stell dich bitte auch mal vor.“ Zeidler streifte die Asche seiner Zigarette ab und sah mich an: „Ich bin Verdeckter Ermittler des Bundeskriminalamtes, Tarnname Rene Zeidler, seit drei Jahren unter der Legende eines ehemaligen Bundeswehroffiziers verdeckt im Einsatz.“ Er drückte seine Zigarette aus, und es überfiel mich siedendheiß. Ein Verdeckter Ermittler, kurz VE, das durfte doch nicht wahr sein. Die Einsätze der VE waren nur einem kleinen Personenkreis in Polizeibehörden bekannt, und mir wurde mit einem Schlag klar, dass wir wieder am Anfang standen. Mein Sodbrennen setzte sofort ein und ich griff nach meiner Flasche Wasser.

„Mein Auftrag ist die Infiltration einer kriminellen Vereinigung mit Hauptsitz in Belgrad. Ich habe vor drei Jahren auf einer Mission Kontakte zu führenden Persönlichkeiten dieser Organisation geknüpft. Es gelang mir, in den inneren Kreis der Organisation vorzustoßen ...“ Er fingerte sich noch eine Zigarette aus dem Päckchen auf dem Tisch, sein Chef trat einen Schritt vor und gab ihm Feuer. Die Flamme fraß sich in den Tabak, er nahm einen Zug, lehnte sich in den Drehstuhl zurück und erzählte weiter: „...Diese Organisation finanziert sich durch Drogen und Zigarettenschmuggel. Die Gewinne werden nach internationalen

Geldwäschetransaktionen legal teilweise hier in Deutschland und teilweise in demnächst beitretende EU Staaten investiert. Dort wird die Geldwäsche durch staatliche Institutionen derzeit nicht registriert. Ziel meines Auftrages ist die Aufklärung der Organisation, ihre Geldwäschetransaktionen und die Ursprungstaten …" Jetzt beugte er sich wieder vor und streifte seine Zigarette im Ascher ab: „In einem der Schmuggelkomplexe führen Spuren nach Frankfurt. In Pristina wurden vor einigen Monaten synthetische Drogen aus dem Polizeihauptquartier entwendet und hier in Frankfurt auf den Markt geworfen. Wir ermitteln zusammen mit der DEA und dem hiesigen Fachkommissariat für Organisierte Kriminalität in diesem Fall …" Ich dachte an Norbert Vogts Worte zurück: „… Wir führen die Ermittlungen in Zusammenarbeit mit dem BKA und der DEA, der US Drogenfahndung. Bisher kommt ein Kreis von zwei Dutzend Personen, UN Polizisten aus acht Staaten, KFOR Militärs und albanische Sicherheitskräfte für den Coup in Frage …" Der Kreis schloss sich und Zeidler fuhr fort: „Es ist bislang nicht eindeutig klar, ob unsere Organisation oder eine albanische Gruppe den Coup in Pristina durchgeführt hat."

Jetzt meldet sich wieder der Versicherungsvertreter: „Auch in unseren umfangreichen begleitenden technischen Maßnahmen haben wir keine Hinweise auf Ihren Schützen erlangt …" Jetzt war es amtlich. Wir standen wieder am Anfang. Der BKA-Mann fuhr fort: „Auf der anderen Seite ergibt sich jetzt die Möglichkeit, unseren Mann für einige Zeit aus der Schusslinie zu nehmen und seine Legende zu untermauern, bis wir wissen, was hier wirklich passiert ist." Er sah zur Staatsanwältin hinüber: „Eine Inhaftierung bis zur ersten Haftprüfung nach drei Wochen würde seine Legende stärken. Denken Sie, dass wir das einrichten könnten?" Staatsanwältin Fischer rückte ihre Brille zurecht, überlegte kurz und nickte dann: „Ja, ich denke, dass wir das hinkriegen." Kriminaloberrat Jung sah zu Brenner hinüber, der nickte. Mir schoss wieder Dragan, mein Informant aus Offenbach, durch den Kopf. Steckte er hinter dieser Charade? Hatte ich mich doch so leicht manipulieren lassen? Ich verscheuchte den Gedanken, stand auf und nahm das Heft wieder in die Hand: „Okay, wenn die Beweise in Ihrer Wohnung platziert wurden, wer hatte die Gelegenheit dazu?"

Der Verdeckte Ermittler schüttelte den Kopf: „Außer mir hat niemand Schlüssel, es muss während meiner Abwesenheit passiert sein. Gestern Mittag habe ich einen Anruf bekommen. Jemand wollte mir gegen Bares Informationen über die Morde an Ice Joe verschaffen, ich habe erst gesagt, dass sei mir egal, wer den kleinen Penner umgelegt hat." Jetzt sah er zu seinem Chef hinüber: „Aber ich wusste nicht, was wirklich dahinter steckt und habe einem Treffen zugestimmt, Harald angerufen und bin dann hingefahren ..." Jung fuhr fort: „Wir haben sofort ein Mobiles Einsatzkommando losgeschickt, das Treffen sollte auf einer Autobahnraststätte bei Limburg stattfinden. Wir wollten den Anrufer identifizieren ..." Jetzt schüttelte Zeidler den Kopf: „Aber er ist nicht gekommen. Später habe ich dann aus den Nachrichten von dem Mord am Bahnhof Griesheim erfahren."

„Wann waren Sie in Ihrer Wohnung zurück?"

„Nun, ich habe eine halbe Stunde am Rasthof gewartet, bin dann eine Stunde zurückgefahren, also so etwa gegen zwei Uhr nachmittags ..."

„Also hatte der Täter nach dem Mord an Erdogan mehr als genug Zeit, die Tatwaffe, das Ice und die Fotos in der Wohnung zu verstecken ...", dachte ich laut weiter: „Der Täter hat demnach die Zigarettenschachtel mit Ihren Fingerspuren am Treppenhaus abgelegt. Er wusste, dass wir sie finden und auf Fingerspuren untersuchen würden. Wie konnte er so sicher sein, dass wir Sie dann als Verdächtigen ermitteln?"

„Er musste gewusst haben, dass Renes Fingerabdrücke beim AFIS Abgleich rausfallen. Ein Insider, der Rene für einen echten

Kriminellen gehalten hat, nicht für einen Verdeckten Ermittler…", stellte der Mann vom BKA in den Raum und sah sich wieder um. Das machte Sinn. Einem VE legte niemand ernsthaft falsche Beweismittel in die Wohnung. Oder etwa doch? War seine Legende vielleicht schon aufgeflogen? Ich dachte wieder an die Worte Norbert Vogts, als er die verdächtigen UN Polizisten erwähnte. Wurde Zeidler durch einen korrupten Kollegen erkannt und verraten? Dann fielen mir Rainers Worte wieder ein: „Vielleicht hat einer von uns da unten seine Lektion gelernt …"

Kapitel 9

Ich nahm die Karaffe und schenkte mir Rotwein nach. Schon das zweite Glas in zehn Minuten, dachte ich kurz, verscheuchte aber rasch mein schlechtes Gewissen.

„Prost!“, hörte ich hinter mir, drehte mich um, sah Ute und stieß mit ihr an.

„Prost“, gab ich zurück, die bauchigen Gläser klangen hell, und dann nahmen wir jeder einen Schluck von dem schweren Rioja. Der Duft ihres frischen Frühlingsparfums legte sich über das Bukett des Weins und ich registrierte erst jetzt bewusst, dass sie heute Abend wieder die rote Bluse trug, die ihr so gut stand. Sie strich sich eine Strähne aus der Stirn und ihre grünen Augen blitzten mich geheimnisvoll an: „Versuch mal, heute Abend abzuschalten, mein Schatz“, flüsterte sie und setzte ein Lächeln auf. Wenn ich in ihren Augen doch genauso Gedanken lesen könnte wie sie in meinen, dachte ich, und die schwermütigen spanischen Rhythmen im Hintergrund verstärkten meinen aufkommenden Blues. Ich quälte mir ein Lächeln heraus, da meldete sich der Türsummer kaum vernehmbar und sie entschuldigte sich: „Da kommen schon die nächsten, ich sehe mal nach…“ Sie stellte ihr Glas auf das Buffet und ich ließ meinen Blick über ihre Kreationen der spanischen Küche schweifen. Ich war noch unentschlossen, ob ich schon mit den Tapas anfangen oder erst noch einige Tacos mit der scharfen Salsasauce probieren sollte. Dann kehrten meine Gedanken wieder an den Nachmittag im Büro zurück. Nach dem Schlusswort von Brenner führten wir Zeidler zunächst weiter als Beschuldigten, Staatsanwältin Fischer regelte die Vorführung beim Haftrichter und Kriminaloberrat Jung vom BKA versprach, uns sofort zu unterrichten, wenn sie Neues über den Schützen erfahren würden. Der VE Führer vom BKA hatte seinen Mann erst einmal aus der Schusslinie genommen, und wenn der Täter sich in

Sicherheit wiegen konnte, dann stellte sich die Frage, ob er überhaupt weitermachen würde. Schließlich hatte er die Taten „erfolgreich“ auf einen anderen abgewälzt.

Mein Blick fiel in den Flur von Utes Altbauwohnung und eine korpulente Frau in unserem Alter begrüßte Ute überschwänglich. Sie war etwas kleiner als meine Freundin und trug ein weites, langes, hellbraunes Leinenkleid. Ihre zur Pagenfrisur kurzgeschnittenen, blonden Haare und der verkniffene Zug um beide Mundwinkel betonten ihre leicht feministische Ausstrahlung. Heike, ja, ich erinnerte mich, sie hieß Heike. Ich kannte sie als eine von Utes Kolleginnen von einer anderen Party, von der ich mich nach einem politischen Streitgespräch mit ihr vorzeitig verabschiedet hatte. Ich stopfte einige Tacochips in den Mund, verzichtete auf die scharfe Sauce und verzog mich in die Küche, weil ich keine Lust auf die mit hoher Wahrscheinlichkeit eskalierende Partykonversation mit dieser Frau hatte. Sascha stand vor dem Herd und rührte in einer riesigen Pfanne. Er sah auf und ich zog die Küchentür hinter mir zu.

„Alles okay?“, meinte ich, trat zu ihm an den Herd und naschte mit einem Finger von der Paella in der Pfanne.

„Na ja, eigentlich schon ...“, meinte er, etwas unschlüssig. Mir fielen die Gespräche mit Ute ein, und ich beschloss, das Heft in die Hand zu nehmen: „Du, Ute hat mir erzählt, dass einer von euren Jungs nach einer durchgemachten Nacht gestorben ist.“ Sascha rührte wortlos weiter und sagte nichts.

„Wenn du keinen Bock hast, mir was zu erzählen, dann lassen wir es, ist schon in Ordnung.“ Sein Blick fiel auf mein Rotweinglas. Ich hielt es ihm hin, er ließ den Löffel neben der Pfanne liegen, griff sofort zu und nahm einen großen Schluck von dem Rioja. Dann sah er mich für ein paar Sekunden an, mit ernstem Blick und mir fiel wieder auf, dass er die gleichen grünen Augen wie seine Mutter hatte.

„Wir waren eine richtige Clique, aus dem gleichen Kurs, von der Schule, weißt du ...“ Er drehte das bauchige Rotweinglas in der Hand, ich lehnte mich an den Küchenschrank, verschränkte meine Arme hinter dem Rücken und hörte einfach wortlos zu. „Frank hatte immer genug Kohle von seinen Eltern. Sein Vater war Banker, seine Mutter Chefin von Boutiquen. Die hatten zwar nie so richtig Zeit für ihn, aber wenn einer von uns knapp bei Kasse war, half Frank immer aus ...“ Sascha nahm noch einen Schluck und erzählte dann leise weiter: „Wir waren natürlich an den Wochenenden in den üblichen Clubs in der Innenstadt und sicher hat der eine und der andere auch mal etwas eingeworfen und wir haben dann durchgemacht ...“ Ich sagte nichts, machte ihm keine Vorwürfe, sondern ließ ihn einfach weitererzählen. Er holte tief Luft. Dann sah er in das Glas, ließ den Wein kreisen und hielt es mir wieder hin. Ich griff zu, nahm einen Schluck und gab es ihm wieder. Er lächelte dankbar und dann erzählte er weiter: „Ich hab auch ein paar Mal welche eingeworfen. Einfach so. Aber seit der Sache mit Frank ...“

„Weißt du, mir hat mal ein Drogenfahnder eine Story von einem Mädchen erzählt, die auch Ecstasy genommen hat ...“, fing ich vorsichtig an.

„Und?“

„Na ja, sie saß zur Vernehmung vor ihm am Schreibtisch, der Klarsichtbeutel mit den Tabletten lag vor ihr und der Fahnder hat sie gefragt, ob sie es denn auch schon mit ihrem Freund treiben würde ...“

„Ja, und?“, meinte Sascha überrascht und ich sah in seine großen Augen.

„Na ja, sie hat einen Augenblick überlegt und dann ja gesagt, natürlich würde sie es mit ihrem Freund treiben. Und zwar richtig. Da hat der Drogenfahnder sie gefragt, ob sie es auch schluckt, wenn sie es schon richtig mit ihm treibt ...“

„Versteh ich nicht?“ Jetzt hatte ich den höchsten Grad seiner Aufmerksamkeit und wusste, dass er diese wahre Geschichte auch weitererzählen würde.

„Ja, sie ist fast ausgerastet, was er denn wolle, so eine Sauerei würde sie nicht machen, und dann hat der Drogenfahnder ihr den Beutel mit den Tabletten vor die Nase gehalten. Die Kleine hat ihn doof angeglotzt und er hat gesagt: ‚Aber diese Scheiße hier, wo du nicht weißt, was wirklich drin ist, diese Scheiße schluckst du, oder? …‘.“ Sascha sah mich erstaunt an und fing an, die Message zu begreifen. Er sah kurz unter sich, nahm dann das Glas hoch, hielt es gegen das Licht der Küchenlampe und meinte: „Da weiß ich wenigstens, was drin ist …“ Er trank das Glas aus und stellte es neben den Herd. Ich wollte erst zu einer Frage ansetzen, sagte dann aber nichts und schließlich erzählte Sascha weiter die Geschichte von Frank: „Irgendwie kam er an einen Typ in der Technoscene, ich weiß es auch nicht, ich habe es nur erzählt bekommen, der hat ihn mit dem Zeug versorgt. Na ja, Frank wollte immer im Mittelpunkt stehen und eigentlich war er ein armes Schwein, trotz aller Kohle …“ Jetzt nahm er wieder den Löffel hoch und rührte in der Paellapfanne. Es duftete wirklich klasse. Ich nahm die Oreganomühle aus dem Küchenregal, drehte sie über der Pfanne und die frisch gemahlenen Kräuter fielen zwischen die Erbsen, die Meeresfrüchte und den Reis.

„Na ja, seit der Sache mit Frank hab ich das Zeug nicht mehr angerührt und die anderen auch nicht …“ Jetzt war es für einige Sekunden still und ich glaubte ihm. Hoffentlich war ihm das eine Lehre. Ich musste an den Selbstmord eines Mädchens in einer Villa im Westend denken, das an Weihnachten aus dem Internatsurlaub nach Hause gekommen war und sich die Pulsadern aufgeschnitten hatte – weil ihre Eltern lieber mit den Nachbarn Sekt getrunken hatten, anstatt sie ordentlich zu begrüßen, so stand es in ihrem Abschiedsbrief. Ich riss mich zusammen und hakte noch einmal nach: „Weißt du, wir wollen schon gerne rausfinden, wer Frank auf dem Gewissen hat, aber dazu müssen wir natürlich seinen Dealer finden …“, fing ich vorsichtig an und stellte die Gewürzmühle wieder ins Regal. Sascha sah zu mir hoch, schüttelte den Kopf und sagte: „Ich hab ihn nie gesehen, weißt du. Frank hat selbst ein Geheimnis drum gemacht, er hat das Zeug besorgt und dann weiter vertickt. Ich weiß noch nicht einmal die Handynummer, oder was das überhaupt für ein Typ war …“

„Schon okay ...“, meinte ich und versuchte, meine Enttäuschung zu verbergen.

„Eigentlich hätten wir schon bei der Sache mit Ela den Scheiß lassen sollen…“, meinte er und rührte weiter in der Pfanne. Ich kramte in meinen Erinnerungen, aber der Name Ela war mir nicht geläufig.

„Ela? ...“, hakte ich deshalb nach.

„Ja, weißt du das nicht ...?“

„Nee, da muss ich passen.“ Er rührte weiter und fing wieder an zu erzählen: „Sie war auch in unserer Clique, eng mit Frank. Immer unterwegs, auf der Überholspur, sie war Sonntagsmorgens immer bei den letzten mit dabei. Bis sie sich dann vom Hochhaus gestürzt hat ...“ Sascha erzählte weiter und plötzlich hörte ich ein leises, ganz entferntes Singen in den Ohren. Das Singen wurde langsam immer stechender und Saschas Stimme drang wie ein Echo zu mir vor: „Ihr Alter war immer weg, irgendwo im Ausland, und ihre Mutter hat ihr alles erlaubt. An einem Sonntagmorgen war sie dann wohl auf dem falschen Trip und ist von dem Hochhaus in Offenbach gesprungen, da unten am Main, wo sie gewohnt haben …“ Er hielt für einen Augenblick inne, das Singen in meinen Ohren ebbte ab und ich versuchte, nun endlich einmal abzuschalten, aber das ging nicht. Die Bilder verfolgten mich trotzdem, ließen mich nicht los, ich sah Richard Wittmanns bleichen Gesichtausdruck und die unausgesprochene Anklage in seinem starren Blick.

„Vielleicht hast du mir doch ein bisschen geholfen ...“, meinte ich, schluckte, nahm den Löffel und probierte von der Paella. „Echt klasse Rezept. Weißt du, ich hole uns jetzt noch einen Roten und dann möchte ich, dass du mir noch mal die Geschichte von Frank erzählst ...“ Ich legte den Löffel beiseite und lächelte ihm zu. Er grinste zurück: „Dann mach mal, Alter ...“, feixte er frech, ballte eine Faust, boxte mich leicht in den Bauch und ging in den Infight. Ich nahm seinen Kopf in meine Armbeuge, zog ihn spielerisch in den Schwitzkasten und drückte sacht seinen Kopf an meine Brust. Er schlang spontan seine Arme um mich, ich strich ihm mit meiner freien Hand über die Haare und in diesem Moment schossen mir vor Glück ein paar Tränen in die Augen.

Der wolkenlose, blaue Winterhimmel über der Mainmetropole wurde nur durch langgezogene, weiße Kondensstreifen unterbrochen, und ich sehnte mich wieder nach einem langen Sommer, nach lauschigen Abenden im Grünen, nach Grillfesten mit Freunden und Spaziergängen am Mainufer. Die Kaffeemaschine zischte, ich riss mich von dem Anblick aus meinem Bürofenster los und sah wieder auf die Tatortfotos des Erkennungsdienstes auf dem Schreibtisch vor mir. Der Vorplatz des Hochhauses in Niederrad, die Einfahrt zu den Nachtclubs auf der Hanauer Landstraße, der Bahnsteig in Griesheim. Daneben hatte ich die digitalen Ausdrucke aus dem Schrank Zeidlers gelegt. Die Schranke und die Zufahrt auf der Hanauer Landstraße und der Bahnhof in Griesheim, beide Aufnahmen aus der Vogelperspektive. Drei Tatorte und nur zwei Bilder zu diesen Örtlichkeiten. Aber ein digitales Bild vom Hochhaus in Niederrad fehlte. Entweder hing der als Suizid getarnte Tod von

Richie doch nicht mit den Morden an Ice Joe und Erdogan zusammen, was wenig wahrscheinlich war. Oder der Schlüssel zu allen Fällen lag wirklich in einer Beziehungstat zum Nachteil von Richie. Es klopfte an meiner offenstehenden Bürotür, ich sah auf und Rainer trat ein: „Morgen Thommy!“

„Moin Rainer. Nimm dir einen Kaffee und setz dich.“

„Irgendetwas Neues?“, brummte mein Partner und ging zur Kaffeemaschine auf der Fensterbank hinüber, um sich eine Tasse einzuschenken.

„Hmmmh“, brummte ich und sah wieder auf die Tatortbilder neben den Aufnahmen aus Zeidlers Wohnung. Ich grübelte schon seit dem Aufstehen heute Morgen, wer ein Interesse haben könnte, Zeidler derart reinzulegen, aber ich konnte mir nicht vorstellen, dass seine Tarnung als verdeckter Ermittler schon aufgeflogen war. Was war das Motiv, ihm die Morde anzuhängen? Wenn wir darauf kamen, dann hatten wir auch bald den Täter, da war ich mir sicher.

„Rainer?“

„Ja?“, brummte er, nippte an seiner Tasse und stellte sich neben mich. Wir betrachteten die Fotos auf meinem Schreibtisch und ich stellte die entscheidende Frage: „Wer wollte Zeidler das aus welchen Gründen anhängen?“

Wir schwiegen einige Sekunden, mein Partner kratzte sich am Kopf, nahm noch einen großen Schluck aus seiner Kaffeetasse und meinte: „Die Konkurrenz? Vielleicht haben wir es doch mit zwei Gruppen zu tun …, aber …“

„Was aber?“

„… Mir ist gestern auch noch was eingefallen …“, warf er zögernd ein.

„Und zwar?“

„Das Appartement, wo der Zeidler wohnt, das ist doch topgesichert.“

„Und …“, brummte ich weiter.

„Na ja, wir sollten mal sehen, ob es nicht eine verdeckte Videoüberwachung gibt …“

Dann sah ich den Turm mit den luxuriösen Appartements vor mir und die Eingangshalle mit dem Sicherheitsmitarbeiter hinter dem Empfangstresen. Wenn unser Killer so sicher war, dass wir Zeidler festnehmen und nicht weiter nach anderen Spuren suchen würden, dann würde auch er vielleicht doch einmal unvorsichtig. Ich holte tief Luft und sah Rainer an: „Mensch, klar, wenn da einer auf einem Überwachungsvideo vor dem Appartement drauf ist …“

„Dann hat er auch das Gewehr in Zeidlers Wohnung gelegt. Komm lass uns Gas geben!“, raunte mein Partner und grinste mich an.

❄

Die Glocken läuteten zum Gottesdienst, festlich gekleidete Familien stiegen mit ihren Kindern die Treppen zum Vorplatz der Kirche hinauf. Er stand mit seinem Motorrad in einer Reihe geparkter Fahrzeuge, schräg gegenüber vom Vorplatz. Durch die Geräuschkulisse des Geläutes drangen serbische Sprachfetzen einer Familie, die gerade neben ihm vorbeiging, durch seinen Helm zu ihm. Der Vater schimpfte mit dem Kleinsten, weil der nicht mit in die Kirche wollte.

Und jetzt überquerte seine neue Zielperson etwa zwanzig Meter vor ihm die Straße, mit seiner Flamme im Arm, einem Modeltyp, bei der es jedem den Atem verschlug. So wie es ihm damals den Atem verschlagen hatte, als er das erste Mal Vera traf, dachte er mit Wehmut zurück. Das Model auf der Straße war fast so groß wie ihr athletischer Begleiter, hatte lange, schwarze Haare und gleichmäßige, slawische Gesichtszüge. Ihr schwarzer, langer Mantel ließ kaum einen Blick auf ihre Beine zu. Hoffentlich hatte sie vorgesorgt und etwas beiseite gelegt, dachte er. Sonst ging sie bald leer aus, wenn er ihn vom Markt nehmen würde.

Er kannte ihn schon lange, diesen Dragan, wie er sich nannte, aus Offenbach, aus einer der Jugodiskotheken, in die er mal auf Heimaturlaub mit Vera ausgegangen war. Dragan war damals schon ein Arschloch. Als er ihn letztens zusammen mit Zeidler sah, überlegte er nicht lange, den schmierigen Zeidler hatte er schon ordentlich abgeklärt, und deshalb hängte er sich nun verdeckt an den Serben. So wie auch heute, nachdem er gestern endlich das Kapitel Zeidler abschließen konnte, als die Bullen ihn hochgenommen hatten. Dragan benutzte immer den gleichen schwarzen Daimler, der meistens vor seiner Baufirma am Offenbacher Hafen oder seiner Wohnung in einem gut bürgerlichen Wohnviertel in Oberrad stand. Jetzt stieg er mit seiner Balkanprinzessin die Treppen zum Vorplatz der Kirche hoch, in der Sonntags die orthodoxen Christen ihren Gottesdienst besuchten. Das Volkslied von der Schlacht am Amselfeld ertönte wieder in seinem Unterbewusstsein und, wie schon hundert Male zuvor, er sah diese Szene wieder vor sich, die er nicht mehr aus seinem Gedächtnis löschen konnte:

... Sie fuhren auf dem schlammigen Feldweg an den ersten verfallenen Häusern des Bergdorfes vorbei. Man sah keine Menschenseele, es schien verlassen, nur streunende Hunde liefen in der Dämmerung neben dem Bundeswehrjeep her und kläfften lauthals. Gerd, sein Teampartner, ließ den Jeep im Zentrum des Dorfes vor einem halbwegs intakten Haus ausrollen und drehte den Zündschlüssel. Der Motor erstarb und er zog die Handbremse. Auf der Straße war außer den Hunden niemand zu sehen, der Unrat und Müll wurde durch den Wind über diesen schlammigen Brei, der die Bezeichnung Straße eigentlich gar nicht verdient hatte, durcheinander geweht. Über der grün gestrichenen Eingangstür der verfallenen Hütte hing ein vergilbter Pappkarton, auf dem mit krakeliger Schrift „Kafe“ geschrieben stand. Ein halb abgerissenes Coca Cola Werbeschild hing daneben. Durch die schmutzigen, halbblinden Fenster schimmerte Kunstlicht.

„Bin gleich wieder da“, raunte sein Partner, zog das Barett auf und stieg aus. Er lehnte sich auf dem Beifahrersitz zurück und ahnte, dass Gerd heute wieder irgendwelche Schweinereien mit einem Albaner machen wollte, aber es war ihm mittlerweile egal. Wieder erschien ihm Ela, lächelnd wie ein Engel, mit ihren langen, gelockten, dunklen Haaren, die sie von ihrer Mutter hatte. Er sah sie auf dem Dach des Hochhauses stehen, unter sich die Uferstraße an der Mainschleife. Wie ihr die Tränen übers Gesicht liefen und sie von bösen Geistern und diesen elenden Drogen getrieben auf die Dachkante stieg und dann ins Leere sprang. Ein Schuss und ein langgezogener Schrei rissen ihn aus seinen Gedanken.

Gerd. Das war Gerd in diesem verdammten Café. Er überlegte keine Sekunde, nahm seine Uzi, eine handliche Maschinenpistole israelischer Bauart, und stieg aus. Zur Tür des Cafés waren es etwa fünf Meter. Er nahm die Uzi in den Anschlag, als sich die grüne Holztür öffnete und ein Albaner mit einer Kalaschnikow heraustrat. Wieder ertönte Gerds Schrei aus dem Café und der junge Albaner nahm die russische Maschinenpistole hoch. Dann sah er alles in Zeitlupe. Das entschlossene, eigentlich viel zu unschuldige Kindergesicht des etwa vierzehnjährigen Jungen. Sein kurzer Druck am Abzugshebel entlockte der Uzi einen Feuerstoß und der Albaner zuckte wie im Veitstanz zusammen, als die Projektile in seiner Brust einschlugen. Er fiel rückwärts in den zähen Schlamm, die Kalaschnikow, aus der er keinen Schuss mehr abfeuern konnte, klatschte neben ihn.

Er handelte wie ein Roboter, getrieben von einem plötzlichen Hass auf Gerd, der ihn mit seiner Gier und seinen Schweinereien in diese beschissene Situation gebracht hatte. Dann lief er zu dem Jungen hinüber, ging in die Hocke und nahm dessen Kalaschnikow in seine linke Hand. Mit einem Blick in die gebrochenen Augen des Jungen stellte er fest, dass dem keiner mehr helfen konnte. Sein Pech. Währenddessen zielte er mit der Uzi in der Rechten auf die offenstehende Tür. Dort lag die Gefahr, all das, was er seinem Teampartner, diesem Idiot, zu verdanken hatte, der seine Finger nicht von blutjungen Mädchen lassen konnte. Aber seitdem Ela tot war, kannte er nicht mehr diese Angst, die ihn früher angetrieben hatte. Er ging zur Tür, beide Maschinenpistolen im Anschlag und spähte hinein. Es war ein schäbiger kleiner Raum, etwa acht mal sechs Meter, ein hölzerner Tresen hinten an der Wand, davor ein Tisch, an dem links ein schwarzgekleideter Albaner stand und mit einer Makarov auf die rechte Hälfte des Raumes hinter der Tür zielte, die er nicht einsehen konnte. In der Mitte auf dem Tisch lagen einige Plastikbeutel mit weißem, kristallinem Pulver. Im Hintergrund dudelte ein Kassettenrekorder oder CD-Player das Volkslied von der Schlacht am Amselfeld, dass ihn von jetzt an nicht mehr loslassen sollte. Der Albaner zielte weiter mit seiner Pistole in diese rechte Hälfte des Raumes, aus der Gerds Wehklagen ertönte. Er musste sofort handeln und ging rein, weiter beide Maschinenpistolen im Anschlag auf den Albaner gerichtet. Der sah ihn nicht an, zielte weiter in die Ecke rechts hinter der Tür und sagte in gebrochenem Deutsch: „Hier kommt ihr nicht mehr lebend raus, ihr Faschisten, das wisst ihr doch …“

„Das werden wir noch sehen“, meinte er und richtete seine Uzi direkt auf den Bauch des Albaners. Die Hintergrundmelodie brannte sich währenddessen tief in sein Unterbewusstsein. Später erfuhr er, dass es die traurige Ballade von der Schlacht der Serben gegen die Türken im vierzehnten Jahrhundert auf dem Amselfeld, nicht weit von diesem kleinen Bergdorf entfernt, war. Er fragte laut: „Gerd? Alles okay?“

„Scheiße …, nein … es hat mich erwischt, das Arschloch …“

„Noch andere Arschlöcher hier?“, fragte er trocken.

„Nein, der andere ist zur Tür raus und hat geschossen …“, keuchte Gerds Stimme aus dem toten Winkel hinter der Tür.

„Vergiss den anderen“, meinte er kalt. „Was gibt's für ein Problem?“, fragte er den Schwarzgekleideten. Der ließ den Blick nicht von Gerd los: „Dein Freund hier will nicht bezahlen. Er bestellt den Stoff, bekommt noch einen Spezialpreis, will dann nicht bezahlen und einfach abziehen. Das läuft so nicht …“

„Okay …“, meinte er und fragte sich, warum Gerd ausgerechnet irgendetwas mit irgendwelchen Drogen anfangen musste. In diesem Moment sah er Ela, wie sie ihn flehend anblickte und er in ihrer schlimmsten Not nicht bei ihr sein konnte. Ein Feuer fraß sich durch seinen Magen, immer noch die schwermütige Musik im Hintergrund. Er ging weiter in den Raum und sah im Augenwinkel Gerd rechts an der Wand sitzen.

„Gerd, was sagst du dazu?“

„Leg das Arschloch um und dann lass uns verschwinden. Wir machen halbe halbe.“

Wieder hatte er Elas Augen vor sich, die schönsten und traurigsten braunen Augen, die ihn jetzt verzweifelt ansahen.

„Ich hab noch eine Idee“, meinte er, zog den Abzug der Uzi und ein weiterer Feuerstoß traf den Albaner. Der fiel nach hinten um und schlug mit dem Rücken auf dem Dielenboden auf. Die Makarov polterte auf den Boden, Patronenhülsen rollten metallisch klickend über die Dielen und der Geruch von Kordit waberte durch den Raum. Er nahm die Uzi herunter und schwenkte die Kalaschnikow in der Linken zu Gerd hinüber.

„Was soll die Scheiße mit den Drogen?“, meinte er kalt.

„Waaaas? Spinnst du? Das ist ein Sechser im Lotto“, keifte Gerd: „Sei nicht blöd, wir machen halbe halbe, scheiß auf die Klingonen hier, das Zeug ist in Frankfurt eine Menge Asche wert …“

Wieder sah er Ela vor sich, ihr unschuldiges Engelsgesicht, und dachte an ihren Abschiedsbrief, in dem sie von diesem Ice und den Tabletten schrieb, von ihren angeblichen Freunden in der Schule und im „Eastend" erzählte, die ihr schöne Träume versprachen. Wie sie es dann nicht mehr aushielt und Schluss machen musste. Er sah das kristalline Pulver in den Beuteln auf dem Tisch. Ice, das musste dieses Ice sein, das Ela in den Tod getrieben hatte. Dann holte ihn Gerd wieder in die Realität zurück:

„Komm, die Sanis flicken mich wieder hin. Dann lass uns was essen, wir gehen schön ficken und besaufen uns …", keifte sein Partner, und das Feuer in seinem Magen loderte wieder hoch.

„Du verschissener kleiner Wichser", sagte er, visierte kurz an und drückte den Abzug der Kalaschnikow. Die Geschosse durchsiebten Gerds Tarnjacke, er wurde durch die Einschläge an die Wand genagelt und zuckte mit erstauntem Gesicht zusammen, bevor er langsam zur Seite auf die Dielen fiel …

Eine Gruppe Mountainbiker schob sich in sein Sichtfeld, holte ihn aus seinen Gedanken zurück, und fuhr im Pulk an ihm vorbei, während das Volkslied in seinem Geiste erstarb. Der Serbe in der Kirche war der nächste auf seiner Mission, das war so sicher wie das Amen in der Kirche. Dann klappte er das Visier seines Motorradhelmes herunter und startete die Maschine.

Kapitel 10

Wir klappten unsere Ledermäppchen auf, synchron, fast wie geübt. Der Portier sah uns erstaunt an und ich stellte uns vor: „Bach, Kripo Frankfurt, das ist mein Kollege Arndt. Wir hätten gerne den Manager oder Sicherheitsbeauftragten gesprochen."

Der Mann kratzte sich am Kopf. Er war etwa Ende Fünfzig, hatte kurz geschorene, graue Haare. Unter dem Logo der Sicherheitsfirma an der Brusttasche seines blauen Pullovers wölbte sich ein stattlicher Bierbauch. „Nun ja, Herr Günther ist heute nicht da, vielleicht kann ich Ihnen helfen."

Ich warf einen schnellen Seitenblick zu Rainer, der kurz nickte. „Haben Sie hier eine Videoüberwachung?"

Er setzte sich gerade auf und verfiel in einen leichten Berliner Dialekt: „Jawohl, meine Herren, zu Ihrer Verfügung. Kommen Sie bitte mit." Dann stand er ruckartig auf und es fehlte nur noch, dass er salutierte. Ich fragte mich für einen Augenblick, ob auch er zu den unzähligen ehemaligen ostdeutschen Sicherheitskräften gehörte, die nach ihrer Gauckliberprüfung schließlich in der freien Wirtschaft des ehemaligen Klassenfeindes gelandet waren. Er winkte uns um seinen Wachtresen herum und wir folgten ihm durch eine Tür in einen kleinen Raum. Links stand ein Aktenschrank, rechts ein Schreibtisch mit Personalcomputer, darüber hingen ein halbes Dutzend schwarz-weiße Monitore, die verschiedene Perspektiven des Appartementturmes zeigten: Die Einfahrt zur Tiefgarage, der Aufzug in der Tiefgarage, der Eingang zum Foyer, der Wachtresen im Foyer und verschiedene Perspektiven der Aufzugtüren. Er setzte sich auf den Rollsessel vor dem Computer und sah uns erwartungsvoll an.

„Zeichnen Sie die Bilder auf und wenn ja, wie lange bewahren Sie die Aufzeichnungen auf?", kam ich direkt auf den Punkt.

„Selbstverständlich, Herr Kriminalhauptkommissar, eeehh ... für mindestens eine Woche ... dann erst werden die Bilder wieder gelöscht. Die sind im Speicher abrufbar, die Bilder werden auf allen Etagen im Sekundentakt abgespeichert. Alles streng überwacht, immer unter Kontrolle." Dabei setzte er eine superwichtige Miene auf. Meine Amtsbezeichnung musste er wohl von meinem Dienstausweis abgelesen haben. Ich sah ihn im Geist als Stasiblockwart vor mir, wie er schon vor zwanzig Jahre die Menschen in seinem Plattenbau bespitzelte und den Schlapphüten vom VEB Horch und Guck zackig Bericht erstattete.

„Hmmh, sehr schön ...", brummte ich mit einem leicht flauen Gefühl im Magen und dachte an Zeidlers Worte zurück: „... Gestern Mittag ... habe ich einen Anruf bekommen ... jemand wollte mir gegen Bares Informationen über die Morde an Ice Joe verschaffen, ... bin dann hingefahren ... er ist nicht gekommen ..., bin dann eine Stunde zurückgefahren, also so etwa gegen zwei Uhr nachmittags ..." Also vorgestern, dachte ich, das Zeitfenster zwischen Mittag und vierzehn Uhr, und strich mir über meinen Dreitragebart: „Wir brauchen die Bilder von vorgestern, zwischen zwölf und vierzehn Uhr."

„Jawohl, Herr Hauptkommissar!", kam es wieder zackig, und er warf den Computer an. Kurz darauf klickte er die Bilddateien mit dem Datum von vorgestern an.

„Mit welcher Kamera fangen wir an?", fragte er, wieder mit dem leicht unterwürfigen Ton, der mir langsam auf den Zeiger ging. Ich überlegte nicht lange, nannte ihm das Stockwerk Zeidlers. Er tippte im Einfingersystem auf der Tastatur herum und klickte einige Felder an. Kurz darauf erschien das Bild vom Aufzug in diesem Stockwerk mit dem eingeblendeten Datum und der Uhrzeit auf dem rechten, unteren Bildschirm.

„Ich wähle den Schnelldurchlauf, Herr Hauptkommissar!" Er nervte mich nun wirklich mit seinem Kadavergehorsam, aber wir wollten schließlich etwas von ihm, und meine Anspannung stieg.

„Bitte", fasste ich mich wieder kurz. Er ließ die Bilder durchlaufen, ab und zu hielt er an, wenn jemand den Aufzug betrat oder verließ. Nach einigen Bildern und meinem wiederholten knappen „Nein!“ hielt er wieder die Bilderfolge an. Der Mann auf dem Monitor trug dunkle Kleidung, hatte eine schwarze Sporttasche in der Hand und verließ gerade den Aufzug. Sein Gesicht war im Seitenprofil deutlich zu erkennen, irgendwie kam er mir bekannt vor, ich hatte ihn schon einmal gesehen, die Lösung lag vor mir, zum Greifen nahe.

„Oh Mann!“, entfuhr es Rainer: „Der Achim, ich glaube es nicht, das kann doch nicht wahr sein!“

„Wie, der Achim ...?“, entgegnete ich perplex. Rainer war kreidebleich, so konsterniert hatte ich ihn schon lange nicht mehr gesehen. IM Blockwart räusperte sich, mir war klar, dass wir vor ihm nicht rumdiskutieren sollten, aber ich musste es wissen: „Was für ein Achim?“ Ich erkannte meine eigene Stimme kaum wieder.

„Einer von meinem Stammtisch, Thommy, du weißt schon ...“ Ich durchforstete mein Gedächtnis, konnte mich zuerst nicht an ihn erinnern, aber dann überfiel mich schlagartig die Erinnerung. Ich kannte ihn, die Perspektive des Gesichtes, seine individuelle Physiognomie, er war mir bekannt. Meine Assoziationen verwandelten sich in Sekundenbruchteilen zu einem Bild der Erinnerung, ich sah die Bar vor mir, die After Work Party, der Rap von Ice Joe erklang im Hintergrund: „Es ist kalt, eiskalt ...“ Er saß am Tresen gegenüber und fiel mir nur auf, weil er sich aus der frenetischen Menge abhob, weil er als einziger ganz ruhig dasaß und sein Mineralwasser trank. Ganz sicher, er war es. Er hatte Ice Joe vor seinem Tod einen Besuch abgestattet. Bevor er ihn dann vor dem „Eastend“ erschoss. Ich wusste es, war mir ganz sicher, aber irgendwie fehlte mir noch ein Teilchen zum Gesamtbild, das irgendwo im luftleeren Raum umherschwebte, aber noch nicht ins Muster passte.

„Können Sie uns das ausdrucken?“, holte mich Rainer aus meinen Erinnerungen zurück.

„Sofort, selbstverständlich, und außerdem kann ich Ihnen das gerne auch auf CD brennen", meinte der Sicherheitsmann zu Rainer, aber ich war mit meinen Gedanken schon wieder ganz woanders.

Als wir aus der Empfangshalle auf den Vorplatz des Appartementhauses traten, überfiel mich schlagartig der Drang nach ein paar Zügen Nikotin, ich tastete nach meinem Notpäckchen Zigaretten, doch dann fiel mir ein, dass ich es Lothar gegeben hatte. Ich sah meinen Teampartner fragend an, er war immer noch bleich, fuhr sich mit der Hand über seinen Bürstenhaarschnitt und krächzte dann: „Lass uns ein paar Meter gehen." Wir gingen die Treppe in Richtung Stephanstraße zu unserem BMW, der auf dem Seitenstreifen neben dem asiatischen Restaurant parkte, herunter. Ich ließ Rainer einen Augenblick Zeit, obwohl ich am Liebsten losgeschrieen hätte. Da suchten wir tagelang einen Killer und mein Partner kannte ihn aus der Kneipe, ich konnte es kaum glauben.

„Achim Thal heißt er", fing Rainer an, „einer unserer Jungs vom Stammtisch, von der Bundeswehr, er war beim letzten Mal nicht da, deshalb kannst du ihn nicht kennen ..." Mein Partner blieb neben unserem BMW stehen, kramte den Ausdruck aus seiner Innentasche, warf wieder einen Blick auf den Mann vor dem Aufzug und schüttelte den Kopf: „Ich kann das gar nicht glauben, ... aber vielleicht hat er das mit seiner Tochter nicht verkraftet und ist dann ausgerastet ..." Ich unterdrückte meine immer stärker aufkommende Gier nach einer Zigarette und hakte nach: „Was war mit seiner Tochter?"

„Die hat sich umgebracht, ist vom Hochhaus gesprungen, wo sie gewohnt haben, in Offenbach. Er war noch auf Mission, kam zur Beerdigung nach Hause und ist dann wieder runter ...", meinte Rainer und schüttelte den Kopf. Jetzt drehten sich wieder die Puzzleteile vor meinem inneren Auge, das entfernte Singen in meinen Ohren setzte wieder ein, eines dieser Vorzeichen meiner schleichenden Intuition und ich dachte an gestern Abend zurück, an Saschas Worte, wie er den Selbstmord von Ela beschrieb: der Vater sei viel im Ausland unterwegs gewesen, die Mutter habe ihr alles erlaubt und sie sprang dann nach einem falschen Trip vom Hochhaus in Offenbach.

„Seine Tochter, hieß die Ela?“, hakte ich nach.

Sein Kopf zuckte ruckartig hoch und dann sah er mich fragend an: „Woher weißt du das denn?“

Ich schluckte, holte tief Luft und klärte ihn auf: „Sascha, Utes Sohn, hat mir gestern von seiner Clique erzählt, auch von einer Ela, die sich nach einer durchgemachten Nacht vom Hochhaus gestürzt hat.“ Rainer nickte zur Bestätigung und ich fuhr fort: „Sascha kannte auch diesen Frank, der an einer Überdosis gestorben ist, du weißt, der Bankierssohn. Der hat das Zeug weiter verkauft und wahrscheinlich auch Ela den Stoff angedreht, aber den Dealer von Frank, den hatte Sascha auch nie gesehen …“

„Oh Mann“, seufzte mein Partner: „ich kann es kaum glauben, der Achim hat das mit Ela einmal erzählt, das war unten beim Bier in Pristina, aber … er wollte kein Thema daraus machen. Für ihn kam es ja dann noch schlimmer …“ Rainer seufzte und fuhr dann fort: „Er ist nach der Beerdigung wieder runter auf Mission. Seine Frau Vera hat es wohl nicht verkraftet und Schlaftabletten genommen. Tja, dann hat er noch seine Frau verloren. Menschenskind …“, schüttelte er den Kopf und konnte seinen Blick nicht von dem Computerausdruck losreißen.

„Der Achim, was ist das für ein Typ?“, hakte ich nach.

„Ruhig, freundlich, spricht fließend serbisch, auch albanisch hatte er recht schnell gelernt. Er war zig mal unten, schon vor dem Krieg Anfang der Neunziger. Seine Frau war in Belgrad geboren, bevor sie irgendwann in den Achtzigern nach Offenbach kam …“ Mein Partner sah mich fragend an. Ich setzte mich auf einen Kotflügel unseres Dienstwagens und strich mir über meine Bartstoppeln: „Was war sein Job da unten?"

„Er war bei der Aufklärung, ziemlich unabhängig. Einer seiner Jungs ist mal bei einem Auftrag umgelegt worden, das war in einem Café in einem kleinen Bergdorf im Norden des Kosovo. Achim konnte sich noch retten, hat zwei Albaner erschossen und kam gerade noch raus ... Die ganze Sache ist nicht an die große Glocke gehängt worden, du weißt, wie das läuft ... Sein Kamerad hatte keine Angehörigen ...". Er nickte, faltete dann den Ausdruck zusammen und steckte ihn wieder in seine Innentasche. „Lass mich mal überlegen ..., das war kurz nach der Beerdigung seiner Tochter, als er wieder auf einer Mission unten war. Ich hab noch gedacht, Mensch erst verliert er seine Tochter, dann erwischt es beinahe ihn dort unten ... Später hatten wir in der Nähe von diesem Bergdorf diese Aktion, bei der dieser albanische Drogenfürst flüchten konnte und wir das Labor ausgehoben haben ... ja, und dann ... dann hat sich auch noch seine Frau umgebracht. Oh Mann, dass ich da nichts gemerkt habe ... er ist ein ruhiger Typ, wir haben oft im Mannschaftsheim der Bundeswehr zusammengesessen, mit den anderen vom Stammtisch ..."

Ich sah in den blauen Winterhimmel über dem Appartementhaus und ließ meinen Gedanken freien Lauf. Mein Ärger verrauchte, ich konnte Rainer nicht sauer sein. Wie oft hatte man die Lösung eines Falles vor den Augen, konnte sie aber nicht greifen, man sah den Wald vor lauter Bäumen nicht. Der Grund war nur zu menschlich und typisch für unsere selektive Wahrnehmung. Ist das Glas Bier halb voll oder halb leer? Der Empfänger bestimmt die Nachricht, das war eine der wichtigsten Erkenntnisse der Wahrnehmungspsychologie. Aber es konnte sehr frustrieren, wenn man in einer wichtigen Sache selbst betroffen war. Die Schlagworte zogen an mir vorbei: Ice, Ecstasy, Selbstmord, Hochhaus, Bundeswehr, Kosovo. Dann erinnerte ich mich an Rainers Worte auf dem Hochhaus in Griesheim: „Für die erste Tat hat er ein klassisches Motiv. Deswegen tarnt er den Mord an Richie als Suizid, um nicht die Ermittlungen auf sich zu ziehen. Zu den anderen hat er keine direkte Beziehung, sie sind nicht mehr so wichtig, es ist ihm egal, wie es aussieht ..."

„Rainer?"

„Ja?", meinte er abwesend, sah mich dann aber doch an.

„Richie war vielleicht der Dealer von Frank, daher auch der von Ela, die sich nach einer durchgemachten Drogennacht vom Hochhaus stürzte. Ihr Vater kommt vom Auslandseinsatz nach Hause und findet heraus, was los war. Das klassische Motiv. Rache. Der selbst ernannte Rächer auf einem privaten Feldzug gegen Dealer, die unseren Kindern Drogen verkaufen. Und das Umfeld Richies, den Drogenfinanzier Ice Joe und Celil, den anderen Drogenhändler, die beiden legt er „sauber" aus der Entfernung um.

Er sah mich für ein paar Sekunden nachdenklich an, nickte und zog den Autoschlüssel aus der Tasche: „Klar, warum nicht... ", meinte er und schüttelte dann wieder den Kopf: „Lass uns endlich in die Gänge kommen, wir holen ihn ab und fragen ihn am besten selbst."

❄

Er sah aus dem Fenster hinunter zur Mainschleife, die Gedanken an Ela schlichen sich wieder ein, aber er verwarf die Erinnerungen, konzentrierte sich wieder und befestigte die Enden der Kabel am Zünder. Jetzt musste er ihn nur noch mit einem Schalterdruck aktivieren, dann konnte er ihn mit der Fernbedienung auslösen. Aber dazu war es noch zu früh. Erst musste das Baby sicher angebracht sein. Und wenn es dann losging, konnten sie hinterher immer noch die Brocken einsammeln. Die Bauteile würden sie im kriminaltechnischen Labor als serbischen Ursprungs identifizieren, kein Wunder, er hatte sie ja schließlich in einem serbischen Waffenlager abgezwackt. So wie seine anderen „Spielsachen“ und „Souvenirs“ aus dem Kosovo. Sein Blick fiel wieder aus dem Fenster, Wehmut überfiel ihn, er dachte an Ela, lehnte sich in dem Rollsessel an seinem Schreibtisch zurück und sah sie, wie sie als kleines Mädchen neben diesem Schreibtisch stand und ihn aus ihren großen braunen Augen ansah.

❄

Rainer bremste unseren BMW an der roten Ampel ab. Wir waren auf dem Weg nach Offenbach, zur Wohnung von Thal, um ihn dort festzunehmen. Staatsanwältin Fischer hatte ich über Handy erreicht, sie bedauerte, nicht mitkommen zu können, weil sie gerade auf einem Wochenendtrip in Hamburg sei. Aber sie gab uns sofort grünes Licht, Thal festzunehmen. Für den Zugriff hatte ich bereits das SEK und für erste Maßnahmen ein Team der Fahndung angefordert. Rainer und ich hatten nur einen kleinen Vorsprung und wollten vor einem Zugriff seine Wohnung observieren. Der Querverkehr rauschte an uns vorbei, links hinter der Kreuzung lag eine Schule am Anlagenring, rechts der Gebäudekomplex der Frankfurter Justiz. Ich fragte mich, ob Achim Thal bald vor einer Schwurgerichtskammer des Landgerichtes landen würde. Die Sachbeweise waren bisher ziemlich dünn, aber wir mussten ihn jetzt holen, wir konnten nicht länger warten, vielleicht hatte er noch andere Kandidaten auf seiner Abschussliste. Die Ampel wurde wieder grün, Rainer beschleunigte und wir fuhren am modernen Gerichtsgebäude E vorbei, weiter in Richtung Main.

„Meinst du, er hat noch jemanden auf seiner Liste?“, ließ ich laut meinen Gedanken freien Lauf.

„Hmmmh, ...kann durchaus sein“, brummte Rainer: „An wen denkst du denn?“

Ich seufzte und holte tief Luft: „Keine Ahnung, aber wenn wir davon ausgehen, dass er zuletzt Erdogan erschossen hat ...“

„Du, das klingt jetzt vielleicht ein bisschen hart, aber bisher hat er nur irgendwelche Arschlöcher erledigt, einen dealenden Studenten, einen durchgeknallten Rapstar, der Drogenhändler finanziert, und einen Schwerkriminellen aus Griesheim. Überleg mal Thommy, der ist auf einem Rachefeldzug und bisher hat es keinen erwischt, der es nicht verdient hat ...“

Ich schluckte und sah zu ihm hinüber. Er schaute mich nicht an, starrte geradeaus und bremste an der nächsten Ampel. Ich war immer noch etwas konsterniert und sah rechts aus dem Beifahrerfenster auf die Werbeschilder eines irischen Pubs. Manchmal erkannte ich meinen Teampartner nicht mehr wieder.

„Meinst du das im Ernst?“, fragte ich leise nach ein paar Sekunden. Für eine Weile war nichts zu hören, dann sah ich wieder zu ihm hinüber und er warf mir einen verklärten Seitenblick zu.

„Was würdest du mit einem machen, der deiner Tochter Sandra Drogen verkauft und sie in den Selbstmord treibt?“, fragte er ebenso leise, sah mich noch eine Weile mit traurigem Blick an und plötzlich überfielen mich nagende Zweifel, ob dieser Rainer wirklich als mein alter Teampartner aus dem Kosovo zurückgekommen war. Und noch viel schlimmer, jetzt fragte ich mich, was ich wirklich tun würde, wenn es Sandra betraf. Und ob Rainer dort unten auch seine Lektion gelernt hatte.

❄

Am Buchrainplatz bog er nach links ab, überquerte die Straßenbahnschienen und lenkte den Jeep in Richtung des Oberräder

Friedhofes. Sein Blick fiel auf den Rucksack rechts neben ihm, in dem sich die Metallbox mit einem Magneten und dem Sprengsatz befand. Dann tastete er kurz nach der Glock in seinem Hosenbund. Diesmal hatte er die durchgeladene, schussbereite Automatikpistole zur Sicherheit eingesteckt, der Serbe war nicht zu unterschätzen und er wollte vorbereitet sein, wenn er sein „Baby" anbrachte und ihn doch jemand überraschen sollte. Er dachte an die Schießerei in dem Bergdorf und ließ die weiteren Ereignisse, seine „Mission in eigener Sache" im Kosovo, Revue passieren:

... Nachdem er seinen Vorgesetzten die Schießerei in dem Bergdorf als Notwehr geschildert hatte, nahm er wenige Tage später seinen Dienst wieder auf. Niemand schöpfte Verdacht, die Spurenlage war klar, schließlich hatte er Gerd mit der Kalaschnikow des jungen Albaners erledigt. Bei seinen Aufklärungen in den nächsten Wochen „schöpfte" er dann seine albanischen und serbischen Informanten in seiner eigenen Mission ab. Durch diese Informationen konnte er schließlich das mutmaßliche Drogenversteck, die Quelle von Gerds Stoff, in einem anderen Bergdorf lokalisieren. Und dann entwickelte er eine Strategie, bei der er im Hintergrund bleiben und trotzdem den Drogenring zerschlagen konnte. Seine verdeckten Aufklärungen ergaben, dass der Albaner, der gesuchte Boss der Drogenbande, in bestimmten Abständen das leerstehende Bergdorf aufsuchte und zur Kontrolle „inspizierte". So konnte er die UN Polizei mit einem anonymen Hinweis für einen Zugriff in dieses Dorf ködern. Bei diesem Zugriff wurde auch seine Aufklärungseinheit eingesetzt, schließlich kannten sie das Terrain am besten. Und er lag alleine in Position, um den albanischen Drogenkönig mit einem abgezweigten Scharfschützengewehr aus sicherer Entfernung zu erledigen. Auf ihn konnte kein Verdacht fallen, das war sicher. Sie würden die Liquidierung des Albaners als Abwehrmaßnahme einstufen, die ihn zum Schweigen bringen sollte, bevor er auspacken konnte. Als es dann soweit war und die Truppen zuschlugen, konnte der Drogenbaron noch kurz vorher im Haus verschwinden und dann endgültig flüchten. Und er schwor sich, beim nächsten Mal nicht eine Sekunde zu lange zu warten, sondern bei der ersten Gelegenheit zuzuschlagen ....

Das Einfamilienhaus seiner neuen Zielperson lag am Waldrand, unweit des Friedhofes, und er lächelte bei dem Gedanken, dass der Jugo nicht weit umziehen musste. Er drehte eine Runde über den Friedhofsparkplatz, sah keine verdächtigen Fahrzeuge und hielt dann zwischen einem geparkten VW Bus und einem Opel. Dann drehte er den Zündschlüssel, der Motor des Jeep erstarb, er schaltete das Abblendlicht aus und wartete, ob ihm jemand folgte. Aber es kam kein Auto. Reine Luft. Hier konnte er in aller Ruhe aufklären, ob Dragan zu Hause war. Er ließ noch einmal seine Taktik Revue passieren und kam zu dem Schluss, dass alles zusammenpasste. Es gab ein rundes Bild für die Greifer. Der schmierige „Al Pacino" Zeidler und sein Jugofreund Dragan. Sie würden bald auf die Verbindung stoßen. Die Bullen hatten bei Zeidler das Gewehr gefunden, für sie war klar, dass er von Dragan gelenkt wurde. Sie würden sich zusammenreimen, dass Zeidler im Auftrag von Dragan erst Ice Joe und dann Erdogan erledigt hatte, die beide mit Ante und Boris aus der Reihe tanzten. Sozusagen als Disziplinierungsmaßnahme gegenüber der anderen Fraktion. Ante und Boris konnten sich das nicht bieten lassen und legten dafür Dragan eine Bombe unter seinen Daimler. Langsam schaukelte sich die Balkanoper hoch, noch ein oder zwei Aktionen und sie würden sich bald von selbst erledigen. Es war nur

noch eine Frage der Zeit. Er lehnte sich in seinem Sitz zurück, die Bilder von Ela nahmen ihn wieder gefangen und dann dachte er an ihr Tagebuch:
... Sie schrieb, dass sie keinen anderen Ausweg mehr wüsste. Und sie könne ihnen nicht mehr vor die Augen treten, weil sie Schande über ihre Familie gebracht habe. Er las von ihrer Liebe zu Richie, wie er sie zum ersten Mal traf und ihr dann etwas zum Probieren gab, eine Pille nur, mit einem Eisbergsymbol. Wie sie mit ihm die Nächte verbrachte und nicht mehr von ihm loskam. Und wie er dann mit ihr Schluss machte, wegen einer Jenny. Ela schrieb weiter von durchgemachten Nächten in den Clubs, von immer mehr Pillen und von Ice, das sie nahm, nur um Richie zu vergessen. Sie schrieb von Frank aus ihrer Schule, der auch immer Stoff von Richie bekam und ihr auch mal so etwas gab. Und von Richies Freunden, von Ice Joe und Celil, wie sie im „Eastend" mit Geld um sich warfen und sich damit brüsteten, alles besorgen zu können. Von Ante und Boris, die dabeistanden und lachten. Und von den Girls, die sich diesen Typen für einen kleinen Beutel oder ein paar Pillen hingaben ... Die blaue Tinte ihrer Schrift verschwamm, einige Tropfen waren auf das Papier gefallen, es mussten ihre Tränen gewesen sein ...

Plötzlich setzte sich ein Fahrzeug in der Parkreihe in Bewegung. Ein schwarzer Daimler. Er nahm das Fernglas hoch. Nach wenigen Sekunden hatte er sich wieder im Griff und fokussierte das Kennzeichen im Glas. Nein, das war nicht Dragans Daimler. Gleiche Farbe, gleicher Typ, aber er war es nicht. Wahrscheinlich hatte er wieder um die Ecke geparkt, in einer anderen Seitenstraße. Aber das würde ihm nicht mehr viel helfen, im Gegenteil. Wenn der Daimler dort stand, klemmte er das „Baby" drunter. Wenn nicht, dann wartete er hier, bis der Jugo heimkam und präparierte dann den Daimler. In den letzten Tagen hatte er spät abends immer die gleiche Strecke genommen, immer am Parkplatz des Friedhofes vorbei. Hier war es abends sehr ruhig und kaum jemand war noch auf der Straße zu sehen. Dann konnte er ihn im richtigen Moment ohne Kollateralschaden vom Markt nehmen. Er legte das Fernglas zur Seite und griff entschlossen nach seinem Rucksack.

❄

Die Bäume am Straßenrand flogen an uns vorbei, Rainer trat ordentlich drauf und nach einer langgezogenen Kurve erreichten wir das Gewerbegebiet am Kaiserleikreisel. Rechts fuhr ein Kleinwagen im Schneckentempo vom Gelände einer Tankstelle auf unsere Spur. Rainer trat voll auf die Bremse, zog dann auf die linke Spur, haarscharf an dem roten Kleinwagen vorbei, und hupte. Ich schüttelte wortlos den Kopf. Hinter der Tankstelle wuchsen neue, moderne, aber trotzdem graue Bürobauten in den blauen Winterhimmel. Ein Flugzeug schwebte im Landeanflug in Richtung Rhein-Main Flughafen und ich fragte mich, wer diese neuen Büroräume, die überall wie Pilze aus dem Boden schossen, eigentlich mieten sollte. Kurz darauf bog Rainer in den Kreisel ein. Ich überlegte fieberhaft, was mir fehlte. Irgendwie musste ich einen Baustein übersehen haben, aber welchen? Was war nur mit mir los? Wir unterquerten die Autobahnbrücke, die sich über dem Kreisel erstreckte und Rainer bog jetzt in Richtung der Offenbacher Innenstadt ab. Rechts lag ein Abgang zur S-Bahn, am Geländer hingen einige bunte Werbeplakate, die ich mittlerweile fast auswendig kannte, weil sie überall klebten und auf eine neue Kunstausstellung im Frankfurter Städel hinwiesen. Die bunte Werbung flog an uns vorbei und dann sah ich Dragan vor mir, wie er im Café des Städel neben mir saß. Die Assoziation kam blitzartig aus einer mentalen Untiefe, schlagartig, aber doch klar wie ein

Kurzfilm: Thal sah kurz in unsere Richtung und nahm dann die Speisekarte. Irgendwie kam er mir damals schon bekannt vor, aber das war damals nicht wichtig, er saß schließlich außer Hörweite, und so drehte ich mich wieder zu Dragan um. Das war es. Achim Thal im Café des Städel. Ich wusste es, ich hatte ihn noch einmal gesehen, nicht nur bei der After Work Party, sondern auch beim Treffen mit Dragan. Aber wen hatte der Bundeswehrsoldat observiert? Hatte er es auf mich abgesehen oder auf den Serben? Ist Dragan der Nächste auf der Abschussliste?

❄

Nach einer kurzen Fußrunde kehrte er wieder zu seinem Jeep zurück. Der Daimler war nicht da, ein Testanruf in Dragans Haus von einer nahegelegenen Telefonzelle blieb ohne Antwort. Niemand zu Hause. Er stieg wieder in seinen Jeep, legte den Rucksack auf den Beifahrersitz und stellte sich auf eine längere Wartezeit ein. Ein Spaziergänger führte seinen Rottweiler spazieren, der Hund zerrte und der ältere Mann musste die Leine sehr eng nehmen, um das Tier zu bändigen. Dann kam eine Familie vorbei, das kleine Mädchen mit den dunklen Haaren trug bunte Regenkleidung. Sie lachte und sprang vor ihren Eltern hin und her, die Bilder generierten wieder die Erinnerungen an die Zeit, als er auch noch eine Familie hatte:

… Vera nahm Ela hoch. Die Kleine strahlte aus den schönsten dunklen Augen, an die er sich jemals erinnern konnte … Dann stand er am Grab von Vera, es regnete in Strömen, und auch die Schuldgefühle überfluteten ihn, erst hatte er seine Tochter alleine gelassen und dann seine Frau in ihrer schlimmsten Stunde. Aber jetzt war es zu spät. Er hatte immer gedacht, Vera sei stärker als er, aber da hatte er sich dann doch getäuscht …

An ihrem Grab kam er endgültig zu dem Entschluss, dass seine eigene Mission im Kosovo nicht enden würde … Nach seiner Rückkehr dauerte es nur ein paar Wochen, bis er all die Schuldigen aus Elas Tagebuch identifiziert hatte. Er nahm sich Zeit, studierte sie in ihren Lebensgewohnheiten, bis es dann soweit war. Frank, der Junge aus ihrem Kurs in der Schule, war aus gutem Hause, immer sehr freundlich, verkaufte ihm bereitwillig den Stoff, an dem seine Tochter zerbrochen war. Als er dann in dem Nachtclub neben ihm saß, dauerte es keine Stunde, bis er den Kleinen besoffen gemacht hatte. Der Junge musste immer öfters pinkeln gehen und bemerkte gar nicht, dass er ihm bei einem Klogang eine Überdosis in seinen Cocktail mixte. Als er dann im Krankenwagen abtransportiert wurde, fühlte er sich erleichtert. Diese Dosis konnte keiner überleben. Und wieder hatte er einen Teil seiner eigenen Mission erfüllt …

Jetzt kam ein schwarzer Daimler aus Richtung Buchrainplatz und holte ihn in die Realität zurück. Das Fahrzeug näherte sich mit langsamer Fahrt, als ob der Mann am Steuer einen Parkplatz suchen würde. Das Adrenalin schoss in seine Blutbahn, er tastete kurz nach der Glock im Hosenbund, nur um sich zu versichern, dass sie noch da war. Dann atmete er tief durch und nahm sein Fernglas hoch.

❄

„Mensch Rainer, er kennt ihn!“, entfuhr es mir.

„Wen?“, kam es genervt zurück, Rainer bremste scharf und hielt hinter einem Kleintransporter.

„Meine Quelle, Mensch, der Achim, er hat uns observiert, Dragan und mich, beim letzten Treffen!“, entgegnete ich genauso genervt.

Rainer sah mich erstaunt an: „Woher soll der denn …?“

„Egal, wir müssen zu ihm! Da vorne am Kreisel, fahr rechts rum, Richtung Oberrad. Oh Mann, das darf doch nicht wahr sein!“

„Das hätte dir auch ein bisschen früher einfallen können“, brummte Rainer. Der Kleintransporter fuhr in den Kreisel vor uns und Rainer bog rechts nach Oberrad ab. Auf der anderen Straßenseite strömten Familien hinter einer Parkanlage aus der Kirche, das Glockenläuten setzte etwas verspätet ein und ich sandte ein Stoßgebet los, dass wir Thal endlich aus dem Verkehr ziehen konnten. Mein Teampartner gab wieder Gas und ich angelte mein Handy aus meiner Jackentasche, um die Jungs von der Fahndung auf den neuesten Stand zu bringen.

❄

Der schwarzer Daimler kam immer näher und er stellte das Glas scharf. Das Kennzeichen wurde durch andere parkende Fahrzeuge verdeckt und die Insassen waren durch die getönten Scheiben nicht zu erkennen. Dann nahm er das Glas herunter, um nicht aufzufallen, und der schwere Wagen fuhr an ihm vorbei. Er warf einen schnellen Blick auf das Kennzeichen. Nein, wieder nicht Dragans Daimler. Der gleiche Fahrzeugtyp und die gleiche Farbe, aber es war der Typ, der vorhin schon aus der Parkreihe ausgeschert und weggefahren war. Jetzt war er zurückgekommen, der musste auch hier wohnen. Aber wo war Dragan?

❄

Wir überquerten die Autobahnbrücke an der Stadtgrenze und erreichten Oberrad. Der beschauliche Stadtteil im Südosten Frankfurts war für seine Gärtnereien bekannt, in denen die Kräuter für die berühmte „Grüne Soße“ angebaut wurden. Damit war

Oberrad noch einer der Stadtteile an der Frankfurter Peripherie, die sich einen dörflichen Charakter bewahrt hatten, und bot einen angenehmen Kontrast zum Großstadtflair der Bankenhauptstadt. Eine Straßenbahn hielt vor uns und wir konnten wegen des Gegenverkehrs nicht überholen. Ich zermarterte mir den Kopf, wie wir jetzt weiter vorgehen sollten. Konnten wir Thal eine Falle stellen, Dragan als Köder benutzen? Mir fiel wieder mein Albtraum ein, wie er auf mich schoss, und alle meine Zweifel über seine Aufrichtigkeit als Informant gingen mir wieder durch den Kopf. Hatte er mich nicht doch benutzt, um die Fraktion um Ante und Boris ins Visier polizeilicher Ermittlungen zu bringen? War er wirklich ein potentielles Opfer oder der Chef im Hintergrund? Thal hatte uns definitiv im Café des Städel beobachtet, da war ich mir sicher. Er wusste wahrscheinlich vom kriminellen Hintergrund des Serben und brachte Dragan mit den anderen Drogenhändlern in Verbindung, deshalb war der Jugo jetzt seine neue Zielperson. Rainer trommelte auf dem Lenkrad herum, seine Handknöchel waren weiß vor Anspannung. Dann fuhr die Straßenbahn weiter und mein Partner gab Gas.

„Vor der Tankstelle links ab“, brummte ich, Rainer hielt wenige Meter weiter und ließ den Gegenverkehr passieren.

„Mensch Thommy, wir konntest du dich auf diesen Jugo einlassen?“

„Rainer, er kam doch auf mich zu und hat mir den Zettel zugesteckt!“

„Ich habe dir gleich gesagt, dass da was faul ist!“, raunte mein Partner und jetzt wünschte ich mir, ich hätte früher auf ihn gehört. Er fuhr zügig an einigen Hochhäusern vorbei, die so gar nicht in das dörfliche Flair der Vororts passten.

„Pass auf, wir müssen bald links ab, Richtung Friedhof“, meinte ich und war froh, das Thema wechseln zu können.

„Schon okay“, brummte er: „Lass uns die Geschichte jetzt in Ruhe zu Ende bringen.“

Ich nickte und hoffte inständig, dass uns das in Ruhe gelingen würde, aber das flaue Gefühl in meinem Magen sagte mir das Gegenteil. Dann nahm ich mein Handy wieder heraus und versuchte Dragan zu erreichen.

❄

Der graue BMW kam ebenfalls aus Richtung Buchrainplatz und fuhr im Schritttempo an der Fahrzeugreihe auf dem Parkplatz vorbei. Er erkannte sofort den Dienstwagen der Kripo. Noch etwa zwanzig Meter, dann waren sie auf seiner Höhe. Er nahm sein Fernglas hoch und stellte es auf die Windschutzscheibe des BMW scharf. Nein, das konnte nicht sein. Rainer und der andere Bulle. Jetzt schoss wieder das Adrenalin in seine Blutbahn. Was machten die hier? Wollten die auch zu Dragan? Dann würden sie nicht so langsam fahren. Was wäre wenn, nein, sie konnten nicht auf ihn gekommen sein. Er hatte sich mehrfach abgesichert, alle Spuren verwischt, aber vielleicht hätte er doch zum letzten Stammtisch gehen sollen, um einige Neuigkeiten zu erfahren. Leise Zweifel schlichen sich ein, doch jetzt kamen sie immer näher und er nahm sein Fernglas wieder herunter, obwohl er durch die getönte Windschutzscheibe kaum zu erkennen war. Sie fuhren langsam weiter auf ihn zu, er zählte die Sekunden und dann waren sie auf seiner Höhe.

❄

Die Mailbox sprang zum zweiten Mal an, aber Dragan ging nicht dran, und ich drückte entnervt die Offtaste, als Rainer langsam am Parkplatz des Friedhofes vorbeifuhr. „Er fährt einen schwarzen Daimler, ziemlich neues Modell", meinte ich.

„Komm, wir fahren gleich zu ihm hin", schlug Rainer vor.

„Lass uns jetzt nichts überstürzen, ein Team von der Fahndung kommt noch her und wir warten, bis das SEK eingetroffen ist. Der Achim ist Spezialist, den können wir nicht so einfach mal festnehmen“, gab ich zu bedenken: „Wenn der schon hier irgendwo auf der Lauer liegt, dann sieht er uns vielleicht vorher, wir bleiben erst mal von der Bude weg, bis hier Verstärkung eintrifft.“

„Wenn du meinst“, grummelte Rainer und schlich weiter im Schneckentempo an einer Reihe Fahrzeuge auf dem Parkplatz vorbei.

„Weißt du, ich würde mir manchmal wünschen, dass wir ...“

„Oh nein, wir sind vielleicht schon zu spät“, stöhnte Rainer und fuhr sich reflexartig über seinen Bürstenhaarschnitt.

„Waas?“

„Dreh dich nicht um, wir sind gerade an seinem Jeep vorbeigefahren.“

Mein Hals wurde trocken, meine Gedanken überstürzten sich und ich sah Rainer aus dem Augenwinkel an. Er war kreidebleich, presste seine Lippen zusammen, räusperte sich und seufzte dann: „Los Partner, hol die Truppen, es geht los.“ Er fuhr bis zum Ende der Fahrzeugreihe, ohne die Geschwindigkeit zu ändern. Ich drückte die Menüauswahl meines Handys und wählte direkt das Team der Fahndung an, das zu uns unterwegs war. Rainer bog am Ende der Reihe nach rechts ab und fuhr im großen Bogen von hinten an die Fahrzeuge heran.

„Der silberne Jeep mit den getönten Scheiben, eindeutig sein Kennzeichen, ganz sicher“, sagte Rainer mit brüchiger Stimme, hielt an, und das Ziehen in meinem Bauch wurde immer stärker. Der Ruf ging hin und der Kollege von der Fahndung meldete sich: „Rudi.“

„Hallo Rudi, hier Thommy, wir haben seinen silbernen Jeep, auf dem Friedhofsparkplatz in Oberrad ... wo seid ihr denn jetzt?“

„Am Allerheiligentor, wir geben Gas!“ Ich hörte wie kurz darauf das Martinshorn ertönte und in diesem Moment setzte sich der silberne Geländewagen in Bewegung.

❄

Er sah, dass sich Rainer und der andere Bulle im Vorbeifahren angeregt unterhielten und scheinbar nicht auf ihn achteten. Doch dann zuckte Rainers Kopf herum, er sah eine Sekunde zu lang in seine Richtung, als ob er ihn durch die getönten Scheiben erkannt hätte, fuhr sich schnell über seine kurzen Haare, und in dieser Sekunde wusste er es. Verdammt, sie suchten ihn. Das Blut rauschte in seinen Ohren, er wusste, wenn sie ihn einmal identifiziert hatte, dann war es vorbei. Er hätte nie daran gedacht, dass sie auf ihn kommen würden, woher auch. Er hatte keine Spuren hinterlassen. Oder vielleicht doch? Eine Hitzewelle stieg aus seinem Bauch über seine Lungen in seinen Kopf, er spürte instinktiv, dass es bald vorbei war, weil er ihnen nicht entfliehen konnte. Das war ihm von Anfang an klar, er kannte das System und die Spielregeln. Rainer bog am Ende der Parkreihe rechts ab und lenkte den grauen BMW in großem Bogen in seinen Rücken. Er drehte den Innenspiegel, um sich noch ein letztes Mal zu versichern, dass er sich nicht täuschte, doch sie suchten keinen Parkplatz, sie parkten nicht einfach ein. Nein, sie hielten in seinem Rücken, er war in ihrem Schussfeld, sie hatten die besseren Karten. Dann atmete er tief durch, besann sich auf seine Qualitäten und startete den Jeep.

❄

„Es geht los, er sitzt noch drin und haut ab!", meinte Rainer und fuhr ebenfalls an. Ich nahm das Handy hoch, die Leitung stand immer noch, das Martinshorn dröhnte im Hintergrund:

„Rudi, er fährt los, Richtung Buchrainplatz. Ich ..." Die Verbindung wurde unterbrochen, ich steckte das Handy weg, nahm das Magnetblaulicht aus dem Fußraum und ließ die Seitenscheibe runter: „Okay Partner, lass uns ihn holen." Der silberne

Jeep beschleunigte sofort und nahm die erste Kurve mit erhöhter Geschwindigkeit. Ich knallte das blitzende Blaulicht aufs Dach und angelte nach dem Funkgerät, um die Verfolgung bei der Einsatzzentrale anzumelden. Als wir in die Kurve einbogen, brach das Heck nach hinten aus, Rainer fing den BMW wieder und wir sahen, dass der Jeep schon mindestens zweihundert Meter Vorsprung hatte. Die erste Kreuzung nahm er bei knallrot. Rainer schaltete zurück, gab Gas und der BMW zog an, doch ich fragte mich, ob sein Vorsprung nicht doch schon zu groß war.

❄

Er fuhr bei rot über die Kreuzung, es kam kein Querverkehr und er ließ den Fuß auf dem Gaspedal. Am Buchrainplatz sah er in den Rückspiegel, sie waren schon weit zurückgefallen. Dann trat er kurz auf die Bremse, fuhr aber weiter geradeaus über die Gegenfahrbahn in Richtung der Sparkasse. Keine Straßenbahn, keine Autos, er schaltete zurück, bog links in Richtung Sachsenhausen ab, als eine Mutter mit ihrem Kinderwagen die Straße überquerte. Er reagierte in einem Sekundenbruchteil, bog sofort wieder nach rechts ab und konnte trotzdem noch im Vorbeifahren den zu Tode erschrockenen Gesichtsausdruck der jungen Frau erkennen. Die Hitzewallungen in seinem Kopf wurden immer stärker, und in diesem Moment sah er Vera, als sie Ela aus dem Kinderwagen hob. Er sah die Familie von eben am Parkplatz, dann die junge Frau mit dem Kinderwagen, ihre Todesangst und jetzt zog sich sein Magen krampfartig zusammen. Nein, das wollte er nicht, nein, so nicht. Es sollten nicht noch Unschuldige wegen ihm sterben, er wollte nicht noch weiteres Unglück über andere Familien bringen. Er umklammerte das Lenkrad noch fester und warf einen Blick in den Rückspiegel. Sie waren nicht mehr hinter ihm, er hatte sie vielleicht schon abgehängt. Nach einer Rechtskurve endete die Bebauung, er hatte freie Sicht über die mit Schneeresten bedeckten Oberräder Felder und sah nach links in Richtung Innenstadt. Der wolkenlose blaue Himmel über den Bankentürmen der Mainmetropole erinnerte ihn an den Tag, als er auf der Anhöhe über dem Bergdorf lag und den albanischen Drogenbaron ins Visier nahm. Er ging leicht vom Gas, die Fahrbahn fiel zu einer Unterführung ab, er atmete durch und nahm dann die scharf ansteigende Linkskurve hinter der Unterführung. Vor und hinter ihm war kein Auto zu sehen. Nach einer Rechtskurve zeigte die Ampel an der Gerbermühle grün. Er überquerte die Kreuzung geradeaus und fuhr auf den verwaisten, unbefestigten Parkplatz der Gerbermühle. Es war vorbei, das wusste er genau, er hatte eigentlich nie damit gerechnet, aber es war jetzt wirklich vorbei. Und trotzdem überkam ihn eine ungewöhnliche innere Ruhe.

❄

Er fuhr wirklich wie ein Henker, wir hatten Mühe wieder dran zu kommen, da geriet er am Buchrainplatz außer Sicht. Als wir den Platz erreichten, kam uns der Gegenverkehr entgegen. Rainer fuhr in Schrittgeschwindigkeit weiter, das Martinshorn dröhnte und als wir die Kurve erreichten, war von dem silbernen Jeep nichts mehr zu sehen.

„Scheiße, verdammt!“, brüllte mein Partner und bremste vor einer Sparkasse.

„Fahrzeug am Buchrainplatz außer Kontrolle“, gab ich über Funk durch und stellte das Martinshorn ab. Rainer gab wieder Gas und bog nach rechts in Richtung Mainufer ab.

„Der fährt bestimmt zur Autobahn“, meinte er und drückte ordentlich drauf. Eine Frau mit ihrem Kinderwagen stand links auf dem Bürgersteig und sah uns verwundert hinterher. Wir unterquerten die Bahnlinie und erreichten kurz darauf die Kreuzung an der Gerbermühle. Die Ampel war rot, Rainer tastete sich langsam in die Kreuzung, um nach rechts abzubiegen, da sah ich einen silbernen Jeep auf dem Parkplatz gegenüber. Es war das einzige Fahrzeug, das dort stand, ich wusste sofort, dass er es war. „Stop, da drüben, Rainer!" Ich nahm wieder das Funkgerät, Rainer bremste und zog dann den BMW nach links. „Neuer Standort Parkplatz Gerbermühle!", gab ich durch, während Rainer langsam die Kreuzung überquerte und dann die Einfahrt nahm. Der silberne Jeep stand rechts rückwärts eingeparkt auf dem unbefestigten Parkplatz, mit der Fahrerseite zu uns. Sonst war niemand zu sehen, weder Achim Thal noch irgendwelche Spaziergänger. Wir fuhren langsam in seine Richtung und Rainer hielt etwa zehn Meter schräg vor dem Jeep an. Wir zogen unsere Dienstwaffen und stiegen aus. Rainer ging auf der Fahrerseite hinter dem Motorblock in Deckung, ich hielt die Sig in Grundhaltung, ging rückwärts um das Heck unseres BMW herum, immer die Augen auf den Jeep gerichtet und ging neben Rainer in Deckung, gerade als die getönte Scheibe der Fahrertür heruntersurrte. Wir nahmen unsere Dienstpistolen hoch und visierten den Jeep an.

❄

Er sah sie immer wieder vor sich, Elas traurige Augen, Vera, wie sie an Elas Grab zusammenbrach. Der BMW hielt schräg links von ihm, etwa zehn Meter. Rainer stieg mit der Waffe in der Hand aus, sein Teampartner ebenfalls, und beide verschanzten sich hinter dem Frontbereich des BMW. Er hätte es ausschießen können, schließlich hatte er nichts zu verlieren. Aber warum? Sie machten nur ihren Job und er war mit seinem fertig. Es war vorbei und er wollte nicht mehr. Seine Mission ging hier zu Ende, so wie jede Mission einmal zu Ende ging. Er griff in den Rucksack, klappte den Deckel der Metallbox auf und aktivierte den Zünder. Das Blinken des roten Lämpchens im Display zeigte ihm, dass der Sprengsatz aktiviert war. Er nahm die Fernbedienung in die linke Hand, zog die Glock mit der Rechten aus dem Hosenbund und legte sie auf seinen Schoß. Dann ließ er die Seitenscheibe herunter.

❄

Sein Gesicht und sein Oberkörper erschienen langsam hinter der sich absenkenden Scheibe der Fahrertür. Als ich ihn mit meinen Erinnerungen an die After Work Party und der Sekunde im Städel verglich, dann war er um Jahre gealtert. Die dunklen Ränder und die Falten um die Augen, der verbitterte Zug um die Mundwinkel, ich erkannte ihn kaum wieder. Ich visierte ihn über Kimme und Korn an, während Rainer die Ansprache übernahm: „Achim, mach jetzt keinen Scheiß, es ist vorbei."

Er sah uns mit versteinertem Gesicht an. Er trug ein schwarzes Sweat Shirt, darüber einen grauen Blouson. Seine Hände konnten wir nicht sehen, nur seine Schultern, und ich hatte wieder das berühmte Ziehen in meinem Magen, vielleicht zielte er gerade mit einer Waffe hinter der Fahrertür auf uns.

„Achim, lass es, es ist aus und vorbei", rief mein Teampartner noch einmal eindringlich.

Dann zog sich ein müdes Lächeln über das Gesicht des Mannes, der uns die letzten Nerven gekostet hatte. In der Ferne erklang ein Chor von Martinshörnern.

„Ich weiß, Rainer. Bleibt lieber mal ein bisschen auf Abstand, Jungs, ich habe hier noch ein ‚Baby' im Auto, das kann jede Sekunde hochgehen." Dann nahm er in Zeitlupe eine Fernbedienung hoch. Ich überlegte noch, sofort zu schießen, aber seine Worte hallten immer noch nach. Er hielt die Fernbedienung in der linken Hand. Ich dachte an seine Bundeswehrausbildung und war mir sofort sicher, dass er nicht bluffte. Mein Herzschlag setzte für einen Moment aus und ein saurer Schwall kam meine Speiseröhre hoch. Ich schluckte die Brühe runter, und er sprach leise aber eindringlich weiter: „Jungs, ihr macht jetzt lieber, was ich sage. Also keine überstürzten Aktionen. Ich will jetzt noch eins wissen: Wie seid ihr auf mich gekommen?"

„Mensch Achim, mach keinen Scheiß, lass uns doch vernünftig drüber reden, wir ..."

„Wie seid ihr auf mich gekommen?", wiederholte er gereizt und hielt weiter die Fernbedienung hoch. Ich warf einen Seitenblick zu Rainer, der sah weiter zu Achim Thal. Wir konnten uns jetzt keinen Fehler erlauben, er würde sofort merken, wenn wir ihn verarschten, also raunte ich Rainer zu: „Ist schon okay, es ist sowieso alles vorbei, sag es ihm ruhig." Rainer nickte: „Die Videokameras im Appartementhaus von Zeidler, da bist du drauf, als du ihm das Zeug in die Bude gelegt hast", rief Rainer mit fester Stimme.

Da zog sich erst ein Staunen, dann der Schimmer eines anerkennenden Respekts über das Gesicht des Bundeswehrsoldaten. Er nickte, nahm die Fernbedienung runter und fragte dann weiter: „Warum habt ihr ihn dann überhaupt noch festgenommen?"

„Das hat sich später rausgestellt. Er hat ein bombensicheres Alibi, der Trick mit dem Rasthof hat nicht funktioniert", ließ Rainer die Katze aus dem Sack, ohne zu viel zu verraten. Achim Thal nickte wieder und schien einen Moment zu überlegen. Dann hakte mein Teampartner nach: „Achim, komm, sag es uns: Warum hast du sie alle umgelegt?"

„Das wisst ihr doch schon längst, sonst wärt ihr nicht auf mich gekommen."

„Ich will es aber von dir hören."

Er atmete durch und nickte wieder: „Der Richie hat meine Ela an den Stoff gebracht. Der Frank hat es ihr immer wieder gegeben. Der Joe und der Celil haben den Stoff an minderjährige Mädchen abgegeben und sich auch noch an ihnen vergriffen. Der Zeidler ist genauso ein Schwein, hängt immer mit denen zusammen, er hat sich als Sündenbock angeboten. Schließlich säuft dieser Vaterlandsverräter laufend mit diesem Dragan in der Fressgass Kaffee. Alles die gleiche Schweinebrut. Na ja, den Jugo wird es auch so irgendwann erwischen."

Zeidler und Dragan? Mir fielen die Worte des verdeckten Ermittlers ein: „Mein Auftrag ist die Infiltration einer kriminellen Vereinigung mit Hauptsitz in Belgrad … Es gelang mir, in den inneren Kreis der Organisation vorzustoßen …"

„Mensch Achim, es ist jetzt aus, komm lass uns jetzt Schluss machen, wir fahren ins Büro, trinken ein Bier und du erzählst uns die ganze Geschichte in Ruhe …", versuchte Rainer ihn zum Aufgeben zu überreden. Die Martinshörner kamen immer näher.

Er verzog sein Gesicht und seine Stimme wurde laut und schneidend: „Du glaubst doch nicht, dass ich mich zu diesem Menschenmüll in den Knast setze?" Dann sah er uns mit einer nachdenklichen Miene an. Ich schluckte und sandte ein Stoßgebet ab, dass er nicht den Sprengsatz zündete. Wir konnten nicht aus unserer Deckung, sonst gaben wir ein leichtes Ziel ab, und bei einer Explosion bot uns der BMW nur wenig Schutz. Ich dachte an Sandra, an Ute, an Sascha, wie er mich in der Küche umarmt hatte, so wie er bestimmt gerne seinen richtigen Vater umarmt hätte. Das alles flog in Sekundenbruchteilen vor meinem geistigen Auge vorbei. Er sah noch einmal kurz nach rechts, ich konnte nicht erkennen, was er machte. Dann hob er seinen rechten Arm und ich sah eine schwarze Pistole. Das Blut rauschte in meinen Ohren, dann drang Rainers Stimme wie durch einen Nebel zu mir: „Der schießt nicht auf uns."

❄

Die Martinshörner wurden immer lauter, er wusste, dass es nun endgültig vorbei war und sah die beiden Fahnder noch einmal an. Es waren gute Jungs, sie machten ihren Job und sie sollten ihn weiter machen. Er tastete nach der Metallbox im Rucksack, fand den Schalter und drückte ihn herunter. Es gab ein leises Klick und ein kurzer Seitenblick zeigte ihm, dass das rote Lämpchen nicht mehr blinkte. Der Zünder war aus und er ließ die Fernbedienung in den Fußraum fallen. Dann sah er noch einmal zu ihnen rüber und ihm fiel Rainers traurige Miene auf. Dessen Partner war kreidebleich, aber er glaubte, in Rainers Miene ein tiefes Verständnis erkennen zu können. Er nahm die schussbereite Glock vom Schoß und hob sie an. Er sah Vera mit dem Kinderwagen, Elas trauriges Gesicht, die schönsten braunen Augen der Welt. Dann nahm er die Mündung der Glock in den Mund, hielt das Griffstück mit beiden Händen fest und legte den Daumen an den Abzug. Er warf noch einen kurzen Seitenblick zu Rainer, der noch irgendetwas sagte. Dann drückte er ab und es wurde schlagartig dunkel.

❄

Ich zielte über Kimme und Korn auf ihn, hatte den Finger am Abzug, doch er nahm die Mündung in den Mund und drückte ab. Es gab einen Knall und sein Hinterkopf löste sich in einem Schwall Blut, Knochen und Gehirnmasse von seinem Schädel, verteilte sich in dem Jeep in Richtung der Heckklappe und färbte die hinteren, getönten Scheiben mit noch dunkleren

Klecksen. Der Schuss dröhnte in meinen Ohren. Die blutige Masse seines Schädels sank in Zeitlupe mit dem Oberkörper nach vorne auf das Lenkrad. Ich ließ meine Waffe sinken, drehte mich um, sank neben dem Vorderrad auf den kalten Lehmboden, vergrub mein Gesicht in meinen Armen, die Ellenbogen auf beide Ohren gepresst, immer noch die Sig fest umklammert.

Epilog

Der Frühsommerwind ließ die Sonnenschirme flattern. Ich legte die Speisekarte auf den Tisch und lehnte mich in den Plastikstuhl zurück. Sie kam von hinten, umarmte mich und dann trafen sich unsere Lippen zu einem langen Kuss. Sie duftete wie an unserem ersten Abend nach einer frischen Frühlingswiese und ich sah in die unergründlichen grünen Augen, die mir immer wieder neue Rätsel aufgaben. Sie strich sich die rotbraune Strähne hinter das rechte Ohr, legte den Kopf auf die Seite und lächelte keck: „Trink ruhig noch ein Bier, ich gehe noch mal nach den Bildern schauen." Dann küsste sie mich auf die Wange und verließ die Strandbar. Die Galerie lag um die Ecke und wir hatten uns an den bunten Aquarellen mit den mediterranen Motiven im Schaufenster kaum satt sehen können. Ich war froh, dass wir die Vorsaison zu einem spontanen Trip genutzt hatten und nahm mein Glas vom Tisch. Dann sah ich über den menschenleeren Sandstrand auf das türkisfarbene Mittelmeer und trank einen großen Schluck von dem eiskalten Bier. In den letzten Tagen hatte ich seit langem einmal wieder abschalten können, wollte endlich mal wieder meine Seele baumeln lassen und freute mich auf die nächsten Tage mit Ute.

„Die können Sie ruhig haben, wenn Sie wollen", riss mich eine Stimme mit hessischem Dialekt aus meinen Tagträumen. Ich stellte mein Bierglas hin und sah zur Seite. Da stand das Seniorenpaar, das bis eben zwei Tische weiter gesessen hatte. „Sie sind doch auch aus Frankfurt, oder?"

„Ja", seufzte ich.

„Wir wollen Sie nicht weiter stören, aber ich habe sie schon ausgelesen." Ich sah weiter aufs Meer und hatte eigentlich keine Lust auf irgendwelche Konversation. Ich bemerkte, wie mir der ältere Mann eine Zeitung auf den Tisch legte. Ich nickte, sah ihn kurz an und bedankte mich dann artig mit einem leichten Anflug eines schlechten Gewissens. Er nickte zurück, dann gingen sie weiter. Eigentlich las ich im Urlaub aus Prinzip keine Zeitungen, ich wollte nur abschalten, aber dann fiel mein Blick auf den rechten Rand der Titelseite des Frankfurter Express:

„Internationaler Drogenring zerschlagen." Mein Interesse erwachte schlagartig. Ich setzte mich auf und las dann den Artikel, der eine Spalte und ein paar Zeilen wert war:

„Frankfurt. Die Frankfurter Polizei hat in Zusammenarbeit mit dem Bundeskriminalamt einen albanischen Drogenhändlerring zerschlagen und acht albanische Staatsangehörige bei zeitgleichen Durchsuchungen in Frankfurt und Offenbach festgenommen. Dabei wurden dreißig Kilogramm Methamphetamin und zwanzig Kilogramm Ecstasytabletten sichergestellt. In Pristina wurden zeitgleich drei albanische Polizisten festgenommen, die aus dem Polizeihauptquartier der Vereinten Nationen mehrere Kilogramm der Drogen entwendet und nach Frankfurt geschmuggelt haben sollen. Nach Informationen des Frankfurter Express soll der Erlös der Drogengeschäfte zur Finanzierung der albanischen Nationalpartei wieder in den Kosovo zurückgeflossen sein ..."

Ich nahm noch einen Schluck von meinem Bier, dachte an Dragan und Zeidler. Achims letzte Worte über die Verbindung zwischen dem verdeckten Ermittler und dem Serben hatten mich nach dem Showdown an der Gerbermühle gefangengenommen, gingen mir damals wochenlang nicht aus dem Kopf. Offiziell konnte ich nicht nachfragen, der Fall ging mich nichts an und wir waren zu Stillschweigen verdonnert. Aber die Ungewissheit nagte an mir. Als Zeidler nach der ersten Haftprüfung entlassen wurde, hängte ich mich auf eigene Faust an Dragan. Und schon am nächsten Tag trafen sich beide in einem Szenelokal auf der Fressgass. Ich erzählte niemandem etwas davon, selbst Rainer nicht, aber meine Zweifel, in einer wichtigen

Sache von Dragan benutzt worden zu sein, wurden zur bitteren Gewissheit. Er hatte mich benutzt, gegen die andere Serbenfraktion mit Ante und Boris aufgehetzt und mit mir gespielt. Ich konnte nur hoffen, dass sich der Einsatz des BKA lohnte und Dragan nicht auch noch den verdeckten Ermittler Zeidler hinters Licht führte. Aber daran konnte ich nichts mehr ändern. Mit etwas Glück würde ich irgendwann von Dragans Festnahme lesen. Die Bilder der letzten Monate zogen an mir vorbei, teilweise schon verblasst, auch die von Achims Beerdigung. Außer dem Pfarrer, Rainer und mir kamen nur noch die anderen Jungs vom Stammtisch an sein Grab. Sie trugen seinen Sarg und ließen ihn hinab. Es war eine private Beerdigung, ohne militärische Ehren, das Grab lag neben dem seiner Frau und seiner Tochter. Und wir ließen es uns nicht nehmen, ihm die letzte Ehre zu erweisen. Die Brise des Frühsommerwindes frischte wieder auf, ich sah auf das türkisblaue Meer und hoffte auf einen langen, warmen Sommer.

Im Societäts-Verlag erschienen

Andreas Schäfer

Mainhattan Blues

240 Seiten

ISBN 3-7973-0887-6

Am Frankfurter Mainufer wird eine ermordete Prostituierte aufgefunden. Der Fall erinnert Kriminalhauptkommissar Thomas Bach an die Untaten des verstorbenen Serienmörders Frank Hoppe. Als plötzlich ein zweiter Mord geschieht, beginnt für den Fahnder ein Wettlauf gegen die Zeit – und gegen die Geister der Vergangenheit.

„Er macht seinem Namenspatron alle Ehre: Andreas Schäfer fischt Menschen, indem er Leser ködert."

Frankfurter Allgemeine Sonntagszeitung

„Ein unheimlicher Serienkiller ist in Frankfurt unterwegs. Mitten im Rotlichtmilieu. Klingt wie ein echter Kriminalfall, ist aber ein spannender Roman."

Bild

„Unter dem Titel ‚Mainhattan Blues' ist jetzt auf dem Büchermarkt ein Kriminalroman erschienen, der an Spannung und Dramatik beim Leser keine Wünsche offen lässt und auch als Bestseller seinen Platz in der Frankfurter Kriminalliteratur gefunden haben dürfte."

Polizei Report